新时代文学批评丛书

吴义勤 主编

未尽集

岳雯 著

山东文艺出版社

图书在版编目（CIP）数据

未尽集 / 岳雯著 . -- 济南：山东文艺出版社，2024.3
（新时代文学批评丛书 / 吴义勤主编）
ISBN 978-7-5329-7094-0

Ⅰ . ①未… Ⅱ . ①岳… Ⅲ . ①中国文学—当代文学—文学评论—文集 Ⅳ . ① I206.7-53

中国国家版本馆 CIP 数据核字（2024）第 018048 号

未尽集

WEIJIN JI

岳 雯 著

主管单位 山东出版传媒股份有限公司
出版发行 山东文艺出版社
社 址 山东省济南市英雄山路 189 号
邮 编 250002
网 址 www.sdwypress.com

读者服务 0531-82098776（总编室）
0531-82098775（市场营销部）
电子邮箱 sdwy@sdpress.com.cn

印 刷 山东华立印务有限公司
开 本 710 毫米 × 1000 毫米 1/16
印 张 15.5
字 数 180 千
版 次 2024 年 3 月第 1 版
印 次 2024 年 3 月第 1 次印刷
书 号 ISBN 978-7-5329-7094-0
定 价 62.00 元

开辟文学批评的新时代

——"新时代文学批评丛书"总序

吴义勤

党的十八大以来，中国特色社会主义进入新时代，中国文学也翻开了崭新的一页。置身新时代新征程，面对丰富的史诗性伟大实践，广大作家胸怀"国之大者"，牢记初心使命，深入生活，扎根人民，与时代共振，与人民共情，用心用情用功书写新时代的中国故事，展现中国人民昂扬的精神风貌，谱写了新时代文学的辉煌篇章。

文学批评与文学创作是文学发展的车之两轮、鸟之两翼，一个时代的文学发展既需要广大作家的笔耕不辍、创新创造，也需要批评家的积极呼应、理论引领。在新时代文学不断攀登高峰的历史进程中，新时代文学批评也发挥了至关重要的作用，取得了丰硕的发展成果，形成了独特的新时代文学批评景观。习近平总书记高度重视文学批评工作，近年来就繁荣新时代文学批评发表了一系列重要讲话，做出了一系列重要指示批示。我们策划这套"新时代文学批评丛书"，就是要全面学习贯彻落实总书记关于文学批评的讲话与指示批示精神，一方面旨在呈现新时代文学批评的基本样貌、发展成果，另一方面也希望从中获得推动文学批评发展的经验和启示，为推动新时代文学理论批评建设和新时代文学繁荣提供有益的镜鉴。

本丛书遴选的作者都是长期持续坚守在新时代文学批评现场并卓有成就的优秀批评家。从年龄结构上，他们涵盖了"60后""70后""80后"，这也是当下文学批评的主力军；从批评对象的文学门类上，覆盖了小说、诗歌、散文等多个当下最具影响力的艺术门类，可以说是对新时代文学的全面阐释和研究。通过这套批评丛书，读者一方面可以深入了解新时代文学批评的丰富实践，同时可以通过文学批评了解新时代文学发展的基本风貌和历史特征。

在内容上，本丛书侧重于遴选研究新时代文学的评论文章，以对新时代十年来具有代表性的作家作品、有广泛影响的新文学现象、引人关注的文学热点事件以及文学发展中存在的症候性问题为主要研究对象，是对围绕新时代文学展开的文学批评成果的一次全面梳理和集中展示。我们希望以出版批评丛书的方式，深入总结文学批评发展的历史经验，同时吸引更多研究力量来增强对新时代文学研究的力度和深度。

本丛书的出版要感谢山东出版传媒股份有限公司副总经理李运才、山东文艺出版社社长徐迪南，他们提供了非常多的支持和帮助，也提出了许多富有建设性的意见和建议。新世纪之初，我曾和山东文艺出版社共同策划出版了一套"e批评丛书"，在学术界产生了良好的反响。今年，又再次在山东文艺出版社出版这套"新时代文学批评丛书"，可谓是一种极为特殊也极为难得的缘分，也体现了山东文艺出版社多年来一直积极参与、支持中国当代文学批评事业发展的出版精神。在此，我代表丛书编委会向山东文艺出版社表示衷心的感谢并致以崇高的敬意。

两套丛书虽然出版时间不同，但在内容上又有着一种延续性和整体性。"e批评丛书"着力呈现的是二十世纪九十年代文学批评的发展成果，也是当时年轻的"60后"批评家的一次集体亮相。"新时代文学批评丛书"更侧重于展现新世纪尤其是新时代以来的文学批评成果，参与作者既包括了"e批评丛书"中的部分作者，又吸纳了"70后""80后"等新生批评力量。两套丛书虽然侧重点不同，但形成了一种巧妙的呼应，构成了一种互补关系，具有了批评史意义上的"整体性"，某种意义上，它们就是一种特殊形态的近三十年来中国文学批评的发展史。

当然，对于新时代文学批评成果的总结展示并不意味着我们回避当下文学批评存在的问题。新时代以来，随着时代语境和文学生态的不断变化，文学批评面临着更为复杂严峻的形势和挑战，文学批评如何更好地发挥作用，真正成为助推文学发展的"磨刀石"和"利器"？这是所有文学批评者面临的共同课题和任务。出版这套丛书，我们一方面意在梳理总结这一时段文学批评发展的成果和经验，同时也希望能够从中析出当下文学批评发展存在的一些问题，以史为镜，为未来更好地推动中国文学批评发展，更好地发挥文学批评引导创作、推出精品、提高审美、引领风尚的作用提供启示和帮助。

新征程是充满光荣与梦想的远征，新时代文学正在我们面前浩浩荡荡地展开，作为文学发展的重要一翼，中国文学批评也正在砥砺前行，积极开辟一个文学批评的新时代。

是为序。

小 序

时至今日，我仍然是心性专一的文学读者。更新迭代的媒介没有赢得我的全部注意力，旷日持久的文学阅读也没有令我厌倦。这真是小小的奇迹。

收在这本集子里的篇什，是近年来所读、所感、所思的记录。取名《未尽集》，是因为文学批评谈论的就是未尽之言、未尽之意。我们总是在作家的园子里种下自己的玫瑰。

也有"意犹未尽"的意思。道路向前延伸，道路的尽头还是道路。这就很好。

是为序。

目 录

三段旁批：关于"80 后"

一

"80 后"作家似乎个个都雄心勃勃，要在前辈们不曾涉足的荒野上开拓自己的疆域，然而，看似是一往无前的，但方向却是朝后的。这样的说法是建立在与父兄辈的写作实践进行比较的基础上的：如果说"50 后"作家试图介入社会政治，"60 后"作家则回到了人性的领域；如果说"70 后"作家的写作建立在日常生活的楼阁之上，那么到了"80 后"一代，他们将日常生活又推进了一步，也就是说，他们更在意的是被个人体验过了的现实，是精神现实。于是，现实呈现出更为精巧、幽微，或者说也更为狭窄的图景。谓予不信，举一个例子。在"80 后"作家的写作中，越来越多的作家、艺术家正在成为主角，成为被观照、被书写的对象。

张悦然的《动物形状的烟火》中的主人公叫林沛，是个画家。林沛一度也炙手可热——"第一个个人展览就获得了巨大的反响，各种杂志争相来采访，收藏家们都想认识他，拍卖行的人到处寻找他的画，前途看起来一片光明，距离功成名就似乎只有一步之遥"。看似春风得意马蹄疾，但是艺术家的命运永远是变幻莫测的，就像烟花，前一秒钟还绚烂盛开，下一秒钟就没了动静。对于林沛来说，"不知不觉，一切就都开始走下坡路了"。于是，林沛再出现的时候，已然是孤独、隔绝、脆弱、既自傲又自卑的样子。理解了这一点，也就能想象得到林沛到他的作品的收藏者宋禹的别墅参加聚会时将遭遇什么样的情景。如果说林沛还盼望着从绝望的境地里摆脱出来，与从前的生活和解，重新铸造辉煌的前程，那么对于年届中年的楚源来说，这点儿盼望都已经烟消云散了。楚源是霍艳的中篇小说

《无人之境》中的主人公，是一位作家，从表面上看，他远比林沛要成功，过的是花团锦簇的日子。他是某届文学大赛的获奖者，早年出的书现在还被阅读着，小说还要被改编成影视作品。看起来，小说家所能拥有的一切荣耀他都有了，但是在瓤子里，楚源有着和林沛一样的绝望。作为一个浸润太久的局中人，他知道所有的内幕——"这个奖是出版商帮他争取的，作为回馈，出版商换得了那个被改编成电影的小说出版权"。有时候知道往往意味着灰心，意味着一切都渐渐变得无所谓了。这种无所谓，是有更深的绝望打底子的。从这个意义上说，楚源和林沛其实是一个人。他们都希望通过抓住什么改变处境。林沛将希望寄托在一个被收养的、看上去行为怪癖的小女孩身上。而对于楚源来说，年轻的女作家柴柴成了点燃生活激情的火柴。当然，我们都知道，这点儿想要改变什么的微小愿望最终也会破灭。《收获》的官方微博上有条评论说得极好："《无人之境》描写一个成功作家慢慢退出生活的感觉，让人想起艾略特《空心人》里的话，世界的毁灭不是砰的一声，而是嘘的一声。"说到底张悦然和霍艳所要探究的，是艺术家在与艺术分离之后的命运。这命运似乎是难堪的，但好歹他们曾经与艺术同行过，看到过艺术的样子。蔡东在《我们的塔希提》里所描述的春丽则是一副跟跟跄跄追赶艺术的姿态。她辞职来到深圳，就想要写点儿东西。她写过"一篇风格独特的散文"，"她正在创作'一部类似于《红楼梦》的小说'"。她本来以为，"心里有什么东西快胀破了，受够了被人摆布，以为写心里的东西会很容易，是顺手就能抓到的一根稻草。实际上，它更神秘，更飘忽"。到小说的结尾，春丽也并未如她所愿地与艺术同行，她只能换一种方式，以漫游来度过她的危机。就在合上书页的那一刻，我们都在替她担心——那无着落的人生，与林沛、楚源他们又有什么差异呢？

七堇年在《夜阳》中也写出了这样一种状态，不过，她关注的重心与其说是命运，不如说是性格。小说中的 Nox 也写小说，但显然她让人感到了与之相处的困难。暴躁、任性、痴缠与才华如影随形，既让人感受到了生活中的幻觉，却也让人意识到，光依靠幻觉是不够的。七堇年在小说中借人物之口如是说，"我承认，当我听到一个人说她'写作''绘画'或'吹长笛'时，我多多少少能想到，她的灵魂应该是不止于此的，不止于一个冰淇淋店雇员的，它可能是大海或雨林，但绝不只是水泥操场。无论她生活多糟糕，性格多古怪，都值得谅解，甚至可以称为好事，像福克纳在访谈中说的："还从来没有见过哪一部杰作，出自一个生活平顺、幸福、富裕的人。'"这似乎可以看作是她，也是许许多多的"80后"写作小说的隐秘动机——描摹一个"不止于此"的灵魂，以及这个灵魂所遭遇的一切。简言之，较之于生活本身，他们更关心纸上的生活、艺术化了的生活。在他们看来，精神生活应该是而且必须是高于一切的。这样一种对文艺的极致追求，大约是他们与其父兄辈最大的不同。

为什么会如此？一种浅表的解释是，写作越来越成为难度系数较高的活儿。我曾经在不同的场合听到过对作家的指摘——为什么他们与现代生活有那么深的隔膜？为什么他们所写的都是网络新闻、身边的小事？为什么他们不写真正触动这个时代神经的事情？比如金融领域的杀伐征战，那几乎同特洛伊战争一样令人激动……没错，你们说的都有道理，但是当你们走出自己办公室的那个小小格子间时，你们真的能知道隔壁公司的张三做的是什么吗？我的意思是，越来越精细的社会分工使得行业与行业之间、专业与专业之间竖起了高高的壁垒，当你需要深入了解一个人的时候，首先得花上很长时间来了解他在做什么。对于还在习得写作经验与技巧的"80后"作家来说，一个最方便的途径是观察周围的人，或者就是自己，从他们或自己身上提取写作素材。在他们笔下，不大见得到巴尔扎克、狄更斯式的包罗万象的社会素材。他们也无意于建构"整体世界"。鉴于年轻的写作者、阅读者大多是由文艺青年转化而来，于是，在他们的小说里，对文艺的追求和思考自然成了一个恒定的主题。另外一个解释是，之所以反复书写文艺与生活的主题，恰恰是因为他们自己在长久的写作练习中出现了困惑。曾几何时，毛姆的小说《月亮和六便士》备受文艺青年的推崇。这部在豆瓣网上评分高达9.2分的小说清楚地折射出了文艺青年的内心。他们相信，或许在现实生活里，你我只是一个像查尔斯这样的股票交易员，但这不妨碍艺术的梦想在他们心底扎根，终有一天顽强地露出头来。到那时，他们会逃离便士，凝视月亮。这大约是对其文艺精神的最佳阐释了。在这个层面上，艺术何止是高于生活，它根本就是背离生活的，用毛姆的话说就是，"只有诗人或圣徒才能坚信，在沥青路面上辛勤浇水会培植出百合花来"。可是，日复一日的写作实践又使他们怀疑，写作真的高于生活吗？如果有一天像林沛、楚源那样，发现即使是艺术也让人感觉虚无怎么办？什么样的生活才真正值得一过？"80后"作家都在给出自己的回答。蔡东把对文学的需要解释成人的本性，她说："王春莉对文学的亲近，不是突发奇想，恰恰是人在贴肉紧逼、形影相随的处境中很容易被唤醒的本性。"在她看来，一方面，艺术是维护身心健康的避难所；另一方面，她又希望写作和生活是彼此浸润的——"我理想的写作生活，是写作来到生活中时，宛若液体渗入液体，宛如浓墨徐徐滴入水中，它们具有不同的色彩和密度，缓慢地洇了开来，试探着容纳了对方，终至浑然一色，无分彼此"。与此同时，霍艳也做出了类似的表达，她援引了学者张文江的论述，说："应该用写作来提高生命本身的纯度，调整它的音韵、节奏、气息，生命本身就是诗，那才是写作的真谛。生命本身不精彩，诗怎么会精彩呢。如果力量不够，把生命去支付写作，文字虽然可能会好一点，但是生命太亏了，为我所不取。如果文字好而生命不好，我相信，这个文字还不是最好的。"这是否意味着，对"80后"写作者来说，生活世界正逐渐从由文字与影像构成的第二世界的附属中挣脱出来，至少获得了与之平起平坐的地位？由此，我谨慎地预言，观念的变化将给他们的创作带来新的变化。变化何时发生，我拭目以待。

二

在前面，我将"80后"作家的创作特质归结为两个字：文艺。出生于都市的女作家，如张悦然、周嘉宁很文艺；从青春文学转轨而来的作家，如张怡微、霍艳很文艺；在地方志趣领域努力探索的颜歌也曾很文艺；就连拥有着乡土生活经验的甫跃辉、郑小驴也在将之文艺化，甚至也可以说，以45度角仰望天空的郭敬明很文艺，骑着摩托车上路、不断游荡的韩寒也很文艺。你可以质疑这样打量世界的方式过于单一，但不可否认的是，有一代人就是这样成长起来的。他们所描述的世界恰恰就是他们自己的样子。这使得他们的小说往往呈现出某种相似的特征。之前是从内容上说的，不妨再举一个形式上的例子：意象。

大多数时候，意象是用来谈论诗歌的，但是在"80后"小说作者的笔下，意象却被提升到了一个无比重要的位置，甚至成为醒目的标题。比如，前面谈到过的张悦然的《动物形状的烟火》、七堇年的《夜阳》、蔡东的《我们的塔希提》无不如此。联想到前段时间热映的文艺片《白日焰火》，仿佛意象对于文艺来说已然成了标配。

有的时候，意象隐藏在小说中不起眼的角落里。倘若不是题目的提醒，当林沛对女孩说起那些动物形状的烟火的时候，粗心的读者大概感觉不到异常。当林沛用童话般的语言对女孩描述那些烟火的时候——"它们到了天空上也不会消失，就浮在那里，有的是绿色的兔子，竖着两只长耳朵，有的是粉红色的大象，鼻子在喷水……""还有斑马和长颈鹿，在天空中走来走去，一会儿在这儿，一会儿到那儿……这样就能让更多的小朋友都看到它们了"——这固然彰显了张悦然的小说一以贯之的童话气质，但更重要的是，意象的出现使文本开始变得轻盈起来，弥漫着强烈的抒情味道，仿佛要飞上天空。有的时候能看得出来，写作者写一篇小说明显是受了意象的诱惑，比如七堇年的《夜阳》。所有的自说自话、感慨，都是为了描摹这一刻，这一刻宛如奇迹：海面升起的月亮，又圆又大，就像太阳。"80后"作家所期待的才华降临的一刻大概也不过如此。他们孜孜不倦地写，或许就是为了描绘出他们曾经看到的这一刻。蔡东笔下的"夜阳"是戈壁滩上的一条河。越是在空旷的环境里，这妖媚越是叫人措手不及。这河不仅仅是风景那么简单，它象征了平凡无涯的日常生活中叫人惊奇的一刻。所有的意象都指向象征。这大概就是我不喜欢意象在"80后"小说家的作品里出没的原因。尽管写作者们已经尽量让意象变得模糊、开放，但是它们像是故意设置的陷阱，引诱着我们猜出意象背后的所指，仿佛不如此就不是称职的读者。然而，它们也完全破坏了我读小说的乐趣。什么时候意象才能从"80后"小说家的文本里遁形呢？我想，大概得等到他们不那么文艺的时候吧。

三

我真心喜欢读"80后"作者的小说、散文，哪怕是创作谈，都能让我读得津津有味。你一定猜出来了，我也是"80后"。读他们的文本，与其说我希望从中获得文学滋养，不如说我是在分享同龄人的人生体验。我们是早熟的一代，似乎从中学课堂的作文开始，我们就热衷于书写习得的格言；我们也是晚熟的一代，人生就像一本大书，这一代小说家需要通过姿态各异的小说来重新诠释他们领会到的阔大的人生哲理。这当然也是一种成长。

所以，读到马小淘的《章某某》的时候，我分外惊喜。把她的小说读完，最初的印象是她的语言分外精悍。人物对白几乎占据了主要板块。看到小说中的人物你来我往、针锋相对的时候，那股爽利劲，真是让人赞叹。她是"80后"小说家中少有的不用书面语书写的，这大约与她是广播学院播音专业出身有关，更可能与她的个性有关。那个时候我就替她捏了一把汗，她不那么擅长情节的营构，怕是走不远。"80后"作家的一个突出特点是，说不定什么时候就来个华丽转身，让人刮目相看。果然，在《毛坯夫妻》里，马小淘开始讲故事了，更重要的是她让我们发现了温小暖。这是一个不分裂的自我，在这个分裂的时代，日常生活本身就足以安慰她不复杂的灵魂。新作《章某某》又上了一个台阶，这回她把全部精力都用在了人物塑造上。这个不断改名字、最后只能被称为章某某的姑娘似乎是我们生活中随时会遇到的那一个。她来自小地方，既自卑又自傲。她的梦想是成为春晚的主持人，为此，她坚持不懈地努力着。可是，挫败感一直困扰着她，无论是学业、事业，还是恋爱，她的努力与付出都成了虚空。与之相对照的，是谈论她的"我们"。当章某某在崎岖小路上奋勇向前的时候，"我们"是围观者，就像网络时代无数在电脑后面、手机后面的围观者一样。最终，进取型人格崩塌了，章某某嫁作商人妇，成了"阔太"。可是，这并没有让她更快乐，反而让她稳定而单一的自我分裂了。小说里有这样两句对白："没有梦想的人生不是人生。""胡扯，没有什么的人生都是人生。和人生比起来，梦想太文艺了。"

终有一天，"80后"都会发现这个真理吧。"没有什么的人生都是人生。"在文学中寻找人生是一种活法，在人生中寻找文学是另外一种。

要锦衣玉食，也要云淡风轻

——林那北《锦衣玉食》

我认识柳静有些年头了。那还是 2008 年，网络上出现了一个"全国 30 省（区）作协主席小说竞赛"活动。我是去看热闹的，无意间点了林那北的名字，就看到了这篇叫作《锦衣玉食》的小说，这一看就再也放不下了，直到读完最后一个字，依然意犹未尽。这是一部适合女性看的小说，里面有女人的小心思。时隔不久，我在 2009 年第一期的《中国作家》杂志上又与柳静惊喜相遇了。这一次，我为她写下了这样的文字：

> 母亲和女儿的战争在小说里本不罕见……怀疑丈夫有了婚外恋更是如今小说惯用的壳，林那北却能将这个不无老套的故事讲得一波三折、风生水起，我猜，这得益于林那北找到了最适合她的讲故事的语调。她把柳静的一颗心掰开来，揉碎了给我们看，也让我们的一颗心禁不住跟着柳静一层层剥洋葱似的发现生活的真相。生活的真相是，母女在根子上是一类人，对"清洁"有天生的不容怀疑的执念。"不可理喻"，林那北一直在念叨这个词……生活本来就垃圾丛生、荒草遍野，想在这杂乱无章中坚守点"清洁"的东西，哪怕这"清洁"是以背叛为代价，对普通人而言的确是件不可理喻的事情，可林那北让柳静和她的女儿锦衣"轻率"地就做到了。或许，这就是小说家林那北的意念，生活，应该这样，而不应该那样。

　　按说，写完了就应该放下了，对于我这样的以读小说为生的人来说，有太多的小说人物在我的世界里来去匆匆，说实话，能记住的不多。柳静固执地徘徊在我的脑海里，在过得好或者不好的时候，我都会想起她，有兴致的时候还会猜一猜，如果是她，该怎么处理我在生活中所遇到的问题。她已经成为我看不见的朋友。这种感觉或许林那北也有，她说："柳静他们，却始终亲人般在周围热乎乎地行走，呼吸吐纳都具体可感。某个黄昏某个雨夜，在不经意间就会猛地想象起他们中的某人，正经历着某事，有着怎样的内心涟漪。总之，他们都活着，不肯远去。我几乎相信这就是命定的，他们不离，我就必须不弃。"这真是一件神奇的事情，我宁可相信，是我和还有像我这样惦记着柳静的人，让他们复活了。于是，就有了现在这本《锦衣玉食》，还是那个名字，却有了四部小说——《沙漠的秘密》《黑皮黑肉》《燕式平衡》《雅鲁藏布江》。可以说这是四部中篇小说的合集，毕竟，每部小说都有各自的主人公；也可以说，这是一部长篇小说，因为它们都是一个藤上的瓜。不管怎么说，柳静、柳静的朋友李荔枝、她们的邻居余致素次第来到我们面前。这不是我想象中的柳静以后的故事，而是柳静故事的扩大版——她们延续着柳静对于生活的基本想象，却用不同的性格演绎了不同的人生。现在，让我说得更明白些吧：

　　其一，她们都热爱锦衣玉食，在某种程度上都享受着锦衣玉食的生活。柳静对吃和穿有着非同寻常的热爱。"人活一生，说到底不就是为了吃好穿好吗？她觉得太准确了，区区四个字，就把所有的、全部的、一切的美好生活内涵悉数概括了。"有时候，物质不代表物质本身，物质映射出一种意境，一种想象中的美好。比如，说起"暖老温贫"这四个字，你的脑海里大概会浮现出夕阳下的乡村，炊烟袅袅。小说中这三个女人的日子都过得不错，如果用世俗的眼光来评价，大抵是"妻凭夫贵"。柳静的丈夫唐必仁是体育局副局长，在别人眼里，作为中学教师的柳静很是让人羡慕。李荔枝是妇产科的知名专家，不过，她的锦衣玉食的生活应该是在她的丈夫贺俭光进军房地产业且日益发达之后开始的。余致素就更不用提了，她的丈夫薛定兵是市委办公厅主任，后来担任副市长，余致素的生活可算得上荣华富贵了。小说中柳静穿的是"藏蓝色的 Levi's 牛仔裤，本白的阿玛施圆领绒衣，正版阿迪达斯"，看上去很朴素，但朴素里有美好的品位。关于这一点，作者有她的心得："关于'特色'，柳静其实一直保持警惕，年轻时她不敢放胆乱穿主要由于职业的局限，对奇装异服确实也暗自动过心，但现在不会，现在心很淡，反映到外表上就是简练、纯净，却又品质蒸蒸日上。花哨是年轻人的事，而过了四十岁，还在形式上下苦功，不免就透出傻气了。"因此，以柳静的视角看李荔枝，当然会"暗叹了一口长气"。与柳静相比，李荔枝的改良式唐装确实不叫人提气。李荔枝当然也热爱锦衣华服，陷在物质里的她把自己装扮成了"一棵灿烂的树，被五彩灯细密缠绕，一脱下白大褂，就按亮开关，满树霎时艳丽闪烁，让别人目不暇接"。林那北果然够犀利，可是焉知李荔枝这般华服缠身不是为了驱逐内心漫山遍野的荒凉呢？不是花团锦簇、云蒸霞蔚、锦绣万端就叫"锦衣"，在林那北看来，那是低级的表现。内心安宁了，淡定了，又有足够的能力享受物质生活，才叫"锦衣玉食"。

其二，锦衣玉食并不意味着好日子。事实上，她们与身边最亲密的人都沟通无能，被困在高墙之中，顽强地与自我作战。关于这一点，李荔枝有一段内心独白："锦衣玉食，她们那时居然共同选择了这个词。其实两人的理解有差异，标准也不太一样，但这个词还是将她们一起罩住了。疯子才故意要生活在穷困潦倒之中哩，她们不是，她们与天下所有女人一样，向往的是一份无忧的、富足的、安宁的生活，这不是罪。但是，当这样的日子果真已经徐徐摆在眼前了，她却发现不对，滋味不对，差太远了，很多东西不能画等号，她以及柳静，以前都太天真单纯了。"为什么滋味不对？一个很简单的回答是，物质有了，精神却没有了。《沙漠的秘密》一开场就是柳静与女儿锦衣的战争，柳静心里也清楚，她们之间的沟通渠道始终是缺乏的，所以有的时候，柳静心里还惦念着那个想生却始终没能生的孩子玉食。就连她能掌控的唐必仁，柳静发现自己也渐渐失去了掌控。李荔枝和她的情形称得上相似。与李荔枝称得上恩爱的贺俭光由仕途转战商场，也把那份知根知底的亲密带走了。贺俭光落魄也罢，富贵也好，两人之间始终隔着高墙，密不透风。儿子呢？他们的儿子贺丰年和柳静的女儿锦衣一样学习很好，但也不能给母亲带来丝毫情感上的安慰。余致素的女儿甜汁也是这种类型，不声不响就离开了妈妈，奔到墨尔本去了。余致素与薛定兵的婚姻就更不用说了，一开始就埋下了各种隐患，所以从早到晚都是演戏。事实上，他们站在沟壑的两端，进行着一场永无完结的战争。没错，就是李荔枝说的，这样的生活，就算锦衣玉食，依然滋味不对。

其三，之所以滋味不对，是因为有秘密。柳静的秘密是关于唐必仁的，他到底是发生了一段婚外情，还是将女下属奉献给了上司以换得一个好职位？对于柳静而言，她宁可真相是前者，这至少让她觉得不那么肮脏。李荔枝的秘密是关于贺俭光的，原来深深的隔膜之下仍然是深爱。这几乎算得上是温暖的秘密了。余致素一直要求证的秘密是薛定兵与前妻周丹究竟是什么关系，谁知道峰回路转，这个秘密被揭开的时候却带出了她自己的秘密，关于年少时候的一段往事。人世真是可怕，你千方百计想要掩藏起来的，却会以意想不到的方式出现。有一回与朋友聊天，我说我的生活已然没有任何秘密。朋友一脸不可置信的样子。在她看来，每个人都是有秘密的，秘密构成了我们的生活。是的，没有秘密的生活就像白开水一样乏善可陈，完全没法写成小说，可是，不喝白开水，恐怕离生病也就不远了。

最后，小说快要结束的时候，她们的生活都处于千钧一发的时刻，都有被颠覆的危险。小说的结尾，贺俭光和薛定兵入狱了，唐必仁处在微妙的边界。他可能还不知道，有精神洁癖的柳静已经做好了"离开这个家，永不再跨进一步"的准备。以锦衣玉食开始，然后以锦衣玉食的生活的崩解结束，非常讽刺。这几个向往锦衣玉食的女人终不能得享锦衣玉食。是命运吗？还是决定命运的性格？我说不好。她们跋山涉水地走了过来，最后却什么也不想说，就想一个人静静地待一会儿。好的小说大概就是这样吧，它让你在一个瞬间以为或者误以为自己勘破了世界的真相，而你却不能也不愿意把这个真相说出来，只能抬头看看天，再看看地。

关于小说，是没什么可说的了。关于作者，通过这部小说，我还有两个"发现"。第一个"发现"是，林那北会看相。看样子是小说里的人物互相打量彼此，似乎没有哪部小说会那么在意对五官和身体的描写，比如，柳静看锦衣，"从面相上看，锦衣颧骨凸起，下颌骨支棱，都呈凌厉之势。脸部线条越柔和，性情往往就越温顺"。真犀利啊，我暗暗赞叹。小说家总是能从细节，尤其是面部的细节洞察出一个人的性格，进而推算出其一生。洞悉的背后是悲悯。不得不说，林那北深切地感受到了他人的命运就是我们自己的命运。

第二个"发现"是，林那北对肢体所呈现的美有着刻骨铭心的记忆。林那北写出了柳静的美，那是一种形体上的美。在柳静的同学李荔枝的记忆里，柳静是学校女篮的主力后卫，投篮弹无虚发，百发百中。然而，柳静骨子里又是喜静的，即使是剧烈奔跑的时候，骨子里仍然是安静的。一动一静，塑造了柳静的美。同样，余致素如果没有在体操队的那几年，大概也不会出落得这么美，就像那个人说的，"肌肉也是有记忆的，今天决定未来"。就像林那北说的："有些女人是时光无能为力的，她们的巅峰不只在青春期，甚至年轻时姿色平平，不见夺目，渐渐地在不知不觉间竟暗自发酵起来，在本该枯萎凋谢的季节，却像株施足了肥的植物，竟向着繁华绚丽步步逼近，举手投足都渗出万千滋味。"林那北曾写了一部非虚构作品《宣传队运动队》，看完你大概会明白，美是从何而来。

书看完了，我很感激与柳静的再次重逢，然而，柳静的命运依然让我悬着心。假如她不能再过锦衣玉食的生活了怎么办？她还能保持这种"清洁"的能力吗？合上书页的时候，恰好看到扉页上林那北的介绍："热爱锦衣玉食，但一直顺其自然。"我突然就放下了。

这样就很好。

爱情是一场修行

——王跃文《爱历元年》

　　初看之下，王跃文的《爱历元年》写的是爱情之有无。"爱历元年"是孙离与喜子爱情开始的纪念。这世上的事，但凡是需要浓墨重彩地记录、纪念的，往往其中隐藏着被倾覆的危险，所以格外需要一种仪式将之封印。可是，仪式能挽救实质吗？那不过是我们的一种痴心妄想。尽管孙离与喜子的爱，是从玫瑰色光边里的喜子像仙子一样来到孙离眼前开始的，却隐藏着重重危机。他们无休止的吵架，喜子对小县城的厌恶与难以忍受，都是危机的种种表现形式。就像所有的爱情都需要一个坟墓一样，他们一起步入了婚姻这个坟墓，共同抵挡柴米油盐对人自身、对爱情的侵蚀。作为读者，在小说开始没多久，我们大概就看到了在孙离和喜子背后的文学人物的影子。"她（喜子）要孙离别写小说了，好好儿进修文凭。没有过硬的文凭，哪里也别想去。这里真不是人待的地方！喜子揪着耳朵督促，孙离勉强自修了本科。"读到这一段，你大概会像我一样会心而笑，想到了大观园里的那位"富贵闲人"宝二爷。薛宝钗也曾劝宝玉读书有成，扬身立名，走仕途经济的道路，恰如喜子劝孙离进修文凭。宝玉"也不管人脸上过的去过不去，他就咳了一声，拿起脚来走了"。孙离不像宝玉那么决绝，却也是"勉强"。这里似乎就暗示了两个人在世界观、人生观和价值观上的分野，喜子立意要走入世的道路，孙离更愿意过随心所愿、心无挂碍的生活。价值观没有对错，但是不同的价值观却能让原本相爱的两个人越走越远。所以，在两个人结婚当天，出现了许多"异兆"。比如，"领了结婚证出来，孙离突然觉得喜子非常陌生"。"'我要同这个女人相守终身啊！'这么想着的时候，孙离简直害怕了"。"他暗自告诫自己：一定要做个忠贞不贰的男人"。这些可以读作是一个男人恐婚的表现，但根本上，是他同喜子的爱情终结了。这是多么可怕，当"她体会到的是满满的爱意"的时候，她浑然不知，男人已经从爱情的战场上撤退了。现在，爱情是没有了，他们不过是婚姻堡垒里的同盟军。这是爱情之无。

爱情到底是顽强的，"野火烧不尽，春风吹又生"用来形容爱情也是恰当的，只不过重生的爱情变换了对象。碰到李樵之后，孙离的爱情又复苏了。爱情从何而起？从"谈"开始。孙离与李樵的爱情从访谈开始。面对李樵，孙离变得侃侃而谈，而李樵却是安静的。这似乎暗中决定了他们在爱情场上的角力。这一回，面对爱情，孙离更感性也更玄虚。他是这么形容爱情的："据说人的情绪，实际上是一种物质，它是可以被测定的。情投意合的男女待在一起，他们身上会散发出一种气流，这种气流相互缠绕，绵绵不绝。用某种特制的仪器来观测，可以看到这种气流呈现美丽的绿色。"这似乎是处在恋爱状态中的人才说得出来的话，既甜又酸。对于孙离来说，爱情就是与爱的人做一切美好的事。比如，到芦苇滩去看芦苇，到郊外的小饭馆享受自然野趣，到道观喝茶，在寺庙里听琴、画画……所有文人的雅事，都被两个相爱的人试遍了。不过，这些事情，孙离同喜子也曾做过。比如，孙离为李樵做了金钱蛋，他也曾经给喜子做过，并被两人视为爱情的象征。再比如，孙离同喜子也去过孙离和李樵一同去过的苍莨山下的芦苇荡。爱情的壳何其相似，甚至人在爱情之中的感受也是那么相似。可是，爱情究竟是什么呢？难道爱情是火，需要不同的柴才能熊熊燃烧？一把柴火，恐怕也烧不了太久。这是爱情之有。人同此心，心同此理。孙离和喜子的爱情有结束的时候，孙离和李樵的爱情也有结束的时候。似乎孙离还在沉醉的时候，李樵就突然结束了这段爱情。爱情瞬间又从有到无。那么，既然能从有到无，还能从无到有吗？看起来，王跃文相信爱情是可逆的，所以，小说结尾，孙离和喜子重新回到了爱历元年。然而，有生活经验的读者都知道，那不过是美好的希望罢了。两个心灵已经千疮百孔的人，是不太可能回到开始的地方的。

爱情究竟是什么呢？在这本书里，王跃文是在探讨爱情的真谛吗？琼瑶有一句至理名言，她说："爱情是女人的事情，你们男生经常一辈子都搞不清楚，就不要勉强了。"听起来很有道理。如果再细究一下，这本书里处处是爱情，然而，王跃文写的还不是爱情。他想要讲述的，其实是中年危机。看起来，孙离遇到李樵是一次偶然，但事实上，他正在遭遇中年危机。怎么破？王跃文给出的答案是用爱情去破。所以，爱情不是本质和目标，而是破解中年危机的一道桥。在这场爱情中，孙离尽可能地打开了自己，而李樵却始终是封闭的。正是在与李樵一起做的那些美好的事情中，焦虑感不知不觉被转移了。所以，爱情其实是一场修行，是安顿自己的一种方式。尽管经历了失恋的伤心，但孙离到底从中年危机中走出来了。对，我还没有说喜子和谢湘安的爱情。之所以不说，是因为我觉得这大概是作者刻意安排的，为了让两个人最终重启爱历元年，需要两个人都有背叛，这样才对等，才能双双回归。那是一片用于装饰的叶子。现在，我的问题是，只能通过爱情摆脱中年危机吗？中年危机是摆脱了，被摧毁的信任怎么办？破碎的家庭真的能团圆吗？合上书页的那一刻，我依然在为孙离和喜子担心。

造一座北平城

——史雷论

史雷曾经在一次访谈中谈到了他开始儿童文学创作的缘由：其一，有一次读到曹文轩的《草房子》，他泪流满面，从而打算自己创作；其二，他是在中国西南的一个山沟里出生的，因为当地条件不好，被送回了北京，由姥姥、姥爷抚养。不要轻视这样的缘由，每一个看似微不足道的开端，都可能是通向伟大航程的那个码头，而且码头的风景会深深地留在自己的记忆中，潜移默化地影响航线的方向。这一点在史雷身上得到了验证。他的文字是安静的，有一股恒常的气息，仿佛在我们生活的时代有一扇门，只要你找到它，轻轻拉开，喧闹的世界立刻就安静了。虽然战争在不远处虎视眈眈，仿佛要一口吞掉平民百姓最平常不过的日子，然而在老虎那温热的呼吸拂面之前，日子总是要过的。此外，史雷太爱北京了，所以他写得好的一定是这座伟大城市的气象。关于这一点，倘若他一开始就出生在北京，在父母膝下，如每一个胡同里的孩子或者大院里的孩子那样长大，恐怕体会还不那么深。正是因为离开过，而后又回来了，而这回来是不完整的回来（毕竟父母不在身边，抚育他的是姥姥和姥爷），他才执拗地要寻找这座城市的历史，且只有在北京的历史中，他才会感到安心。我以为，这两点当是理解史雷的儿童文学创作的两把钥匙，也正是通过这两把钥匙，史雷的优长及可能的局限，或许能得到部分的说明。

一

《定军山》《将军胡同》《桃城烧》《黑玉》与《远去的誓言》大抵可以看作是一组创作。史雷在这一组小说中试图构建他想象中的北京城，并表达他所感受到的北京城对他的强烈吸引力。北京，究竟应该是什么样子呢？赵园在《北京：城与人》一书中是这样描述北京的："北京，同时又比任何其他中国城市抽象。它的文化性格对于无数人，早已作为先于他们经验的某种规定，以至它的形象被随岁月厚积起来的重重叠叠的经验描述所遮蔽而定型化了。这里又有作为巨大的文化符号，被赋予了确定意义的北京。"① 这确实是写作者所面临的巨大难题，北京的文化性格在很大程度上是已经写定的，你所能做的，是在给定的意义框架内展开探索。正因为如此，史雷的"北京系列"确实重叠着文学史的影子，是在优秀作家引导下的对北京的观察与发现。

《定军山》以传统京剧剧目为题眼，讲述老北京旗人的生活。这似乎也是讲述民国时期的北京的一个叙事传统，自老舍开始，清朝的王孙贵胄在历史发生重大转折的当口从悠游度日到穷困潦倒，仿佛是一眨眼的事，其中，人的命运的戏剧性变化必然成为小说家的材料。老舍曾在《正红旗下》中发出这样的感慨："二百多年积下的历史尘垢，使一般的旗人既忘了自谴，也忘了自励。我们创造了一种独具风格的生活方式：有钱的真讲究，没钱的穷讲究。生命就这么沉浮在有讲究的一汪死水里。""讲究"，大概是对旗人最精准的概括。他们作为清朝的贵族后裔，对吃喝玩乐无一不通。然而，时转世移，当文化价值的标准得以调整之后，这份"通"就有了可笑的、悲怆的意味。关于这一点，我们已经从邓友梅的名篇《那五》中有所领略。

《那五》中的福大爷，就是这样一位典型的旗人。因为祖上挣下的产业带来了优裕的生活，"所以他会玩鸽子，能走马。洋玩意儿能捅台球，还会糊风筝。最上心的是唱京戏，拍昆曲。给涛贝勒配过戏，跟溥侗合作

① 赵园：《北京：城与人》，北京大学出版社2002年版，第2页。

过《珠帘寨》"①。旗人子弟要找嚼谷，还得不费劲，最好能到处混吃混喝充大爷，看那五的经历就知道了。他当了小报记者后，为了出名，买了一部旁人写的小说底稿，却招来祸事；和人一起设套赚钱，最后自己却被人劫了；学唱京戏，却不肯下苦功练真本事，一直没上过台。就是这样一个那五，尽显旗人在民国时期的情状。《定军山》里的图将军，也是这样一位"那五"。那五是内务府官员的后代，图将军是奉国将军的子弟，虽然一天营兵也没当过，可就是喜欢别人称他"图将军"，因为这是祖上用命换来的荣耀。那五的家败落了，最后那五只能住到云奶奶家，靠云奶奶给人做针线过日子。图将军将自家的院子卖给了"我家"，却依然挡不住那颗爱玩的心，他三天两头地把好东西送到"我家"，换点儿钱过日子。《定军山》写的是图将军参加"叫灯"。什么叫"叫灯"？老北京风俗，正月十三到元宵节，特意开夜市三晚，名为"叫灯"。"参加者从家中取出压箱底的好葫芦装入最好的蝈蝈参加'叫灯'。很多大养家专门提前一两个月物色绝好的蝈蝈，就是为了赢得头彩。"图将军可是参加"叫灯"的行家里手。他先是带着"我"去"斥候"，也就是侦察蝈蝈的好坏，他还会给蝈蝈粘药，让蝈蝈叫得更洪亮。当然，图将军赢了老横泽。可是，这是胜利也是失败。尤其要注意的是，史雷始终让京剧《定军山》在文本中回响。《定军山》讲的是什么？蜀汉老将黄忠在曹操攻打西蜀重镇葭萌关时，发挥老当益壮的精神，向诸葛亮讨令拒敌，打退了敌将张郃，乘胜攻占了曹军用于屯粮的天荡山，后又再接再厉，用计斩杀了曹军大将夏侯渊，夺取了曹军大本营所在的定军山。你可以将那只老当益壮的蝈蝈看作是黄忠，如若将图将军看作是黄忠也未尝不可。只是这定军山真的被图将军夺回来了吗？京剧与小说构成了双层结构，产生了双层意蕴，共同参与了老北京文化氛围的营造。

事实上，史雷的"北平系列"都与一件"玩事"有关，也都玩出了名堂。《将军胡同》用很大的篇幅讲述了养鸽子的技艺，但小说的重点则放在了斗蛐蛐上。《桃城烧》关乎酿酒。《黑玉》还是与鸽子有关。史雷将北京文化落实在了一个"玩"上。这是北京这座城市本身所赋予的。赵园

① 邓友梅：《那五》，作家出版社2009年版，第146页。

说："北京的文化魅力，固然在崇楼杰阁，在无穷丰富的历史文物，却也在普通人极俗常的人生享用。这里或有更亲切更人生化的北京文化。"①而旗人则将"玩"发挥到了极致。写玩蝈蝈、斗蛐蛐、养鸽子、熬鹰，就是在写北京本身。当然，这还与史雷处处着眼于儿童的天性有关。儿童，恰与有着贵族式天真的旗人有相通之处。玩儿或者说游戏，释放了他们的天性。在玩儿中，人生的趣味一一展现。于是，在成人世界里并无谋生本领的图将军在儿童的世界里却被孩子们崇拜，因为他会玩儿的实在太多了。他懂得给蝈蝈粘药，这让日本人老横泽都由衷地赞叹；他懂得在斗蛐蛐的过程中不同的使芡的技巧，知道如何根据蛐蛐所处的态势灵活运用，从而以弱克强；他还懂得如何让蛐蛐调养休息，甚至给蛐蛐开中药吃。在《桃城烧》和《黑玉》中虽然没了图将军的踪影，但是技艺仍然占据了小说的重要位置。比如，桃城烧是桃城最好的酒，老板陈天葆掌握着别人没有的酿酒秘方。《黑玉》里的姥爷更了不起，他竟然将观赏鸽训练成了军鸽，让鸽子承担起了送情报的工作。可以说，史雷的创造正在于此，他将孩子们感兴趣的"玩"技艺化，并充分发掘出了技艺背后的文化，即使是玩儿，也显得庄重与认真。从技艺而达至精神，确实暗合了北平文化的一脉，史雷由此建构出了他想象中的北平。

没错，是北平而不是北京。史雷的中短篇小说犹如挂在墙上的风俗画，等待着那些对北平文化充满兴味的人去欣赏，去着迷。可是，对于那些不那么喜爱北平的读者呢？任何一部文学作品的创作，都是作家在建立个人的文学世界，并在这个文学世界里安放了自己的审美与感情。读者借助作家所建立的文学世界，去建构自己的文学世界。这或许也是我对史雷的作品有所不满的地方。他笔下的北平城固然充满了过去的气韵，然而却过于凝固、静止。如何从北平里建构出北京来，大概是我对史雷的期待吧。

二

史雷是在儿童文学的领域开始他的文学之旅的。儿童文学有其特殊性，

---

① 赵园：《北京：城与人》，北京大学出版社 2002 年版，第 105 页。

因其接受对象是儿童，所以必然担负着引导孩子认识世界的责任。儿童文学的创作者就像一个擦镜子的人，他们所要做的事情是通过文字构造一个世界，进而将真实世界这面镜子擦得更亮一些，让尚未获得独立认识事物能力的儿童获得关于这个世界的基本认识。理解了这一点，就能理解为什么在史雷的中短篇小说中，抗日战争始终处在世界的一端，平静的日常生活时刻有被打破的危险。

这当然是一个悖论。战争与儿童，原本是不能处在相隔最远的两极上的。儿童作为最脆弱的群体，理应受到家庭与社会的保护。但现实是，多少儿童流离失所，在战争冲突中遭遇身体与精神的伤害。这是事情的一个方面。另一方面是，儿童有必要参与国家集体记忆的建构。这也是文学存在的价值，它帮助我们避免遗忘，让我们产生对民族、对国家的认同，进而把我们连接成一个共同体。因此，在书写战争的儿童文学中，孩子应当是在而不在。所谓"在而不在"，即孩子应当是在场的，因为只有在场才能保证鲜活的记忆被铭刻，但是在那些直接的、残酷而血腥的战争场面中，孩子又是缺席的，不直接面对。可以说，史雷恰到好处地处理了这种"在而不在"。他将战争的对峙与冲突处理成孩子之间的一种游戏，游戏也因此具备了某种庄严感。

在《定军山》中，中日之对立被演化成了两只蝈蝈的鸣叫比赛。背后是博大精深的中国文化。史雷也觉察出了，如果顺着这一逻辑推演下去，存在被颠覆的危险——那是真正意义上的玩物丧志。所以到了结尾，他借日本人之口说出了这样一番话："如果中国人能把这种精细劲儿放在经国大业上，那么这个国家还会像现在这样吗？"一个战争中的敌手说出这样的话，确实振聋发聩。一个民族的前途究竟如何？小读者一定有了了然于心的答案。《将军胡同》也是这样的叙事结构。只是这一回，比的不是蝈蝈，而是蛐蛐。比赛的双方是"我"与小海子，而小海子后面，是他那投靠了日本人的爹和爷爷。而且这一回掺杂了政治因素，秦四儿和秦孝天屡次上门，为的是要了铁弹子搞赏虫会给日本人看，"让日本人也了解了解咱北京的好东西"。因此，蛐蛐之斗争里有了民族大义。有意思的是，"我"虽然有了铁弹子，铁弹子堪称蛐蛐里的好苗儿，但真到了比赛的时候，秦孝天拿出了紫黄，压铁弹子一等，紫黄算得上"虫王"。

同《定军山》一样，比赛其实是在我弱敌强的阵势下展开的。这几乎是对抗日战争时期我方和日方军事实力的暗喻。就像反法西斯战争终于艰难地取得了胜利一样，铁弹子在极艰难的情势下终于战胜了紫黄，而它为了这次胜利付出了生命的代价。有意思的是，这毕竟是写给孩子们的小说，史雷不愿意看到天真的孩子们在民族大义上有一丝一毫的错误，所以尽管小海子代表了他爹参战，但是在实际比赛过程中，小海子站到了我们这一方。当紫黄占上风的时候，他的选择是不使芡；特别是当铁弹子得胜之后，"小海子的表情很奇怪，既不伤心也不遗憾，一动不动地站在桌边，好像这场斗局与他无关"。这样一个细节，就将小海子从尴尬的局面中拯救了出来，将儿童的正义还给了他。《将军胡同》之所以比《定军山》好，就在于比赛结束之后，《定军山》就结束了，但是《将军胡同》并没有结束，它还写到了日子之艰难，写到了美猴王被误射，用猴子的死亡为战争时的生活涂抹上了血色，让小读者们真切感受到了一个民族在战争中的飘摇。调子越来越灰，语气越来越沉痛，但好在小说以"我"收到父母来信，得知新的生命降临收束，于灰暗中透出一丝明亮的光。

　　《黑玉》也是一部战争题材的作品。这一次，充当主角的是鸽子。姥爷与日军通信参谋小松因为鸽子而相识，引为同道。这个小说的结系在"黑玉"身上。黑玉是观赏鸽，不适合传递情报。然而，"姥爷了解西方驯鸽的先进方法，再加上前清贝勒爷那儿祖传且实用的养鸽及驯鸽经验"，才得以瞒过鸽子专家小松的眼睛，用观赏鸽传递情报。当然，姥爷最终也付出了生命。史雷似乎特别愿意制造误会。比如，姥爷要用鸽子传递情报，做的是地下工作，就被人误认为汉奸。《桃城烧》里的姥爷也是如此，他出任日华亲善中学的校长，被人看作是汉奸，但其实为的是保持民族气节，抵制奴化教育。误会确实使小说有了波澜，峰回路转，小说的趣味性大大增强了。不过，史雷这么设计大约是要让读小说的孩子们意识到，战争，不光是战争，人世间的一切都是复杂的，要拨开表象，看到真相。真相是什么？小说卒章显志——"中国有句古话叫'国家兴亡，匹夫有责'。在国家有难之时，中国人无论处于什么阶层都会起来反抗，包括中国的鸽子。黑玉是中国名贵高雅的观赏鸽，可是为了反抗侵略，也会发掘出自身优势去完成那些看上去不可能完成的任务，这就是中国鸽子的性格，也是中华民族的性格"。说到底，对民族大义进行审美化的文学表达是史雷所追求的。

<h1 style="text-align:center">三</h1>

然而，问题来了。

儿童文学作品一定要意义明晰，甚至需要直截了当地说出小说的主旨吗？史雷的作品大多有这样的特点。《远去的誓言》讲的是中医和西医联手救治苍生的故事。到了结尾，所有人开始背诵《大医精诚》。《大医精诚》就是小说的魂。《黑褐色陨铁石》看上去像是一部科幻小说，但讲的是信守承诺的故事。黑褐色陨铁石就是信守承诺的最好证明。如此种种，不一而足。少年时代的我，确实对这样的表述有一种偏好。只有年岁渐长，才逐渐对具体的细节产生兴趣，愿意咀嚼玩味意义混沌而魅力无穷的小说。但似乎又不完全是这样。这两天，我在为儿子朗读一本叫作《爱心树》的绘本。这本绘本讲的是一棵大树和一个孩子的故事，大树是如此喜爱这个男孩，在男孩幼年时陪伴他一起玩耍，待到男孩逐渐成年，面对男孩的各种要求，大树舍弃了自己，一一给予满足。后来男孩变成一个老头，就想找个地方坐一坐，只剩下一个树墩的大树还会拼尽全力，挺直身子，让老头坐得舒服一点儿。成年人都知道，大树就是父母的象征。然而绘本中却并未说破这一点。尽管如此，不到三岁的儿子仍然哭了，被大树深深感动了。有时候，我们不要低估了孩子们的感受力。一个浑圆完整的故事，可能就为他们打开了通向世界的一扇窗户。也许孩子们说不出来完整的判断，但那一丝细微的难以言传的感受，恰恰是我们应该保护的。此外，从文学创作的规律来说，意义清晰的作品某种程度上丧失了进一步阐释的可能性。即使是儿童文学，作家是否可以让意义含混一些，留下不同的意义空间，让孩子们在不同的年龄阶段，甚至长大成人之后，都能有所得。写过《夏洛的网》和《精灵鼠小弟》的 E·B·怀特曾经说过这样一番话："任何人若有意识地去写给小孩看的东西，那都是在浪费时间。你应该往深了写，而不是往浅了写。孩子的要求是很高的。他们是地球上最认真、最好奇、最热情、最有观察力、最敏感、最灵敏，且一般来说最容易相处的读者。只要你的创作态度是真实的，是无所畏惧的，是澄澈的，他们便会接受你奉上的一切东西。"从这个意义上说，这个世界上伟大的儿童文学作品一定是多层次的，是成长性的，不是大人故意模仿孩子说话，也不是给孩子讲道理，而是不断给孩子以新的滋养。就像著名的童话《彼得·潘》。或许在年幼的时候，我们痴迷的是彼得·潘和温蒂在永无岛的历险故事，然而长大以后，我们才能体味温蒂选择长大，而彼得·潘永远拒绝长大那一刻的无可奈何与人生况味。从这个意义上说，史雷是一位有潜力的儿童文学作家，他懂得如何蹲下来给孩子讲故事。但是他还不是一位伟大的作家，他只是试着模仿孩子的语调，讲述孩子的故事。真正伟大的作家，就像安徒生、王尔德、圣埃克苏佩里等，他们保留了属于孩子的普遍趣味，他们用自己的声调说话，虽然不讲铿锵有力、掷地有声的大道理，却照亮了所有阅读的孩子和大人。而这样的小说是属于我们的，属于还是小男孩和小女孩的我们。

人与城

——蔡东论

当年轻的小说家蔡东在深圳这座同样年轻的城市居留下来时，她重新开启了曾经一度中断的写作。很难说清到底是什么促使她在生活之余以小说为业，或许是深圳蓬勃的活力让她感到有创造之可能，抑或是面对庞然大物一般的城市的无力感让她觉得有倾诉之必要。不管怎么说，她在文字的世界里耐心地浇筑一砖一瓦，搭建一城一池，让一个个人物走进她的世界，自如地生活起来，直到成为她血肉的一部分。这个过程我虽然并未经历过，但相信其中必有隐秘的快感，也有创造之后的空虚。

一

许多小说家会在不同的小说中使用同样的情节，在我看来，有的小说家笔下的人物，仿佛是小说家本人的分身。他们在不同的地方过着看上去形态迥异的生活，然而却有着基本一致的灵魂，甚至读得多了，作为读者的我们基本上能预测到小说人物对某一事件会如何应对。这不是毛病，或许，这样的人，这样的主题，就是小说家情之所在。小说家拿起笔来，无非是为了抵达在自己心中盘旋已久的情境。那么，对于蔡东来说，她至为钟爱的是这样一群人——他们大抵衣着光鲜，生活无忧，也许可以用中产阶级为他们命名，但是他们的内心显然与深圳这座蒸蒸日上的城市并不合拍。只有他们自己知道，其实他们早就放弃了对所谓的成功的向往，闲适、有情调地活着成为他们的生活目的，似乎有几分为生活而生活的意思。然而，他们的内心真的接受这一切了吗？或者说，生活允许他们这样活着吗？

《无岸》里的柳萍就非常典型。从外表看上去，她颇为自己的生活自得——"在这一座永不匮乏的梦幻之城里，她每个周末都外出购物，高兴时买东西，不高兴了还买东西。她熟悉各种品牌，追求生活品质，颈上白金链子松松地挂个碧玉坠儿，手腕上一圈绿莹莹的翡翠镯子"。这是物质上的，但精神上的她也不缺。"书案上永远摆着一类书，李渔的《闲情偶寄》，袁枚的《随园食单》，文震亨的《长物志》，王世襄的《锦灰堆》，才子书，生活禅，性情，写意，玩乐的雅兴，琐碎的情趣，轻灵地过渡着现实和诗意。"这似乎让人艳羡。然而，只有柳萍自己清楚，这种对生活品质的追求其实是通过对某种所谓成功的生活的放弃得来的。假如有一个摄影镜头，假如这个镜头从柳萍的家转移到职场，我们就会发现，其实柳萍的生活远谈不上富贵。在柳萍任教的学校里，就有"社科双姝"的存在，这也昭示了另外一种人生路径。她们是成功者，是柳萍暗暗羡慕的对象，至少在柳萍事业的发展期，她给自己规划的未来是"社科双姝"式的，而不是现在这样的。那么，在哪条道路上出了岔子？蔡东没有明说，只是含蓄地说："过了几年知己知彼了，便自觉地、懂事地退出了评优评先的行列，至少还剩个姿态。""知己知彼"的"知"指的是什么？实力上的差异？换句话说，当柳萍在竞争中处于劣势时，不得不选择往后退。看似自主的选择，其实全部来自不得已。

像柳萍这样失去了努力的心劲的，还有《木兰辞》里的陈江流。陈江流的"后退"缘于创作能量的消失。他不能像他梦想的那样成为优秀的画家，于是，他索性放弃了绘画，因为他担心被评价为"一个没有天赋但颇为勤奋的美术教师"。

张亭轩是《净尘山》里的配角，与柳萍、陈江流也是一路。作为音乐教师的他与陈江流一样，无法在艺术中寻找到安慰，所以毅然决然地选择了辞职，从此过上了无所事事、虚度光阴的日子。如果说柳萍将生活的艺术当作逃避真实生活的屏风，那么张亭轩的屏风则是"攻柳体、习花鸟"。

蔡东对这一类人的生活哲学概括得十分精准——"她软弱善良，又缺乏斗志和勇气，多年来过着一种消极自保的生活，秉承着能绕行就不直走的哲学"。如果以世俗的标准来看，这一类人大概都是失败者吧。正如杨庆祥所指出的那样："他们的失败并不仅仅在于他们在现实面前退步，更在于内心世界的溃败，他们完全不能坚持内心的法则去生活，相对于世俗的成功而言，这是更大的失败。"这些年来，"失败者"已经成了小说中十分显豁的形象。不过，小说家对待"失败者"的态度并不一样。比如格非，显然赋予了"失败者"崇高的文学价值，他说："文学就是失败者的事业，失败是文学的前提。过去，我们会赋予失败者其他的价值，司马迁在《报任安书》里列举的失败者被赋予了很高的地位。今天失败者是彻底的失败，被看作是耻辱的标志。一个人勇于做一个失败者是很了不起的。这不是悲观，恰恰是勇气。"相比之下，蔡东要实际得多，她看到了生活对于"失败者"的侵袭。

二

对于柳萍来说，自己构建的理想生活突然露出真实的棱角，是收到女儿的入学通知书的那一刻。这直接宣告了柳萍生活的失败。起初，我百思不得其解，就算柳萍心疼女儿，不愿意让她面对千军万马，也不至于以自己失败的人生作为全部祭品，让女儿泅渡过河。我甚至认为，蔡东有些小题大做了，这个核貌似撑不起失败这个主题。接二连三地在蔡东的小说中辨认出柳萍们的面貌之后，有那么一瞬间，我突然明白了。其实，她们在内心深处早就承认了自己的失败，她们对这个事实心知肚明，所以击倒她们的，也许就是那么一根稻草。毕竟营造出来的生活的幻象是如此不堪一击。所以，在《木兰辞》中，陈江流和李燕都无比欣赏邵琴，在他们看来，"她极具社交智慧，于取悦、攀附、献媚、钻营之外独树一帜。她掌握了'虚名可以实用'的全部精髓，艺术的包装，闺秀的风范，最小的人格牺牲，最实在的收益。陈江流想做而未做的，做了也未必成功的，在她那儿，都实现了"。其实，岂止是他们，几乎蔡东小说里的所有"失败者"都羡慕这样的人。所有的"失败者"都在喃喃自语："功名利禄那条路，才是滋补理想的唯一的正途。"

"失败者"的心声，叫人凛然而惊。在蔡东的小说里，原来每一个出世的人都深藏着入世的梦想。通过否定之否定，这个时代的价值观呼之欲出。原来，我们这个时代给"失败者"留出的空间真的不大。他们不过是在自欺欺人与粉饰太平中遥遥地呼应这个时代。同为"80后"的小说家马小淘也有一部短篇小说，叫《章某某》。与蔡东的小说中的人物一径往后退不同，章某某是一个执意要通过奋斗改变人生的人，然而，她的奋斗在"我们"眼里，简直就是个笑话。在小说的结尾，这个因为不断改名字而没有了自己名字的姑娘最终精神分裂了。这是今天的小说家们共同感受到的现实——成功学甚嚣尘上，沿着时代所指引的成功学的道路前进，最后疯了；被成功击退的那些人，心里更是要多凄惶有多凄惶，那一点儿自我早就烟消云散了。

　　然而，我始终摸不透蔡东的态度。在《木兰辞》里，她似乎也有些赞赏邵琴，甚至将李燕的改变看作可喜的进步，认为是女人而不是男人顶着内心的压力积极往前走。从某种意义上说，女人比男人更坚忍。可问题是，"名媛"邵琴真的保住了最珍贵的内核吗？对此，我很是怀疑。当然在蔡东的小说里还有另外一类人，他们始终在小心翼翼地活着，仿佛活着本身就耗尽了他们全部的心力。

　　比如，《断指》里的余建英就是如此。深圳这座城市，仿佛是和"断指"这一类事情联系在一起的。深圳诗人郑小琼的话犹在耳边，她说"珠江三角洲有4万根以上断指，我常想，如果把它们都摆成一条直线会有多长，而我笔下瘦弱的文字却不能将任何一根断指接起来"。作为打工妹，郑小琼是从打工者的视角去审视那些断指的。小说家蔡东却出乎意料地绕到了事情的另外一方"黑心老板"身上。于是，我们诧异地发现，原来失败是大家共同的宿命。《断指》中的老板余建英就是彻头彻尾的"失败者"。这样一位年近五十的中年妇女本来应该清闲地享受人生，谁知此时生活向她露出了狰狞的一面。老公的风流韵事将余建英的家庭摧毁了，她在经济上一落千丈不说，被人耻笑也是其次，更重要的是，经此一战，余建英确认了男人并不爱她的事实。可是，就是不爱，生活也得过下去啊。余建英学会了点头哈腰，学会了借钱，甚至不得不为了还清欠款而投身于小作坊。更大的魔鬼接踵而至。余建英雇佣的亲戚小芬在操作中断了手指，永远失去了健全，而余建英在遭遇到亲情的背叛，体验到生活的无情，以及一无所有之后，只剩下了无法偿清的罪孽。顺便说一句，这一篇大约是蔡东最接地气的小说，特别是余建英所尝试的毕生难忘的小解方法，透露出一个知识女性的自尊和要强，以及笼罩在这自尊和要强之上的难以言喻的悲凉。

与《断指》类似的是蔡东美誉度最高的小说之一《往生》。这是一个儿媳照料公公的故事。衰老与死亡在小说的字里行间氤氲，聚合在康莲慈悲的气息中。与余建英一样，康莲努力挣扎着，谁都知道，这挣扎有多艰难。最后，康莲只能依靠"往生"一词所带来的幻觉安慰自己。生与死，就在一瞬间。同样努力活着的还有《净尘山》中的张倩女。她付出了身体的代价，肥胖成为她的耻辱。她和所有"失败者"一样，不知道往哪里去。

现在，我大约一点点了解了蔡东，她以她的血肉滋养了这些"失败者"。她深入骨髓的悲观主义，让这些"失败者"无路可走。

三

为了理解柳萍们，我们还应该看一看，蔡东的小说中的人物生活在哪里。

蔡东的小说有着强烈的空间存在感，小说中的人物无一例外在深圳和留州。这是一对奇怪的组合，深圳是真实存在的城市，我们都知道，小说家蔡东就生活在这里。而留州显然是一个虚构出来的地名，在蔡东的小说里，这是一个很小的内陆城市，生活节奏相对缓慢，然而，却也在改变着。不能撇开深圳谈留州，就像不能撇开留州谈深圳一样。深圳和留州，一实一虚，共同构成了小说的空间感。哪怕是某部小说的具体情节只在其中一个空间发生，另外一个空间也隐隐存在着，暗中支配着小说的走向。这真是一件奇妙的事情。

或许在蔡东看来，这样的价值观来源于这个年轻的、一往无前地朝前方飞奔的叫作深圳的城市。每个来到这座城市的年轻人，倘若不能跟上它的速度，就会被它抛弃。《天堂口》里的"我"，就是为了拯救爱情来到这座城市的。在"我"和铁帅的衣食住行中，面对深圳"我"屡屡抒情："深圳像一个处于青春期的少年，野性、躁动、富有侵略性。……这里有精妙的骗术、老谋深算的商人、造诣极高的投机家，这里盛产机遇，是思维活跃的年轻人的圣地。深圳欢迎野心勃勃，拒绝乐天知命，暴富和锒铛入狱汇流而成深圳的都市传奇。"显然，这是一座居大不易的城市，高昂的物价，快速的节奏，对于来到深圳的人们而言，活着成了第一需求。对于《天堂口》中的王果来说，深圳不仅意味着上述这些，还有失窃、真币被调包的创伤经验，所以只有在离开深圳的那一刻，她一直倒悬在半空中的心才会落在泥土中，她才会有如释重负的感觉。王果如她所愿地顺利拯救了爱情，可是作为读者的我们，却开始忧心他们的未来，这对年轻人真的能在深圳过上他们向往的生活吗？《净尘山》中潘舒默同铁帅的生活简直是一模一样，这个只有两件衬衫的男人，只能依靠身体的热气一点一点烘干衬衫。这与他想象中的深圳，其实差得很远。

对于他们来说，福地似乎只存在于遥远的家乡留州，就像《福地》中的傅屯，就像《净尘山》中那个停留在想象中的净尘山。然而，留州的意义是提供另外一种可供想象的空间，对于蔡东的小说中的人物而言，他们早就丧失了开辟新的生活空间的能力，留州只能无限地虚无下去。

我们正是被困在这样的处境中，进退不得。蔡东深深地理解这一切，但并无超越的可能，所以在小说结尾，大多是无言的叹息。当然，我们不能强求小说家提供解决问题的方案，可是他们的想象力，或许能带着我们在天空中飞一会儿？

刘荣书《冰宫殿》阅读札记

　　一个作家从什么角度开始构思他的小说呢？有的小说家是从人物开始的，当他们看到一个人物时，为之欢喜，为之神魂颠倒，必须赋予其完整的性格才舍得让其去经历无常的命运。有的小说家是从事件开始的，某一件事情让小说家在内心反复咀嚼，他们要写出这件事有可能意味着什么。想一想余华的小说，从《十八岁出门远行》到《许三观卖血记》，事件在小说中占据了举足轻重的地位，或者说事件本身就成为叙述的全部目的。有的小说家则是从意象开始的，比如苏童，《白雪猪头》也好，《西瓜船》也罢，长篇小说《河岸》《黄雀记》中也都有着鲜明的意象。可以说，小说家是围绕意象开始创作的。刘荣书与苏童是同一类型的作家，他的小说里也有挥之不去的意象。《浮屠》中在蓝色天空衬托下的白色的粮仓，在幼年苏双的眼睛里就是塔；《冰宫殿》写的是一座用冰搭成的晶莹剔透、坚实厚重的宫殿；《有污点的人》写的是推着独轮车出现在公路上的退休干部……是意象驱动着刘荣书写下了这些篇章。反过来，这些小说因为这些意象闪烁着诗意的光泽。刘荣书对这些意象的选择倾注了巨大心力。他盼望着意象被解读，进而小说的主旨、作者的写作意图一一浮现。然而，是否可以将谜团埋藏得更深一些，增加猜谜的难度，进而激发读者的热情呢？这或许需要重新调整处理意象的方式。此外，一个年轻的写作者是否可以在尝试多种路径之后再做出选择呢？毕竟被一种风格拘囿，会让自己变得单调而不是开阔。

　　推动小说向前发展的是叙述，而不是描写。刘荣书明显对描写更动心。在他的小说里，叙述是缓慢的，屡屡被描写打断，就像《死亡信使》中那个奉命报丧的潘多屡屡被年幼的自己打断一样。刘荣书的描写有一种诗人的气质，就像他自己说的，他着迷于奇异的事物："那些生活中奇异的事物，是这些小说闪烁着微光的内里。它们来源于生活，以小说的形式得以呈现。"他让我们从飞驰的列车上暂时下来，随他用放大镜细细去看那些"奇异的事物"。这当然是一个小说家对严肃文学的追求，他不执着于故事，与这个时代浮浅而迅疾的性格格格不入。另外，在叙述方面，刘荣书还得训练自己，训练叙述的中断、空白，训练叙述的节奏感，训练暗示而不是明示。或许只有在奔跑的叙述中，那些奇异的事物才能被我们看得更清楚。

小说家都是建立了虚构世界的人。作为小说家，刘荣书遇到的一个根本困惑是，如何沟通他的生活经验与写作。事实上，这个问题的核心就是如何虚构。这一问题在刘荣书的小说里如实反映了出来。在他的小说中，我们甚至看到了日常生活的世界与小说世界的那个接口。他最惯常的处理办法是，寻找一个在生活中出现过或者曾经出现在新闻中的故事，在按照生活逻辑如实地叙述这一故事之后，对这一故事的走向进行变形或者加以超拔。比如，我们大概都听过老干部和小保姆的故事，刘荣书的创造是让这个老干部有前史，最后老干部竟然推着独轮车上了路。这一细节几乎就是连接现实世界和虚构世界的那道桥梁。但是在《死亡信使》里，他完美地处理了现实世界和虚构世界，我们找不到那道桥梁。我们甚至不知道到底一个人去报丧是虚构，还是在报丧过程中发现了很久以来的一个事实是虚构。这部小说让我们发现了一个生活的真相。原来，在我们懵懂无知的时候，可能因为无知而导致无法挽回的损失，而我们依然被隔绝于这一认知之外，直到某一天，因为某一机缘，才顿悟曾经犯下的错。我们以为明白了就可以弥补，但过去了的一去不复返，生活不可以重来。只有虚构才能让人逼近生活的真相。这或许是我们需要文学的最好的理由吧。

刘荣书的内心深处居住着一个小男孩。这个男孩曾经备受欺凌，他满身创伤，需要抚慰。我甚至猜想，这个男孩是刘荣书写作的全部热情来源。刘荣书用他的文字成功地安慰了他。现在，刘荣书需要离开这个小男孩，走进人群中，让自己成为任何人。或许有一天，他还会回到这个小男孩身边。但是倘若不离开，也不会再回来。

爱情和经济的互相成全与毁灭

——《包法利夫人》

　　《包法利夫人》讲的是一个关于永不餍足的愿望是如何毁灭一个人的故事，也可以说，是日常生活所不能容纳的激情如何致命的故事。如果用现在的话来评价，包法利夫人大概算得上是一个典型的文艺女青年。修道院的生活培养了她的文艺气质，既包括宗教生活所带来的神秘魅力，也包括通俗文艺所带来的超出日常生活的传奇色彩；既包括曲调轻浮的音乐所带来的感官愉快，也包括画册里的那些贵族形象或者异国风景所带来的新奇感受。总而言之，她爱的是"欢愉、热情和迷恋"。关于这一点，福楼拜一针见血地指出，她"热狂而又实际，爱教堂为了教堂的花卉，爱音乐为了歌的词句，爱文学为了文学的热情刺激，反抗信仰的神秘"。也就是说，爱玛在艺术的殿堂跌跌撞撞，但始终不得其要，不过，话又说回来，谁又能想到一个农户的女儿可以成为一个卓尔不群的艺术家呢。但这种对待艺术的方式，在福楼拜看来，是不利于她的人生的。因此，当她遇到查理·包法利的时候，正是她从修道院回家之后，生活平静得让她绝望，她满心希望通过婚姻从此进入一种全新的生活。

　　就这样，爱玛来到了道特。不能不说，在最初的婚姻生活中，她把对艺术的小心思用在了生活上，比如，素描，弹钢琴，精心装饰她的家。这几乎称得上"日常生活审美化"，但很快日常生活的单调再次使她陷入绝望。特别是包法利夫妇参加的侯爵府邸的舞会，简直就是使爱玛导向所沉溺的幻觉的一根错误的绳索。这目眩神迷的一夜，让她对自己的生活越发不满。这不满直接使得包法利一家离开了道特，来到了最终结束爱玛性命的永镇。来到永镇的第一天，爱玛就遇到了她的精神恋人，在公证人家做文书的赖昂。文艺充当了两人爱情的媒介，在对文艺的谈论中，两个人觉得离庸常的生活越来越远，离可以自由翱翔的精神世界越来越近。这就是人类需要恋爱的原因吗？可是，爱玛和赖昂的见解实在算不上高明，这是否预示着恋爱对解救人生无效呢？永镇的确给予了爱玛全新的生活，她同赖昂进行精神恋爱，然后赖昂去了巴黎；接着，她同罗道耳弗恋爱，然而罗道耳弗放弃了两人私奔的打算，到鲁昂去了；转了一大圈之后，她再次遇到赖昂，开始了她向往中的然而实在粗鄙的恋爱生活。爱玛能指望借助恋爱将她从平庸生活的泥沼里拽出去吗？且不说她所遇非人，即使是在最如胶似漆的时刻，爱玛仍然不快乐，或者说她从来没有快乐过。她不停地向生活索取更多的快乐，然而生活总是在让她签下越来越多的账单的同时，将一切卷走。可怜的爱玛，她不明白，激情总是像肥皂泡一样，美而易破，直到她眼睁睁地看着自己陷入残酷的境地。

当然，经典的意义恰恰在于它的意义是不断增值的，它永远在召唤新的进入它的通道，新的阐释方式，新的理解的可能。假如我们单单从这个视角去阅读《包法利夫人》，我们大概会认为福楼拜是一个浪漫主义意义上的反浪漫主义者，他过分看重内心想象之于人的作用，在这一点上，他恰恰与拉马丁之类的浪漫主义者握手言和了。李健吾曾经用这样一段颇为浪漫的话语描绘福楼拜："在这一群浪漫主义者之中，有一位生性浪漫，而且加甚的青年，却是福氏自己。他和他们一样热狂，一样沉醉，一样写了许多过分感伤的自叙的作品；他感到他们的痛苦，他们的欢悦；他陪他们呻吟，陪他们流泪，陪他们狂笑。这是一个心志未定的青年，在滚滚而下的时代的潮流中，随浪起伏；他漂浮着，然而他感觉着、体验着、摸索着，最后在一块屹然不动的崖石上站住，晓得再这样流卷下去，他会毁灭，会化成水花一样的东西，归于消蚀。"

《包法利夫人》对福楼拜来说是一个重要的转折，浪漫主义依然在他身上发挥着重要的影响，但现实主义以更为强悍的方式占据了他的心，进而构成这部小说的隐性文本。就像毛姆所说的："他既是浪漫主义者，又是现实主义者。"不过，纳博科夫可能不大同意这样的说法，在他看来，"所有的现实都只是相对的现实，因为某一特定的现实，例如你看见的窗户，嗅到的气味，听到的声音，不仅仅取决于感官接收到的原始讯号，还要取决于不同层次的信息。一百年前的读者熟悉的是描写爱玛所崇拜的那些伤感的绅士淑女的作品。在当时的读者看来，福楼拜的作品也许是现实主义或自然主义的。但现实主义，自然主义，都只是相对概念。某一代人认为一位作家的作品属于自然主义，前一代人也许会认为那位作家过于夸张了冗赘的细节，而更年轻的一代人或许会认为那细节描写还应当更细一些。'主义'过时了，'主义者'们去世了，艺术却永远存留"。

或许纳博科夫是对的，我们应该抛下主义之争，重新勘探《包法利夫人》的艺术细节，在作者刻意隐藏的地方发现更多的蛛丝马迹、更多的一闪而过的念头。事实上，小说一开始介绍查理的第一次婚姻，绝不是可有可无的。这个序幕清晰地呈现了金钱在婚姻关系中所承担的重要角色。在第一位包法利夫人失去了她所有的财产之后，一切都完了，除了死亡，似乎没有任何其他的可能。金钱决定了所谓的爱情。查理爱上爱玛，除了因为爱玛的美以外，难道"外表殷实的田庄"不是暗暗起了决定作用吗？在渥比萨尔的那场舞会中，令爱玛目眩神迷的固然是贵族的气派和美，可是，谁又能说构成这美的不是金钱呢？福楼拜甚至直白地指出："她的心也像它们一样，和财富有过接触之后，添了一些磨蹭不掉的东西。"爱玛的第一次精神恋爱，发生在她和赖昂之间。可是，为什么是赖昂？除了他和爱玛一样为幻想所蛊惑以外，恐怕还是因为他具备到巴黎的某种可能性。单只是可能性，就给他增添了光环。如痴如狂的恋爱发生在爱玛与罗道耳弗之间，通过罗道耳弗，她被调教成了一个柔顺的尤物。看看罗道耳弗是怎么出场的！"他新近买下庄园，有两块庄田"，于歇特是他的产业还不算，"据说一年起码有一万五千法郎收入！"这似乎是漫不经心的一笔。但是谁又能说，爱玛对他倾心没有这一万五千法郎的作用！《包法利夫人》处处讲的是爱玛的热望，可要我说，这热望背后是金钱打的底子。同样，罗道耳弗打消同爱玛私奔的念头，"开销"大概是最有说服力的理由。

如果说爱情之兴起与金钱有关，那么爱情之消亡也与其脱不了干系。当赖昂离开她的时候，她确信是做出了很大的牺牲的，因此"生活上很可以看开一些"。"看开一些"就意味着任意消费。这大概是她第一次同勒乐打交道，从此一发不可收拾。同罗道耳弗、赖昂恋爱期间，她更可以给她的情人们，以及她自己买各种东西了，直到达到破产的境地。同样，真正击倒她的也许并不是债务，而是两个情人对她的金钱困境的袖手旁观。爱情与经济这两样事物就以如此奇怪的方式扭结在了一起。彼时，它们成全彼此；此时，它们互相毁灭。这大概是《包法利夫人》中最令人惊心动魄的地方。福楼拜以庄严美丽的语言描绘鄙俗的人与事，就像爱情与经济互相拥抱一样。

　　还有查理。我一直以为，这部以包法利夫人命名的小说以包法利先生的人生作为开端和结尾绝对是一个创举。不，查理绝对不只是小说中一个承载爱玛人生的框架。他的存在，也绝不只是为了提醒我们爱玛失去了怎样的深爱，让我们为爱玛懊恼。爱玛向往而不可得的事物，同查理在爱玛身上感受到的深深的满足难道不是一回事吗？或许，正是这种结构上的对位关系，让查理和爱玛紧紧联系在了一起。一个死了，另一个也活不下去了。

他们的声音

——读田耳、朱山坡和光盘

后来回想起来，我对田耳的小说之所以印象深刻，大概是因为他独特的声音吧。自然，小说世界里充斥着各种各样的声音，小说人物在不停地说话，在发表他们对世界的看法。有时候，叙事者会冷不丁地闯进来，怂恿我们去听听那些小说人物听不到的声音。然而，在种种声音之上，最让我们难以忘怀的，还是作家的声音。这声音无处不在，却又了无痕迹，就像水消失于水中。老实说，田耳的小说大抵就有这样的魅力。

要谈田耳小说里的声音，大概还得先从人物说起。田耳的小说看得多了，会发现总有一个"小丁"在里面。为什么是小丁？这个人物只有姓而没有名（到了长篇小说中，似乎一个没有名字的人不再适合驰骋其中，于是，在《天体悬浮》里，小丁成了丁一腾），就连姓都是最简单的那一个，田耳自己的说法是，把小说人物的名字取得花里胡哨的，小说往往使劲使在小的地方，大都舍本逐末。所以他写小说的时候，尽量不让人名晃人眼目。这当然是小说家之言。我倒是觉得，以小丁为主人公，其实蕴含着田耳对生活的一种看法，他似乎相信简单中包含着最大的复杂性。这也决定了他的声音大约比平常人低两到三个音阶。音阶低了，自然速度就慢了下来，散淡起来，从容起来，那些所谓的"人性晦暗的角落"，也没那么多道德的面具，反而让人有了探究的好奇心。不过，探究归探究，他倒不深陷其中，不跟着这个堕落的世界一块儿堕落下去，而是有力量将自己择出来，只是那么兴致勃勃地看着。现在，你是不是和我一样觉得这个小丁有点儿意思？那么，问题来了，小丁是谁？在现代社会，有时候回答是谁的问题，其实是在回答职业的问题。在《天体悬浮》里，丁一腾是辅警，这给了他很大的自由度，可以出入各色人物之间，他在侦察大大小小的案件的同时，也侦察人心。《夏天糖》原来是一部短篇小说，后来被写成了长篇小说。最重要的改动是增加了"我"及"我"的戏份，"我"叫顾崖，是另一个"小丁"，"我"是摄影师，在莞城也就职于广告公司。但无论怎么看，大多数时候他都是无所事事地闲待着，这里看看，那里瞧瞧。这个小丁，几乎就是由波德莱尔首先发现，经由里尔克，特别是本雅明发扬光大的那个浪荡子的中国亲戚。他不动声色地在佴城晃来晃去，游离于各种案件之间，引领我们从一个角度打量人性，既不高估人性，也不为人性的卑鄙低下而大惊小怪，因而显得通达开阔。我们是在说小丁还是在说田耳？大多数时候，我们难以分辨二者。正如詹姆斯·伍德所说的："福楼拜的浪子传统试图确立的是，叙事者（或作家指派的侦察员）同时是某种作家又并非真的是一个作家。具有作家气质而不以此为业。是作家，因为他大量观察，且细致入微；不是作家，因为他并不花任何力气去写出来，所以其实不过是比你我多留了份心罢了。"我们对小丁或者说对田耳的好感大概源于此——他因为独一无二的声音被我们听见，进而被我们了解（尽管他比我们想象得还要深邃得多），我们愿意有这样一个朋友，带领我们在这个无滋无味的世间发现有滋有味的事情。

如果说田耳的声音是一个三十到四十岁之间的男人的声音，那么朱山坡的声音，更多的时候是一个少年的声音。在他大多数的小说里，都有那样一个少年，他生活在乡间，胆怯而又机敏，敏感而又自尊心强，窘迫的生活现实将他深深地困住了，他甚至不敢向充满庞然大物的世界迈出脚步。也许是因为年龄，他缺乏深刻理解这个世界的能力，所以他所看到的这个世界，要么是虚和实之间缺乏明显的界限，要么是缺乏连接事情的那道逻辑上的桥，因而看上去是一个个突兀的存在。举个例子，对于这个少年来说，这个世界的贫乏表现在两个方面：一是饥饿；二是精神世界的诱惑力。朱山坡不止一次写到"饿"："但我们仍然得捕捉鳝鱼到镇上换取粮食充饥，像村子里的其他人一样，否则挨不到冬天便会饿死。"（《捕鳝记》）"我已经三个月零十七天没有吃肉了。"（《天色已晚》）可是，就是这样一个吃不饱饭的少年，却强烈感受到电影，特别是日本电影《伊豆的舞女》对他的吸引力。为了自尊心，他可以拿出全家的肉钱去看一场电影。于是，在朱山坡的小说世界里，我们处处可见这样一个敏感少年的身影。有时候，他是《回头客》里的那个"我"，眼睁睁地看着父亲被人污蔑之后消失在湖中央，同样眼睁睁地看着其他男人和母亲之间微妙而不可言状的关系。他不知道该怎么叙述这一切，只能将这些留给有经验的读者，让他们凭借自己的经验填充。有时候，他是《陪夜的女人》中的"厚生九岁的儿子至善"。我们深信，发生在女人和老人之间的一切因为这个九岁孩子的注视而显得格外温情。当然，我并不能说这个少年的声音就是朱山坡的声音，但他总引导我们将二者联系起来，仿佛是朱山坡躲在少年的身体里朝我们说话。他为什么执着于用这个少年的声音说话呢？是因为童年记忆成为他写作的强大动力，还是因为他认为这个世界就是如此割裂，如此不合情理，可是他作为一个成年人，又无法论证其合理性，只能借助少年的声音来说出他所看到的一切？我不知道答案是什么。但毫无疑问，只有真正理解了这个少年，才有可能离朱山坡稍近一点儿。

与田耳、朱山坡不同的是，光盘并未特意发出自己的声音。他似乎倾向于更古老的属于托尔斯泰的传统。自始至终，我们看到的是水皮和雷加武在他们被设定好的生命轨道上艰难地前行——水皮一直在申辩，他不是那个救火英雄，而雷加武一直在期待他的英雄身份被确认，可现实是，一个不是英雄也不想当英雄的人一直在英雄的光环下备受煎熬，真正的英雄却百口莫辩，甚至一再被环境推到越来越不堪的境地。然而，正是在貌似客观的讲述中，光盘发出了自己的声音，一种强悍的、虽千万人吾往矣的声音。水皮和雷加武看似站在对立面，一个是纵火犯，一个是救火英雄，但他们的心理逻辑和行为逻辑却惊人地一致，即一定要还事情一个真相，哪怕付出所有的代价，哪怕逆时代潮流而动，哪怕生活在所有人不解的目光中。此外，两个人都特别乐观，就像小说的结尾，

"这里的风景很好"。这几乎就是光盘的个人意志和个人声音了，是他执意如此，才让水皮和雷加武也如此。透过这部小说，我隐约能猜到，光盘拥有怎样的声音。

散淡的、从容的、紧张的、敏感的、强悍的、乐观的、参差的声音，犹如协奏曲，发出动人的声响。无论什么样的声音，其核心都是怎样成为一个更好的人，或许，这也是文学的最根本的问题吧。

小说家与间谍

钟求是在他的中篇小说《我的对手》（《收获》2014 年第 6 期）中描绘了间谍和小说家的生活状态。在钟求是的笔下，间谍或者叫秘密情报工作者，不是那般潇洒无羁的。比如，在前几年热映的电影《王牌特工》中，科林·费尔斯饰演的皇家特工既有着十足的绅士做派，又身手矫捷，在枪林弹雨中来去自如，但那是电影。在小说中，或者说在小说家的叙述里，特工生活是如此单调，足以将许多个日子压成薄薄的一片。当单调与沉默成为日常生活的主旋律时，"我"不禁开始了"创作"。这里所说的"创作"与小说家的创作相似之处在于都是无中生有——"我"伪造了一份情报，并因发现情报而立功受奖。既然是伪造，必然会被戳穿。就这样，"我"黯然离开了情报工作岗位，成了一名小说家。有趣的是，过去的生活与经历并未因此而远离，相反，它悄悄延伸到了当下的生活中。于是，在"我"成为一名小说家之后，"我"却展开了关于秘密情报工作人员的"实践"，设计圈套，发现"尾巴"，再甩掉，等等。小说家与间谍就这样犬牙交错地穿插在一个人的生活中，两者表面上千差万别，然而暗地里却相通，甚至在本质意义上具有某种一致性。钟求是的这篇小说让这一点变得显豁起来。看完了小说，我暗暗对作者产生了好奇。我并不了解钟求是，那么，在他的生活中到底发生过什么，让他居然能将间谍与小说家勾连起来。于是，我就像一个情报员一样，开始默默在网上搜集有关他的信息。起初，只有贺绍俊在关于钟求是的一篇评论文章中提到了一鳞半爪，他说："他最新的一篇小说《我的对手》也许回答了这个问题，小说似乎是他的心灵自白，主人公的间谍身份也暗合了他早年的工作经历。"原来，钟求是从事过情报工作！这一发现让我很兴奋，然而关于钟求是早年都经历了什么，贺先生语焉不详，使之越发神秘起来。

　　其实，不少小说家都从事过情报工作。我第一个想到的是毛姆。不过毛姆是先成为一个作家，然后才从事的情报工作。在我看来，所有的传统英国绅士都有一颗深藏不露的爱国心。所以，战争爆发之后，毛姆会给身为内务大臣的朋友写信，要求为国家做点儿什么，就不足为奇了。毛姆被安排到英国军事情报局第六处，主要从事海外谍报工作，大约是安排者认为他的作家身份可以帮他做必要的掩护吧。对于毛姆来说，这份工作让他感到浪漫的同时，也让他感到荒谬。"我被传授的摆脱跟踪我的人的方法，在意想不到的地点秘密会见情报人员，以秘密的方式传递信息，偷越国界运送报告；这一切无疑都非常必要，但这一切也像极了那时人们熟知的犯罪小说中的情节，对我来说，它剔除了战争大部分的现实感，我只能把它看作或许某天会对我有用的写作素材。"对于毛姆这样的职业作家来说，他一辈子都在寻求写作素材。间谍这种在一般人看来颇为神秘的身份带来的经验当然是他不可多得的好材料。此外，在我看来，作为一个作家，毛姆的优势在于洞察，而不是虚构，因此在他的小说中能看到很多实际生活的影子。后来，这段经历被他写进了一本叫作《英国间谍阿兴登》的小说中。有趣的是，毛姆塑造的间谍形象阿兴登，跟毛姆本人有许多相似之处。比如，他们都是职业作家，只要以正在写一部著作为借口，到任何中立国家都不会被怀疑。小说中有这样一个特别有意思的细节：招募阿兴登的上校R为了说服作家阿兴登从事情报工作，讲了一个刚刚发生的故事以吸引阿兴登的注意力，谁料阿兴登却大声说："怎么，这故事我们早已在六十年前搬上舞台了，我们不知把它写进过多少部小说。照你说来，现实生活才刚赶上我们吗？"面对十分窘迫的R，阿兴登接着发了一通感慨，他说："假如在情报工作中只有这么一点花头，恐怕要想从这里得到写作小说的启发，将大失所望。拿那个故事来说，我们无法在这上面再多写出些什么来。"这似乎可以看作是毛姆对我们这群对间谍有强烈好奇心的读者的小小忠告，那就是不要期待间谍小说有更多的戏剧性，事实本身可能是枯燥的、乏味的，这不会比我们阅读其他小说更有趣。很难说读者希望从间谍小说中得到什么，是一个波诡云谲的故事，还是在极端情境下所显现出来的更加复杂的人性？但不管怎么说，这部小说打开了间谍小说的大门。

如果说毛姆是成为作家以后才去当的间谍，间谍生活是对他的作家生涯的补充，有着提供素材的意义，那么对有的人来说，情报人员恰恰是他的第一职业，就像钟求是的《我的对手》里的"我"一样，只是在一次"事故"之后"阴差阳错干起了作小说的行当"。提到这样的人，我想起了勒卡雷。勒卡雷是在从事情报工作的同时开始小说创作的。勒卡雷到情报部门工作，跟他的语言天赋有关系，他精通德语，还在伊顿公学教授过现代语言，但更重要的是与他的观察能力及记忆能力有关。勒卡雷说过，出色的间谍需要具备大脑的灵活性、创造性，反应的敏捷性和能言善辩的本领，要我说，这些同样是出色的小说家所必备的本领。因此，史迈利先生，就是勒卡雷在《锅匠，裁缝，士兵，间谍》中创造的那个史迈利，有时候更像是一个小说家。提起史迈利，这样一幅场景就会呈现在我面前：一个小旅馆里灯光昏黄，里面有一张打牌用的桌子，史迈利就彻夜趴在这张桌子上阅读、比较、做摘记、做对照。这个婚姻不幸、又被排挤出"圆场"圈子的颇有些失意的中年男人，所能依靠的只有他的脑子。通过对档案进行阅读，通过寻找一个又一个证人，他将纷繁复杂的事件逐渐梳理清楚，将缺失的拼图补全，终于弄明白了究竟谁才是"圆场"的地鼠。我完全认同勒卡雷说的："史迈利是棵外表虚弱的橡树。你以为吹一口气就可以把他吹倒，但是一遇风暴，他是最后硕果仅存仍在那里的一棵树。"不知道为什么，我深深地觉得，这样的间谍比"007"身上多了一些属于人的东西。我甚至认为，"007"是属于电影的，而史迈利才是真正属于小说的。

小白说："至少英国人会同意这说法：情报局是小说家的训练营——因为他们有毛姆、格林、勒卡雷。"我深以为然。间谍小说何以在英国盛行？这固然与大不列颠帝国的海外殖民历史有关，也与二十世纪的冷战思维有关。此外，我还有一个推想，英国人民大概对智性有一种非同一般的热情，不然怎么解释夏洛克·福尔摩斯、赫尔克里·波洛等文学史上最杰出、最受欢迎的侦探都诞生在这里？他们也让我们着迷。就像现在，在想象中我也成了一名间谍，我在互联网上搜索，试图发现关于钟求是与《我的对手》的更隐秘的信息。我相信，大概有更多更有趣的东西隐藏在后面，等待人们发现。

此刻，我顺藤摸瓜，找到了钟求是本人关于这篇小说的创作谈。"现在想想，到目前为止我这一生只干了两件事情：一是对外情报工作，二是写小说。这两件事情虽然差着一丈远，但从基本技能上说，都是琢磨人的内心，都是在困局中设法走出好棋。更重要的是，两者均处于一种状态，即孤独。""情报工作的孤独在于自我隐蔽。在什么单位公干，做些什么事，接触哪些人，获取哪些成绩，都不能传达给亲友。在与工作对象相处时，外面的世界更是不能接通的。所有知道的事情都化为秘密，无声无息地滞留在心中。这样的内心，自然不可以启开门缝，也不可以被别人打探。""写小说的孤独在于游离当下。写作的时候，必须独自坐在桌前面对所有问题，包括故事的构建、语言的定调、叙述的弹力和意义的生长，没有一个人能真正帮得了你。更要紧的是，必须时时和作品中的人物待在一起，与他们一起经历痛苦和欢乐、死亡和新生。在这个时候，你就没法分出心力与周围的人混在一起，你与物状的现实是脱离的。"钟求是关于小说家与间谍都孤独的说法也许来自他的切身体会，然而，这个终极化的说法还是不能令我满足。

好了，我该承认，促使我写这篇小文章的由头是，钟求是在《我的对手》中一开始就说："一位在文坛以游手好闲著称的哥们儿发表过一篇文章，题为《间谍与小说家》，说的便是我。"不费吹灰之力，我找到了这篇文章，这位"游手好闲者"就是吴玄，而且吴玄的的确确是用这种方式描述钟求是的。这个颇为真实的开头突然就让我对小说产生了深深的怀疑——小说真的是完完全全的虚构吗？《我的对手》里描述的那一切，是否有可能真真切切地发生在了钟求是身上？我有点儿恍惚。刹那间，小说家和间谍的身影在虚浮的灯光中合在了一起，又摇摇晃晃地分开了。他们伫立在虚构和真实的中间地带，既享受其间的乐趣，同时，又对真实的自我产生了深深的怀疑。我想，较之于钟求是所说的孤独，恐怕这才是小说家与间谍最重要的关联。

作为技艺和价值的审视

在所有关于生活的比喻中，河流是常见的一种。的确，想象着有那样一条河，它从昨日来，缓缓地向未来流去，每个人都沉浸在或平静或喧腾的水流之中，无暇他顾，任由生活的河流将自己带向不知名的远方。正是在这样的时刻，文学的意义开始显现。在我看来，诗歌或者小说的任务是截取河流的一个断面，让我们得以从生活之河中抽身而出，细细地审视已经发生和可能发生的一切。审视构成了文学的核心，或者更具体地说，审视既可当作激发和构成文学艺术的一种技巧，也可以成为价值本身。年轻的小说家们迫不及待地要在小说中宣布审视时刻的到来，关于生活，他们似乎达成了一种共识，即如苏格拉底所说的"未经审视的人生不值得一过"。于是，在他们的笔下，面目各异的生活被庄重地审视着。然而从不同方向流经于此的河流并未因此呈现出饱满的姿态，却汇向了同一个虚茫的去处。

孙频的《抚摸》将一个孤寒女子的身体与生活一并呈现在了读者的面前。这个叫张子屏的姑娘，仿佛是苦难的收集者，她年少失怙，不得已寄人篱下，在姑妈家生活。你所能想象到的一个年轻女孩子所能遇到的困难与罪恶，她概莫能免，比如经济上的拮据及问人要钱的难堪，比如对身体的侵犯及对侵犯所产生的微妙心理。她终于可以逃离这样的生活，远走他乡。可是，如果你指望她能从此建立新的生活，拥有全新的洁净的人生，恐怕要失望了。作为一个姑娘，赏心悦目的容颜与姣好的身材，张子屏都没有，于是，她所渴望的、与这个世界建立的所有联系全然依赖一个声音，可以想见，这样的联系是多么脆弱，脆弱到瞬间轰然倒塌。讲了这么多，孙频其实是在铺设一个论证前提，即不幸的过往经验无时无刻不在侵蚀一个人，甚至将未知的未来拉到阴影之下。张子屏遇到了这样一个男人，他的出现意味着审视时刻的到来。起初，在与这个男人的关系格局中，张子屏是占据优势地位的，然而，当她将"抚摸"作为与这个世界产生联系的唯一方式，甚至是她本人的一种存在方式的时候，情势就急转而下了。毫无悬念，她成了男人的奴隶，只能通过最卑微的方式换取那么一点点算不上好的对待。当然，她也接受不了这样的自己。于是，张子屏分裂成了两个人，一个是"小矮人"，她丧失了理智，满心渴求爱的怜悯；一个是"她"，她冷眼旁观，试图用理智唤回那个情感上的"小矮人"。也就是说，孙频通过将自我对象化完成了审视，因为审视的是一个人最本质的自我。孙频耐心地逐渐展开"观众席上的女人"和"拿电话的女人"的对话，那是一个人内心的两种声音在交战，这大概是这篇小说最精妙的部分。正是在分裂性的对话中，自我的两个离得最远的分身达成了和解。然而，这种和解会持续下去吗？我不像孙频这般乐观，毕竟"复活"的路漫长且难以抵达。

如果说张子屏的审视是自我审视，那么对于欧阳小乐来说，她却时时感受到一种目光的注视，或者说有他人在审视她的生活。"那……那双在外看着我的眼睛是谁的呢？我茫然地摸索下床，一双巨大的黑色的翅膀在脑海里一掠，眼前一黑。"当然，置身于小乐生活之外的你我都明白，那是一只爱上了人类的乌鸦的目光。或许正是因为有了这样的目光，被媒体称为"蚁族"的欧阳小乐和她男朋友的生活才多了一份婉转曲折。《乌鸦》是文珍的一种尝试，将新闻事件用小说的方式叙述出来。这样的尝试，当下许多作家都在做。文珍的做法是，赋予其童话般的光泽。于是，我们看到，"浪漫主义的第一部分"是乌鸦的自述，讲自己如何爱上人类，进而爱上了一个有着独特香味并救了它的女孩的故事。这俨然是童话中青蛙王子的变体。进而"现实主义的第二部分"讲的是带着脉脉温情的欧阳小乐的生活，泛着"众人皆以为苦而我不觉其苦"的丝丝暖意。最有华彩的却是"既不魔幻也不现实的结尾部分"，当乌鸦自以为拯救了小乐，并邀请她和自己一起在树上安居的时候，小乐毁掉了乌鸦的家。而在小乐的攻击行为里，有一个原本善良的女孩子对这个世界的深深的失望。用乌鸦的话说，是"经过这悲惨的一天，她马上就要变成一个铁石心肠的、在这个现实世界无往而不利的大人，遗弃并忘记那些可怜的猫狗，再也不会相信什么寓言和童话了"。这是一种略带孩子气的目光对现实世界的审视。我们每一个人的命运之舟，其实都飘荡在无比严酷的现实的汪洋大海之中。

审视一个人的生活，有时候需要特别的契机。对于周李立的《另存》中的乔远来说，这契机是掌握着艺术区话语权的蒋爷提出要五张乔远的敦煌人物画。在别人看来，这几乎称得上机遇了，因为这不仅意味着对乔远才华的某种肯定，还意味着郎波蒂现代艺术展等艺术区的人都向往的好事情。然而，这却让乔远无比纠结。作为一个已经画了五十幅敦煌的画家，在名利场对他敞开一道门缝的时候，灵感也随之飘走，他对自己失去了信心。借此，他审视了包括自己在内的艺术区的很多人的生活，这些人包括蒋爷、女友娜娜、包工头老杨、画大头合影的光头油画家于一龙，还有一个他不怎么熟悉的、在蒋爷家遇到的姑娘唐糖，每一个人的内心似乎都蠢蠢欲动，每一个人都迫切需要新的流光溢彩的生活。在名利像一阵风一样将许多人席卷而去之后，所谓的机遇也与乔远擦身而过，这时他反而安心了。要我说，没有所谓的自然形成的价值观，所有的价值观都是在纠结、反省及审视当中形成的，乔远就是最好的例子。让王哲珠的《重置》中的陈果重新审视自己的生活的契机，则并不那么美好。促使陈果去反省的，是关于他生命即将结束的谶语。没有人能说得清这究竟是真还是假，但这毕竟迫使陈果以全新的目光去看待自己的生活。于是，他回忆起了与情人欧阳乔来往的始末，重新发现了妻子刘闺仪的贤淑，也理解了儿子的选择。审视的结果是，他切断了与情人的来往，回到了被认为是正确的轨道上，他甚至还寻找到了多年前的一个伤口，要去弥补它。问题在于，仅仅是依赖一句谶语而做出的改变，是否真的那么稳固可靠呢？

有时候，我们需要通过他人的生活来审视自己的生活，这几乎是我读小说的乐趣所在。陈楸帆的《巴鳞》有着科幻小说的外壳，但根子里仍然是一个有关审视的故事。巴鳞被设定为一种原始族类——狍鸮族。在"我"少年时，它是我们这一群顽童游戏的玩具；直到"我"成年之后，"我"

才因对待巴鳞的方式而恍然大悟——"衡量文明进步与否的标准应该是同理心，是能否站在他人的价值观立场去思考问题"。在通过科技手段医治巴鳞心灵创伤的过程中，"我"才有机会真正理解父亲。从理解巴鳞到理解父亲，两个主题的过渡与衔接十分巧妙。顺便说一句，小说里关于"我"跟随巴鳞与大化同游的描写相当动人。颜歌的《奥数班》描绘了二十世纪九十年代中期四川小城镇的日常生活图景。争强好胜的刘启华在悄然发生的时代巨变中慢慢改变了自己的生活，而"时代"这一过于抽象的概念却是通过他人的生活与欲望潜移默化地影响了每个人。严田是于一爽的小说《带零层的公寓》里的主人公，他有一个黑色的望远镜，并为此洋洋自得。有一天，在刘海东造访并离开之后，严田拿出了他的望远镜。这是一个颇耐人寻味的细节，在刘海东稍稍对他人敞开个人生活的大门之后，严田想要用望远镜看着他离开，看看对面那座住着他的情人毛小静的公寓。或许正是这一番"远望"，使得他的人生轨迹与刘海东的有了交集。那么，严田究竟看的是什么呢？他希望从望远镜里看到他人的生活还是自己的生活？于一爽并没有多做说明，仿佛关于严田的一切都笼罩在一层神秘的面纱中，而我相信，是举起望远镜这个动作本身，使得严田的生活渐渐远离了往日的轨道。

有时候，我们只有来到不同的时空才能理解生活的秘密。在李晁的《步履不停》中，年少时的好友的父亲过世，促使水生踏上了返乡的道路。返乡是当代小说中具有代表性的情节，主人公往往在返乡过程中，获得来自生活的启示。同样，这部小说在回忆与现实的交织中展开，对于水生来说，他需要一个这样的时刻来厘清对朋友、对恋人的认识，以及随之而来的对故乡的认识。因此，当他刚刚抵达故乡的时候，"小镇的味道争先恐后而来，那是经由河流、泥土及小镇的烟火共同组合而成的，迷人而又久违"。那是回忆中的美好。待他离开的时候，街景虽然焕然一新，"心却像被蒙上什么，混沌不堪"。故乡从此不再是故乡。水生是回来，而陈崇正的《夏雨斋》里的"我"是在读了外曾祖父的日记之后决意去寻找。时光悠悠，无论是动荡的过去，还是貌似安宁的现在，无论是在泰国，还是在此处，各人有各人的不快乐，只留下了一座夏雨斋，无言地记录着一切。终究，连夏雨斋都消失了。

为什么审视成为当下青年小说家竞相表达的一个潜在主题？这固然与这一代人对小说的理解有关，或许也与他们的年龄有关。在一个瞬息万变的时代，他们迫切需要通过小说来整理对生活的认识。因而你大概能在小说结尾或多或少地发现他们审视的结果，就像一个意义不明的手势，暂时停留在生活之中。

小说中的风景

　　小说这一体裁，历经时光的淘洗，如今的模样已与二百年前大不相同了。一个显而易见的例子是，风景消失了。如果我们要寻访十九世纪的伦敦、英国乡村，小说家狄更斯、奥斯汀是最好的向导。一条河流，一处草坪，一幢乡村庄园……在他们的小说里都有显现。如果去巴黎，就看看巴尔扎克的小说吧。巴黎就在那儿，就像巴尔扎克自己说的那样："作者一面要描写人物，一面要描写这个国家，给外国人讲述法国最美丽的景致和主要的城市，确定 19 世纪新旧建筑物的情况，解释在 50 年间给予了家具、住宅一个特殊面貌的三种不同的制度。由于作者的苦心，人们在 1850 年或许知道第一帝国时代巴黎是怎么样的。考古学家可以从他那里知道圣约翰关卡的位置和现在完全毁坏了的附近市区的情况。在他的风俗史里面有从前在巴黎存在过的房子的考古学的描写。"小说将历史深处的风景保存完好。可是，现在我们离风景越来越远。被囚禁在钢筋混凝土里的我们，就连蓝天都不常见了，更何况那风，那云，那树，那花。就是在小说世界里，我们离风景也越来越远。推崇卡佛、耶茨、麦克尤恩的年轻小说家们宁可让笔下的小说人物孤零零地活在他们的小说世界里。对于他们而言，唯一有意义的是他们的内心，荒芜而狂野的内心，风景不过是古老的十九世纪的冗余罢了。

　　这一切是怎么发生的？或许是因为图像已然成为我们这个时代观察世界的主要方式。这个世界的人们仿佛对图像有着不知餍足的胃口，甚至建立了这样的信念：倘若没有图像，连现实世界仿佛都不存在了。技术的变化带来了关于现实的观念的变化。因为这些不言自明的价值认知，小说家们逐渐在小说中放逐了风景，他们也没有了巴尔扎克式的雄心——在小说中完全复活一个时代的风景，或者是将当下的风景记录下来，供未来的人们观瞻——他们有图片和影像就够了。当然，风景的消失，跟人们的耐心被消磨也不无关系，人们似乎没有那么多的闲心与闲情去欣赏小说中的风景。如此种种，决定了我们所处的小说时代是一个"看不见风景"的时代。

就在这样的时刻，我们与芳村的风景不期而遇。芳村是付秀莹的长篇小说《陌上》中的村庄，也是小说中最重要的角色。付秀莹用温柔细致的笔墨一一抚摸过那些风景。比如月光。"月光透过窗子照进来，正好落在床头。窗前的牵牛花已经开了，仰着脸儿，张着一个一个的小嘴巴。花影子借了月光，枝枝叶叶映在窗子上。没有开灯，只有月光银子似的，铺了满屋子。"比如雾。"好像是起雾了。这个季节，地气都渐渐蒸腾上来了。湿气又大，到了夜晚，便雾蒙蒙一片。街上的路灯已经亮起来了。仿佛是一点一点的萤火虫，一高一下的。草木们都还懵懂着，有点蠢蠢欲动的意思，又还不大确定。田野里的麦子们却忍不住，郁郁青青的，散发出热烘烘的躁动的气息。"比如雨。"不知什么时候下起雨来了。雨点子落在树木上，飒飒飒飒，飒飒飒飒，听起来是一阵子急雨。窗玻璃上亮闪闪的，缀满了一颗一颗的雨珠子，滴溜溜乱滚着，一颗赶着一颗，一颗又赶着另一颗，转眼间就淌成了一片。"风景散落在字里行间，仿佛是芳村敞开了怀抱，邀请你进入它的世界。可不是吗，没有什么比风景更吸引人。而芳村的风景不是壮美的，不是让人目瞪口呆、目不暇接的，它有点儿邻家少女的样子，温柔可人，是家常的美。我们不禁依凭想象，在脑海里绘制出了一幅田园山水图。

田园？我大概有点儿明白为什么芳村的风景会令我有种莫名的熟悉感了，尽管我并没有太多乡村生活的经验，可我依然觉得去过那儿，或者说芳村就是我的故乡。付秀莹所描绘的都是一些普普通通的事物，槐花、秋菊、白杨、菜畦……而这些普通的事物，不仅在我们的经验领域存在着，也天长日久地在我们的文化传统里生长着。想想那些田园诗："绿树村边合，青山郭外斜。开轩面场圃，把酒话桑麻。待到重阳日，还来就菊花。"（孟浩然《过故人庄》）"斜光照墟落，穷巷牛羊归。野老念牧童，倚杖候荆扉。雉雊麦苗秀，蚕眠桑叶稀。田夫荷锄至，相见语依依。"（王维《渭川田家》）你会恍然，芳村的风景不是一时一地的，它深藏在我们的文化记忆中，是我们想象中的故乡该有的样子，因而具有某种普遍性和抽象性。

理解了这一点，我们就能理解为什么芳村的风景是静止不动的了。我们或许听到了一两声鸟叫，看到了鸡和鸭在院子里走来走去的样子，感受到了拂面而来的风让庄稼来回摆动的样子，但是我们都知道，这所谓的动不过是为了衬托更深处的静，让静悄悄的村庄深深烙进人的心里。千百年来活在我们记忆深处的村庄，本来就是静谧的，像一幅静止的水墨画，就应该与浮世安稳、岁月静好一类的词相联系，要不怎么能成为万丈红尘中的我们隐秘的向往之地，成为我们遥想的归处？

一幅静止的水墨画中是没有人的，或者说即使有人，那人也像树、像花、像草一样是平面的，不过是风景的组成部分。可是，作为一个自然村落，芳村里到处都是人，他们怀揣着心事挤挤攘攘，热火朝天地生活着。为什么芳村的风景仍然是静的？一种可能的解读是，芳村人的生活与这风景并没有关系。对他们来说，生活实在太紧迫了，根本无暇去欣赏风景。他们目不斜视地径直奔向自己要去的地方，他们在风景中生活，风景对他们来说却什么都不是。有的时候，风景似乎出自某个人（这个人通常是女人）的眼睛，往往是她在想着心事，或者为什么所苦恼的时候，风景就涌了上来。可是，风景并不因为从某个人的眸子里透出来就具有人的属性。换句话说，无论是谁，他们看到的同一处风景都是一样的，风景并未带上人的感情，不会因为人的欢乐而欢乐，也不会因为人的悲伤而悲伤。多么无情的风景！

从这个意义上说，芳村的风景美则美矣，对芳村人来说却是无意义的。这不禁让人疑惑：以土地为生的人理应对时令、自然充满感情，为什么生活在风景中的芳村人却看不到风景呢？是因为日常生活过于艰辛，以至于他们无暇他顾？还是生活在土地上的人们渐渐失去了与土地最深层的联系？念及此，我突然意识到，这部以乡村生活为内容的小说竟然没有关于农事的描写。庄稼地里是有麦子的，但麦子像是自己长出来的，没有人在麦地里劳作，没有滚烫的汗水滴入土地，所以就连收获也显得有些轻浮了。

但这并不意味着芳村人的日子就过得很轻松。《陌上》中倒是写过一回劳作，那是在村北的皮革厂里。闷热的空间，单调的电扇，味道很大的皮革，声音响成一片的缝纫机，以及快要睡着的木然的女人们。这场景自然谈不上美，与风景更是差了十万八千里，却不免让人慨然：那些扎根在土地里的人们是什么时候奋力把自己从泥土里拔出来，扔到厂房，开始了半工半农的生涯的？这一转变在小说里不过是不起眼的一个点，可是，在我眼里，这个点越来越大，甚至成为进入芳村的起点。

如果芳村人深陷于逼仄的劳作空间里，迫于生计尚且自顾不暇，更不大可能看得见风景，那么究竟是谁看见了芳村的风景？一种回答是，隐藏在叙事者身后的作者看到了风景。擅长诗意化描写乡村的曹文轩在《陌上》的序里这样写道："这是一个失去风景的时代。而在她这里，若没有这些风景，文字活动简直无法进行。阅读她的作品，我们随时可以与风景相遇——一路风景。而她的风景又是别具一格、气象非凡的。她的风景背后，似有中国古典诗歌的风韵。世间万物，在她这里，都是有灵的。"这几乎可以看作是同行的惺惺相惜了。现在的问题是，一个写作者，她是按照其审美偏好为小说设置了一个静止的场景，还是刻意要让无意义的风景与芳村人的日常生活形成一种对峙的局面？

显然，曹文轩也意识到了，这风景是"古典"的，也是"文人化"的。千百年来在中国文人心中，作为他们精神归属的乡村依然炊烟袅袅，仿佛时间从来没有侵袭过一样，可是，生活在乡村的人们却被时间拖着拽着，狂奔突进到谁也不知道的未来。想象中的世界是有传统、有来路、有依据的，是恒久不变的，现实世界是苟日新、日日新、又日新的。两者像是处于平行世界，互不打扰，各自有其运行逻辑。付秀莹既有着被中国古典传统所规训了的田园想象，又有着浸透身心的农村生活经验，她心慈眼热地书写着这两个世界，并略带"江畔何人初见月，江月何年初照人"的惘然。

如果说付秀莹是以古典的、向传统致敬的方式书写风景，那么戴思杰这位已经不再年轻的作家在书写风景的时候显得更加先锋，或者说更加现代。因而，《永声树》这部小说在当下的小说中显得颇为异质。与《芳村》一样，《永声树》中多有风景描写。不妨援引一二。"天色晴朗，站在树下，可以看到远处的大海。此时，血红色的太阳正从灰色的海中升起。白木香树虽然还不是一株参天大树，但是，也可以说像一个高高的、忠实的卫士，屹立在永家的山坡上，傲视苍穹。树上叶片闪闪，仿佛是披上了绿色的织锦。它就像那些炫耀自己大衣的狐毛衬里的富人一样，轻轻晃动一下，树叶发出沙沙的响声，藏在绿叶后的荚果不经意地闪露出来。""这株白木香树，还在继续往高处长。这年夏天最后的一场暴雨来临时，雨珠沿着光秃秃的、在雨中显得漆一般黑的、亮闪闪的树枝，沿着差不多小碗那么粗、年轻、光滑的树干，你追我赶，蜿蜒而下，与永远一去不复返的童年，永远无法寻觅的童年，一起流走了，消失了。"这是对小说中占据核心地位、具有象征意味的白木香树的描写。这样的描写确实别致。这里的风景并不是由一个持有固定视点的人"特别"地看出来的，但与我们常见的风景描写相比，确实又足够"特别"。怎么个"特别"法呢？可以用小说里的一段话来形容："著名的画舫驶过时在水中摇曳的灯影，华丽的船身，在萧明的口里，不会说它像一只甲壳虫，不，他会说：'看上去像一只金褐色的、高高地挺起前胸的鞘翅目昆虫。'"没错，戴思杰的口吻就是萧明式的，这个在小说里电闪雷鸣般出现又迅速消失的人物，存在的意义仿佛就是说出这番特别的话。戴思杰放弃了用概念命名风景的方式，而是将笔触伸到了风景的内部与极内部，拆解其结构，拓展其空间。因为在显微镜的镜头下观察，风景便会显露出不一样的面貌。用俄国形式主义理论家什克洛夫斯基的话说，就是陌生化。他的描写，让我们得以发现习以为常以至于忘却了的风景。从这个意义上说，戴思杰确实是创造了风景。

小说中的风景到底是应该以独立的姿态散落在篇章中，成为闲心闲情的见证，还是应该成为小说有机体的一部分，参与小说整体的创造？理想状况当然是两者兼而有之。在《永声树》里，我们能看到作者的这番努力。小说写的是永声的一生，从1911年到2001年。写永声的生活际遇，处理的是时间轴；风景描写，处理的是空间轴。一边是漫长的历史，一边是精微的风景。在我看来，《永声树》最有意味的地方就在于，它给我们提供了端详人世的两种视角，这恰恰是图像所无法做到的。

无论如何，风景不应该从小说中消失。柄谷行人曾经提醒我们，风景诞生于孤独的内在的个人，只有知觉样态发生了变化，我们才能从熟视无睹的周遭环境中发现风景。今天，当小说中的风景越来越罕见的时候，是否意味着那个内在的个人因为过于关注自我，从而向庞大的世界让渡了自己的主体性呢？从这个意义上说，无论是小说家还是读者，大约都需要重新"发现风景"。

幽深处，见世情

——阿袁《上邪》

　　从书名看，阿袁的《上邪》是指向爱情的——

　　　　上邪！
　　　　我欲与君相知，
　　　　长命无绝衰。
　　　　山无棱，
　　　　江水为竭，
　　　　冬雷震震，
　　　　夏雨雪，
　　　　天地合，
　　　　乃敢与君绝！

　　在这首汉乐府民歌中，这位不知名的女子面对上天发出了斩钉截铁的誓言。然而，直到读完阿袁的小说，我们才醒悟，阿袁的《上邪》与其说是关乎爱情的，不如说是反爱情的，写爱情之不可能与对人的毁灭。且慢，真的是爱情吗？

　　在孟渔和朱茱的故事中，中文系老师孟渔爱上了朱茱，看上去是为那一抹红唇所蛊惑。两瓣红唇，"真如三月初开的桃花花瓣"。然而，这并未让孟渔赋诗以言之，而是直奔主题，感受身体的反应。姬元和汤弥生的故事，几乎如出一辙。当汤弥生在客厅见到妻子的客人，也是他的同事姬元时，态度并不热情。可是，某一天，当他在喜欢的、没有开花的樟树下走着，且身心都很愉悦的时候，看到了一对恋人，一对似乎有着"更过分的行为"的恋人，汤弥生就像被点着了火。当他遇到姬元时，一切就自然而然地发生了。在第三个故事中，孟渔和姬元两个在爱情中如火如荼而又瞬间冷了下来的人，不约而同地逃到了异地，两两相对，只有"食"，没有"色"，他们感觉自己就像孤魂野鬼，早已不在人间。

这三个故事揭示的是同一个主题，即关于情欲的想象。情欲蓬勃如野草，难以遏制。对于小说中描写的人物来说，尽管他们的身份为知识分子，但是他们似乎也没有找到更好的办法处理自己的情欲。面对汹涌而来的情欲，他们几乎毫无抵抗之力，只能缴械投降，屈服于情欲本身，以及面对情欲过后所留下的一片荒凉。

关于情欲的书写自有其渊源。二十世纪九十年代，美女作家卫慧、棉棉举着"身体"大旗杀将出来，一时人声鼎沸，热闹非凡，随后又销声匿迹。卫慧、棉棉是在重新发现身体的时代书写身体，倘若她们不是很快为消费主义所收编，倘若她们更有耐心、更沉着，也更深入一些，对身体的书写应能成为最有力量的文学事件。如果仅仅停留在情欲本身，自然没有意义，哪怕是情欲，也须得同社会角力，同整个时代构成某种紧张的关系。在我们这个时代，身体、情欲已不再是被压抑的对象，放纵对情欲的想象与书写，固然是在时代的河面上顺水而行，但过于随波逐流，也会被时代的洪流淹没。

当然，阿袁书写的不仅仅是情欲，还有许多更为复杂、幽微的瞬间。举个例子吧。还是在孟渔和朱荼的故事里，孟渔固然是被朱荼的美貌所吸引，但他也是被和沈一鸣在一起的那个朱荼所吸引的。沈一鸣所具有的蔚然深秀的品质，包括他所创造的优裕的生活，都为朱荼增添了不可言说的魅力。因此，你可以将其看作是男人与男人之间的较量，透过一个女人。可以为之佐证的是，当朱荼像一棵植物一样被从优渥的土壤里拔出来，移植到一个逼仄的小环境中时，在孟渔的眼里，朱荼迅速枯萎。什么是人性？这就是人性。阿袁对人性之幽深洞若观火，一针见血。再比如，在这部小说中，婚外情都毫无例外地败北了，所谓的知识分子都输给了并无太高学历和太多文化的"正室"。孟渔老婆的策略是，在加倍对孟渔好的同时，不动声色地将沈一鸣拉到战局中来,她深知惯于纸上谈兵的知识分子碰到现实的南墙一定会落荒而逃。她果然以这种方式捍卫了婚姻。汤弥生的老婆小喻就更高明了。她默许了这种局面,但充分利用了他们的道德负疚感,刻意在三人关系中无限践踏姬元的尊严。她也知道,作为知识分子的姬元必然不堪忍受。在这种三人格局中,每个人都既可怜又可恨。什么是世情?这就是世情。只是让人遗憾的是,阿袁写的是高校里的知识分子,但是知识分子的身份并未参与到小说的叙事结构中,只是一袭华美的袍,以修辞的形式覆盖在小说的表面。他们的知识并未让他们高于一般人,文学素养也并未帮助他们更好地理解他人、更好地处理人生问题。在与生活的搏斗中,人是否有挺住了的一个瞬间呢?或者,这样的瞬间所绽放出来的光亮特别值得用小说记录下来。

显然,阿袁的小说都是"世情书",就像鲁迅先生在《中国小说史略》中说的那样:"大率为离合悲欢及发迹变态之事,间杂因果报应,而不甚言灵怪,又缘描摹世态,见其炎凉。"《上邪》描绘的是一个充满欲望和市井生活气息的世界,与"情"字无关。阿袁的小说写至此,该是言尽意穷了,或许,她当从这一看似风雅实则狭小的世界里走出来,去描绘更多的风景。

冷感的荷尔蒙，清冽的夜谈

——鲁敏《荷尔蒙夜谈》

　　读鲁敏的《荷尔蒙夜谈》，仿佛与一闺中密友秉烛夜谈。昏黄的烛光下，人和事都变得影影绰绰。偶尔结出一朵烛花，在瞬间的明媚之后，一切又恢复了黯淡，恰如我们的谈论。没错，我们的谈论大多围绕床帏之事展开。我们都已经不再是不谙世事的小姑娘，不会再假装对神秘的未曾向我们开启的世界跃跃欲试地张望。那么，为什么话题会一再围绕荷尔蒙展开呢？此荷尔蒙不再是彼荷尔蒙。让我说得更明白一点儿吧，荷尔蒙不过是进入更为广阔的人性世界的一个窗口——从最私密的身体到最幽深的灵魂。

　　那些都是怎样难堪的荷尔蒙记忆呀。在短篇小说《荷尔蒙夜谈》中，褚红的故事是与一个年轻男孩子的韵事，但欢娱尚未开始就被已经不再年轻的身体中断了。周师试图鸳梦重温，却碰上了坚硬的现实。何东城呢？那个万里高空之上与一只手的故事使他陷入舆论的风暴之中，却也给他带来了强烈的艺术灵感。叶羽一直对被何东城拒绝的那个瞬间耿耿于怀。对每个人来说，与荷尔蒙有关的，都是很特别或者说很困窘的时刻。这一基调漫延在整部小说集之中。在《三人二足》中，章涵与两个男人的交往过程都充溢着性的意味，但无法触摸。《徐记鸭往事》中的那个"我"，带着被妻子背叛的羞辱怒气冲冲地找到了那个男人，却和那个模糊一团的女人一起被置于无所适从的境地，"在受这种冷冰冰、难看极了的罪"。在《西天寺》中，鲁敏是这样描写这一过程的："符马咬紧牙关，竭尽全力地奋战，似要摆脱与甩开，好像身后紧贴着一个如影随形的家伙，那人半遮着脸，黑色的长袍飘动，拖曳着死神的修长阴影……"被荷尔蒙驱动的过程不仅不美，不诱惑，甚至有几分阴森森的恐怖。同样的感受在《坠落美学》中的柳云那里得到了回应——"每次，到了那极端契合的欢爱之巅，身体忽上忽下，忽在深海，忽飞云霄，某个极端的念头就会'当当当'像报时鸟一般地叫起来：死了就好了！就死在这一刻吧，死在对方身体里"。我甚至相信，是这个极端的念头最后导致了柳云的死亡。

我们已经看出来了，鲁敏所书写的荷尔蒙不是鲜活的、欢愉的，她不挑动你的感官，更不让你真的无条件承认身体的胜利。相反，一切都是灰蒙蒙的，带着几分冷感，是一片表面上风平浪静、实则翻江倒海的水域。鲁敏刻意设置的种种细节则显露出人与人之间，特别是男女两性之间相互理解的不可能。是啊，男人和女人是不一样的。怎么不一样呢？简单地说，就是女人渴望在身体或准身体关系中获得感情，而男人往往将之归于荷尔蒙，或者其他东西，除了感情。这部小说集中的许多小说，都是从"误解"中生长出来的。在《三人二足》中，鲁敏几乎是用带着悲悯的眼光看待空姐章涵的——"二十二岁的她正处于女人一生里收获赞美与烦冗殷勤的最高峰，这一高峰期可以再延续四五年，此后，她才会听到一些客观和相对诚恳的表达。当然她现在毫无辨识力，她认为她听到的每一句都是真理"。正是因为"毫无辨识力"，她才那么轻易地将邱先生的怪异举止指认为恋足癖（这始终是一个疑问），进而误会为"喜欢"。她同样自编自导了与华青的恋爱戏份，这倒是成真了，直到最后她才逼近真相，原来她所以为的爱和喜欢不过是偷运毒品的障眼法。《拥抱》中的她，将他的邀约理解成"他对她有那种想法"，甚至暗暗推测了他的来意，"有一条是肯定的，这里头没有旧情，最多是身体之需。"在你来我往的语言碰撞中，她才逐渐明白，其实，他是替患有自闭症的儿子约的她。甚至不是因为她本人，而是因为她戴的那一大堆亮晶晶的饰品吸引了孩子的注意力。

悲凉。似有若无的悲凉之气盘旋在男人和女人的话语之间，笼罩住每一个人。女人对身体、对情感的渴求源于匮乏。说到底，还是太孤独了。那些亮晶晶的饰品不恰好映照出了孤独的肉身吗？这是鲁敏所揭示出的人的根本处境。孤独，同样弥漫在另外一个灰不溜秋、毫无生机的女人身上。这是一个什么样的女人呢？我们不知道，不仅其性格、情绪我们不得而知，甚至连她长什么样我们都不清楚。鲁敏形容得很精妙，"像有一只大麻袋连头带脸地缠裹住了这具身影"。这是一个什么样的女人呢？她刚上完夜班，一身的疲惫。疲惫来自重症护工高强度的劳动，更来自对生活的绝望。她知道她的丈夫和营业员的不正当关系，甚至连细节都知道，也见到了医院里男男女女的各种乱象，她早就对这个世界失望透顶。现在，一个男人找上了门，要通过她来报复她的丈夫。她该如何是好呢？她以一种自暴自弃的姿态，把自己和盘托出。老练的读者早就看出了她的紧张、惶恐、无奈、绝望，当然也洞悉了一个缺乏情感滋润的女人的孤独处境。到后来，就连那个男人也看出来了。这样一种糟糕的境遇，只有死亡才能终结。这就是《徐记鸭往事》。当我们谈论荷尔蒙的时候，我们谈论的其实是悲悯，是孤独，是所有人深陷其中而无可逃脱的情绪。

如此孤独，且让我们长谈吧。于是，伴随着荷尔蒙的，往往是喋喋不休或时断时续的、深情或无情的、有趣或无趣的各种"谈论"。短篇小说《荷尔蒙夜谈》记叙的是老同学四人坦白的各自"见不得人的小丑事儿"。在《三人二足》中，正是通过章涵与华青、章涵与邱先生关于身体的谈论，才逐渐逼近事情的真相。在《西天寺》中，符马与"那个女孩"的身体交流枯竭之时，话语却不期然萌发了"一股汹涌而至的荷尔蒙"。在《徐记鸭往事》中，"我"和女人的交锋被女人稠密的话语和"我"的思绪改变了方向，造成了谁也无法预料的结局。《枕边辞》根本就是荷尔蒙在场之时男人和女人的谈话。谈论构成了小说的动力，左右着小说的前进方向及结局。与其说鲁敏关心的是荷尔蒙，是身体，不如说她关心的是在荷尔蒙萌发或者消失之际，人们在谈论什么。谈论本身，成了一种美学。

夜深了，把一本书读到了最后，就像一场长谈终于阑珊。话语渐至零星。不，不是因为压抑而结束，恰恰相反，对人生处境的明晰洞见会驱散阴郁之气，仿佛打开一扇窗，凉风习习，让人精神为之一振。这恐怕就是文学作品的"净化"功能了。《荷尔蒙夜谈》的意义正在于此：它揭开了人生隐秘的面纱，有着难以言喻的悲哀，却又在语词中涤荡了一切，让人如饮泉水，感到清冽而温暖。

少女戴来

——关于戴来的几点认识

有两类作家，一类是作品大于作家本人，一类是作家本人大于作品。显然，戴来属于后者。戴来将自己的个性、气质、做派，甚至是世界观、价值观中的一部分赋予了她的小说。她的每一篇小说，都是性格鲜明、个性突出的"戴来制造"。正因为如此，批评者无不勤勤恳恳地在她的小说中寻找戴来的痕迹，比如失败者，比如"意思"，比如性别意识。或许都是对的，但是戴来并不等于这一切的叠加。显然，戴来要比人们所认识到的更丰富、更复杂，坦率地说，她也比她笔下的小说人物更有魅力。这也是一直以来戴来产量不算高但人们始终对她抱有期待的原因。

还有两类作家，一类作家是"见众生"，一类作家是"见自己"。戴来还是后者。她似乎并不期望世界如大海一般浩瀚，她的世界充其量不过是家门前的一泊湖水。她来来回回写的就是那么一类人，她的小说中的人物，无论是年轻的还是年老的（她现在越来越喜欢写老年人），都分享着差不太多的遭遇，有着差不太多的情绪，对人生有着差不太多的看法。与其说她创造了这一类人物，不如说这一类人物根本就是她文学创作的出发点，是动力，也是归宿。假如有一天，她对这一类人物丧失了兴趣，恐怕她也不会再写了。

那么，问题来了，这一类人物究竟是谁呢？为何戴来对其有着如此盎然的兴趣？读者注意到了，这类人物从性别上说是男性，于是言之凿凿地将"他"断定为"他者"。关于这一点，李敬泽有一个非常著名的解释："戴来是个具有古典艺术精神的小说家，她的小说中没有'我'，对她来说，取消'我'是写作的首要程序，因为'我'是世界的杂质，这个词本身就是人类的绝对软弱的表征。作为小说家，戴来希望让世界在'我'之外生长、呈现，为此她遮蔽自己的痕迹，她甚至遮蔽性别，让每一篇小说始于男人终于男人，坚强的、软弱的男人，他们对女人的追寻和我们对小说背后的小说家的追寻一样徒劳无功。"戴来本人大概是认同这一解释的。在回答为什么选择中年男人作为小说主人公的时候，她说："写自己熟悉的东西，好像不是一种创造性的劳动，而男性的生活、男性的视角，对我多少有点挑战性吧，给我留的想象空间也更多一些，写起来觉得更愉悦，你会觉得你在创造这个人物，完全不是你生活当中的，甚至不是你经验当中的。"证据链似乎严密、完整。然而，果真是这样吗？

如果你同意小说是日常生活的变形（事实上，这也是小说的迷人之处），那么当我说戴来小说里那些时而垂头丧气、时而对生活充满了孩子般的兴趣、时而无所事事的男人其实都是戴来本人的投影时，你或许不会太吃惊。这些男人，或者说戴来的精神肖像有这样几个侧面：他／她认为性是人无法摆脱的牢笼，无论是少年、青年还是老年，性就像影子一样跟随着你，左右着你的情绪。就像《前线，前线》里，无论是儿子，还是石松，抑或是老石，都或多或少被性困扰着。儿子是虚写，石松是背景，真正的主角是老石。是的，戴来对老年人的性格外有探究的兴趣，我仿佛能看见她瞪大眼睛说，性不是年轻人的专利，老年人其实也苦恼。我认为在某种程度上戴来暴露了她的心理年龄。他／她对家庭关系有一种根深蒂固的想象——两个人都是貌合神离地凑合过着，不是准备出轨，就是已经在出轨的路上。《亮了一下》里面的洛杨还在为小美和小美的男朋友而心烦意乱的时候，突然发现妻子尚云也有了情人。"一切都是熟悉的，他日复一日地生活在其中，平淡、死板、程序化的节奏让他感到厌倦"，这几乎是戴来笔下所有小说主人公的心声，也不妨看作是戴来对日常生活的一种认识。这更像是一个涉世未深，并没有太多太复杂的社会经验的人的想象。这种厌倦感在短篇小说里尚能让人称服，产生认同感，但单一的情绪很难主导更大容量、更长篇幅的小说。这也是为什么人们对戴来的短篇小说的评价高于长篇小说。既然感到厌倦，逃离就成了一种选择。戴来的小说中的主人公或多或少都在逃离，这也是戴来小说的主题。《向黄昏》中的老童在小赵身上实现了逃离，《要么进来，要么出去》里的安天，只能选择在大街上从中午走到下午，在住所前的花坛边枯坐以实现逃离。那么对于戴来，写作本身就是她逃离的方式。按照她的说法，"我是那么地喜欢发呆（有人管这叫遐想或瞎想），我真想一辈子就在发呆中缓缓地过去，但是有那么省心的活法吗？"显然并没有，责任、义务缠绕着你。所以以写作的名义发呆，某种程度上也实现了对沉重的日常生活的逃离。

综上所述，当人们异口同声地表达对戴来的写作脱离了"我"之称赞的时候，我恰恰认为，戴来写的正是"自我"，只不过是"自我"的变形而已。戴来的心里其实居住着一个少女。不，不是那种娇嗲嗲的无知的少女。她一直在踮着脚尖眺望成人的世界，她对成人的世界有一种莫名的畏惧，她不想长大，只想逃离所谓的日常生活，就那样在自己熟悉的世界里发呆，自在地活着。在读了戴来的小说之后，我看到了少女戴来。

戴来的小说有"戴来味儿"，口语化，松弛，自如，标题是亮点，有股子不管不顾的劲儿。很多人喜欢，我也喜欢。但我怀疑这也是某种"变形"。事实上，少女戴来可能对这世界充满了焦虑。她可以放松些，再放松些。

失败的知识分子

在诸多以知识分子为题材的小说中，失败者林立。

在他们之中，有一个诗人，他曾经在诗歌繁盛的二十世纪八十年代收获了荣光，以及少女的目光与倾慕，而现在却在地方志办公室空虚地消耗人生，随同一起消耗的，还有更加繁盛的诗歌活动，以及诗歌本身。他就是格非的小说《春尽江南》中的主人公谭端午。

还有一个人是文学博士、大学老师，却深陷于生活的牢笼。尽管他十分清楚在"活着之上"还有心灵的自由是值得追寻的，但那点儿微光在黑暗中稍纵即逝，他不得不勉力应付"活着"本身。而这种调动自身的一切来应付生活的努力，逐渐使他窒息，让他变得日益狭窄、闭塞，散发出令人生厌的"怨妇"之气。他就是阎真的小说《活着之上》的主人公聂致远。

⋯⋯⋯⋯

对于这样一群人，失败已然成为他们的宿命。失败，首先是指他们个人所遭遇到的现实困难。在这个物质极为丰盛的时代，对于他们而言，生存本身就已经成为难题。在上面列举的两个人中，比较衣食无忧的大概是谭端午。这固然有赖于他有一个闲职，恐怕更大的保障来源于他的妻子庞家玉。昔日那个热爱诗歌、仰慕诗人的少女秀蓉，在新的时代成为精干的大律师庞家玉，得以"供养"诗人。聂致远和杨科就没有那么好的运气了。萦绕全书的，是聂致远煞费苦心的算计和首鼠两端的徘徊，他忧虑于如何在现实世界为自己争取立锥之地的同时，活得稍微像知识分子。最惨的是杨科，他自以为写出了经世之书，却丧失了传道授业的讲坛，还被送进了精神病院。杨科只能一步步退回到耙耧山深处的老家，自己建造一座乌托邦。无可回避的还有他们的精神困难。对于谭端午来说，一切都是无趣的，他也没有可以交流志趣的友朋，昔日的崇拜者早就行进在时代的洪流里。谭端午成了时间之外的人，多余的人。这是格非对谭端午这类人的定位。聂致远呢？或许他会因为曹雪芹而心潮澎湃，但不得不承认，他的心灵已经在事无巨细的筹划和患得患失的苦恼中逐渐萎缩。杨科看上去找到了自己的诗经古城，但谁又能说，这不是某种虚妄呢？更重要的是，他们完全丧失了为现实发言、介入现实的能力。他们无能为力。这大约是他们共同的感受。时代如同飞驰的列车，他们被抛弃在外，虽有理想或才华，却枯对荒野，荒掷岁月。

何以如此？

这当然与小说家对知识分子的想象有关。在我们的知识语境中，知识分子一向被视为时代的批判者。也就是说，知识分子是这样一种人：他们怀抱着一系列世界应当如何运转的理念，因此，在任何时代，他们都不会觉得这是一个符合自己理想的好时代。他们理应呈现出背向时代的形象。小说家也是知识分子，他们也需要在小说中写出对这个时代的怀疑，于是，在以知识分子为题材的小说创作中，最好莫过于塑造出一个穷困潦倒、与时代保持距离的知识分子形象。因为"知识被如何看待，这影响着社会被如何看待，也影响着在那个社会中人们自身的角色被如何看待"。显然，知识分子的失败中蕴含着小说家对堕落的知识分子的批判，也蕴含着对时代的批判。

失败也包含着小说家的某种文学观念。我有一个谬见，自卡夫卡以来的现代文学最重要的贡献是扭转了史诗以塑造英雄为志向的叙述方向，将失败者奉为小说的主角。他们深刻地影响了今天的中国小说家。格非有一段自述心志的话。他说："文学就是失败者的事业，失败是文学的前提。过去，我们会赋予失败者其他的价值，司马迁在《报任安书》里列举的失败者被赋予了很高的地位。今天失败者是彻底的失败，被看作是耻辱的标志。一个人勇于做一个失败者是很了不起的。这不是悲观，恰恰是勇气。"格非这番话大概说出了很多小说家的心声。张定浩却针锋相对地予以反驳，他说："格非之所以崇尚失败，是因为他对失败的理解有些暧昧，甚至可以说混乱。《报任安书》里提到的人，其实没有一个是失败者，他们都是一些遇到了非常大的困难，然后努力克服困难的杰出者，是'倜傥非常之人'。司马迁列举的那些人，文王也好孔子也好，根本不是因为某一时刻的失败才被赋予了很高的地位，而恰恰是因为他们之前之后的成功。暂时的失败和长久的失败，他人眼中的失败和自我意识到的失败，无关痛痒的失败和真正的失败，庸众懦夫的失败和勇士伟人的失败，这其中的千差万别格非都视而不见……"或许在张定浩看来，小说还是应该写出属于人的荣光。但无论如何，今天的小说家普遍默认了失败包含着更为丰富的意味和形式。

因此，不仅我们的小说里遍布着失败者，而且漂洋过海来到我们的阅读世界的域外小说，但凡以知识分子为主角，其人也立刻被解读为失败者。比如，一本潜行了五十年的同样以大学老师为主人公的书——《斯通纳》。在关于《斯通纳》的国内书评里，我们看到的最多的就是"失败"二字。人们如此总结这本书——关于斯通纳"失败而不失意"的一生。我想人们所说的"失败"大约是指他婚姻生活的不顺利，他的婚外情或许给他的生命带来了些许慰藉，但显然以突兀的结束而告终；他的职业生涯也不算顺利，和系主任的分歧使得他始终处于助理教授的位置，并只能执教不太重要的课程。可是，为什么我始终觉得，这就是一个普通人在这个世界上必然会遇到的一切呢？有各种预想不到也无法对抗的挫折，也有小小的欢欣，就像溪水潺潺流过，流过山涧，也流过河谷。

重要的不是斯通纳所遭遇的每个普通人都可能遭遇的一切，而是他从所经历的一切之中，从悉心钻研的学问之中，从视若生命的书本之中，找到了自己，然后，他坚守住了自己。所以他表现出来的怪诞与杨科式的怪诞截然不同。我们充分进入了他的内心世界，像对待一个老朋友一样真正理解了他。我不认为他失败，还因为他真正捍卫了知识分子这一角色，"他终于感觉自己开始成为一个教师了，教师不过是这样一个人，对他而言，他的书就是真，对他来说就是给予一种艺术的尊严，与自己作为一个人的蠢傻、不足或者不够格没有多大关系。这种领悟他无法言传，但是，一旦有了，就会改变自己，所以不会有人弄错它的存在"。多么深刻的领悟！多少知识分子念兹在兹、苦苦寻求的尊严，不是从某个虚无缥缈的乌托邦幻化出来的，而恰恰是在日常生活的暗处悄悄拔节而出的。

当我长久地凝视着斯通纳的时候，我多么希望在我们自己的小说世界里，也能遇到这样的知识分子。他一定是一个有智慧的人。对，我说的是智慧，而不是才智。智慧是智力、知识、经验和判断的综合。这意味着智性生活将在他的生命中占据非常重要的分量，更绝对一点儿说，他就是为了智性而活着。但这并不意味着智性生活可以轻易得来，只有付出十分艰辛的努力，智性才会在某一个时刻闪烁出光泽，以抚慰过分辛劳的人生。当然，在漫长的追寻智慧的过程中，他也会发现自己的无知，他还是一个对世界抱有巨大好奇心的人。自然，他有一个想象出来的宇宙，以及适应这一宇宙的人性，但这并不妨碍他了解现实世界的运行法则，并随时根据现实世界的状况调整他心目中的世界图谱。理念与行动，是长在他后背上的翅膀。他挥舞着它们，甚至无暇顾及是否有所谓的失败。

是啊，谁过的不是失败的人生呢，如果将所有的挫折都定义为失败。现在，请你忘记它，就像它从来不曾存在一样。这才是属于知识分子的极其迷人的瞬间。在《斯通纳》的结尾，斯通纳确认了自己的失败，同时也确认了失败的无价值。"一种愉悦感油然而生，好像起于一丝夏季的微风。他模模糊糊回想着自己念念不忘的失败——好像它有多重要。此刻，在他看来，这些想法太平庸了，太不重要了，与他曾经度过的生活相比太没有价值了。"

风景的政治

——讨论阿来《机村史诗》的一个视角

阿来的《机村史诗》有着十分显豁的主题，即一个乡村在时代变迁中的命运，或者说"一种文化在半个世纪中的衰落"①。然而读完小说，机村里的人们，甚至包括机村本身，如远山淡影，消失在时间的迷雾中，让人看不真切，反而是机村的风景经过阿来之手的淘洗，愈发鲜亮、真切，令人神往。从这个意义上说，风景可能是这部多卷本长篇小说的另外一个隐而不彰的主题。

在《机村史诗》中，阿来对机村的风景一一做了抒情化的描绘。这既是全景式的扫描——"多吉站在岩石平坦的顶部，背后，是高大的乔木，松、杉、桦、栎组成的森林，墨绿色的森林下面，苔藓上覆盖着晶莹的雪。岩石跟前，是道冰封的溪流。溪水封冻后，下泄不畅，在沟谷中四处漫流，然后又凝结成冰，把一道宽阔平坦的沟谷严严实实地覆盖了。沟谷对面，向阳的山坡上没有大树，枯黄的草甸上长满枝条黝黑的灌丛，草坡上方，逶迤在蓝天下的是积着厚雪的山梁"②——也凸显着具体的风物，山岚、正阳、晚霞、月光、鸟鸣、花海……如此种种，构成了如画风景美学。细细体察，阿来所描绘的风景，确有写实的一面。画家们大约能依据他的书写，描绘出一幅幅美轮美奂的风景图。他以挽歌式的语调，深情回忆记忆

---

① 阿来：《我只感到世界扑面而来》，载《中国当代作家面面观——文学的自觉》，复旦大学出版社 2010 年版，第 87 页。

② 阿来：《天火》，载《机村史诗》，浙江文艺出版社 2018 年版，第 3 页。

深处的风景，将深藏在大山内不被世人所知的风景一一召唤出来，唤起读者的阅读认同感，并重新赋予其价值。因而阿来所描绘的风景又是象征性的。这不仅体现为一事一物的象征，比如在《天火》中，研究者大多注意到了，阿来所描绘的火既是藏区原始森林里的自然的火，也是人心的火，但更重要的是，阿来试图将这些散落在叙事进程中的风景凝结、组织起来，构成中国深远内陆少数族群的身份认同形成的场所。这或许是《机村史诗》对中国当代文学做出的最重要的贡献。

人类学者温迪·J.达比在研究英国的阶级与地理时，考察了风景在形成认同场所时所发挥的不同作用。在她看来，"被不同的群体以不同的方式应用，如画风景美学轻易地借用了这一社会网络，并使之强化。如画风景替代了理想化的古典主义传统，激发出对现实性或再现性风景更广泛的美学思考。对于有些人而言，如画风景美学美化了外省身份，使其得到认可，通过抬升他们生活其间的风景，把外省人与中心连接起来。如画风景美学也有助于神话乡村，使吉普赛人成为'一种有趣的地方色彩，而非居无定所者对现状的威胁'。如画风景的实践'为在变动的乡村生活中失去根基并继续失去根基的乡绅'提供了'维持功能'……面对英格兰城市化过程中旧身份的丧失，如画风景帮助塑造新的身份"[1]。那么，阿来又是如何创造他的风景，使之"在地化"的呢？

路径之一是将风景遗迹化、废墟化，构造一个历史的场所，让时间为风景复魅。在《荒芜》中，当机村的人们不得不面临自然破坏所带来的粮田荒芜的绝境的时候，几个年轻人踏上了寻找古歌中的觉尔郎峡谷的路。那是机村人的祖先所建的王国的中央，是传说中的应许之地。阿来一反之前描绘风景时的轻盈跳脱，极力渲染风景的神秘与应许之地的难以抵达。这是对文学传统中的探险、哥特等主题的混合使用。索波们先是到达了一个山口，山口有明亮的光线，像瀑布一般，而峡谷则是"黑暗的深渊"。一明一暗的光线，意味着要经历重重困难才能抵达一个埋藏在时间深处的古国。到达峡谷，领略不同风景的过程，其实是把风景从形容词变成动词

---

① 〔美〕温迪·J.达比：《风景与认同》，载《英国民族与阶级地理》，刘东等译，译林出版社2011年版，第75页。

的过程。"当眼睛习惯性地向上，视野里就只剩下空阔蓝天，眼光猛然一下失去依凭，双脚下面立即生出来悬浮的感觉，感到身子正在往某种虚无的空间里慢慢下陷。"①这是对即将抵达的风景的一种定位——"虚无"。这揭示了这一风景的质地：介于实与虚、真与幻之间。阿来让奇幻的风景纷至沓来以证实这一点，比如，雪白的瀑布，闪烁着艳丽光芒的、盘旋着下降的群鸟，连绵的森林，亮闪闪的湖泊。这些实在的事物汇聚在一起，反而构成了虚幻的映象。而读者期待的似乎也是这般幻境。所以阿来着力渲染了晦暗的、既不是白天也不是夜晚的光线，密集蓬勃的鲜花，以及浓重的似乎要淹没一切的黑暗。只有在经历了如此惊心动魄的风景之后，当满天的星光和巨大的松树突然降临的时候，我们才能将一切指认为神迹。这是阿来极具天赋的创造。他将历史、时间这些抽象的概念风景化了，从而赋予其肉身。当我们随着机村的年轻人一路经历如此神奇的风景之时，我们也就建立了机村的"地方感"——机村成为一个活生生的、有着悠久血脉的所在，它也因此构成了我们的来路。

　　另一条路径则是将风景民间化、传说化。在《机村史诗》的不同故事里，都出现了色嫫措的金野鸭的意象。这是流传在机村的传说。色嫫措是机村背后半山上松林环绕的巨大台地中的深潭，翻译成汉语是妖怪湖的意思。而金野鸭是色嫫措的保护神，也是机村森林的保护神。阿来在小说中讲了这样一个传说："传说中，机村过去曾干旱寒冷，四山光秃秃的一片荒凉。色嫫措里的水也是一冻到底的巨大冰块。后来，那对金野鸭出现了，把阳光引来，融化了冰，四山才慢慢温暖滋润，森林生长，鸟兽奔走，人群繁衍。"②《机村史诗》讲述的是世事发生迅猛变化的时刻，传说意味着某种恒久的、稳定不变的东西，它是构成风景的重要来源，也导致了对神奇性的召唤。这种召唤，恰恰与汹涌而至的现代性背道而驰。从这个意义上说，风景与叙述构成了小说的两极，一极是恒久，一极是变化。风景映照出时代的匆匆变化，并成为变化的旁观者与对象。

　　然而，在将风景"地方化"，并转化为少数族群的身份认同形成的场

---

① 阿来：《荒芜》，载《机村史诗》，浙江文艺出版社2018年版，第65页。
② 阿来：《天火》，载《机村史诗》，浙江文艺出版社2018年版，第34页。

所之时，阿来自己也意识到了这有极大的困难，他将之概括为"我的困境就是用汉语来写汉语尚未获得经验表达的青藏高原的藏人的生活"。语词的问题永远不仅仅是语词的问题，准确地说，问题在于阿来所描绘的风景是否为生活在机村的人们所体验的，它与实实在在生活在风景之中的人们，与欣赏风景的读者又建立了怎样的关系？

在进入到阿来所描绘的风景之中时，作为汉语读者，我并无震惊与异域之感，相反，犹如回到家中那般舒适、自在。这大约是因为这风景植根于汉语文学的古典文化资源。阿来所描绘的山峦、琥珀、星空、森林，似乎与千百年来我们在汉语文学中所遇到的并没有太大的不同。这是传统文化的一部分，也是让我们心领神会的一部分。这或许是阿来有意为之。他不愿意让青藏高原成为展览奇观之地，他希望我们看到一个普遍化的乡村，看到今天中国乡村变迁的真实图景。然而，他没有想到的是，当我们与一个熟悉的乡村迎面相逢，并沉醉于像诗一般美妙的风景之中的时候，我们也将自己变成了旅行者和漫游客。对于我们来说，这风景与旅行杂志上的图片并无二致，刺激我们翻山越岭，去发现"诗与远方"。事实上，让我们有如此观感的正是风景的恒定性。莽莽苍苍的风景仿佛在时间中凝固了，它仿佛是过去，也仿佛是未来。

与普遍性的风景相一致的是，风景蕴含着多种多样的可能。对于老一代机村人来说，只有心存珍爱和敬畏，才能看得见美丽的风景。机村人的这一古老观念却通向了现代的环保观念。而卡在古老与现代之间的机村人就像拉加泽里一样，不免进退失据，与如画风景渐行渐远。

于是，在连绵不绝的风景间隙，我们听到了阿来沉重的叹息。他哀叹机村人失去了风景，而这种失去无可挽回，只能在文字中重新发现。他凝视着风景，在凝视中，风景焕然一新。它足以冲破作者强大理念的笼罩，让机村承载更为丰富的意义。

迷惘的亡魂游荡在路上
——阿微木依萝《羊角口哨》

　　收在阿微木依萝的小说集《羊角口哨》里的五部中篇小说有着大体相同的气质，恍惚、混沌，如同迷雾一般裹挟着你，让你无法分辨方向，在文字的迷宫里跌跌撞撞，始终找不到出口，无法走出迷障重重的天地；倏忽却又让你像置身于无限的空茫，人世的嘈杂声依稀可闻，然终究无法一探究竟。尽管取道不同，但阿微木依萝的小说和故事大多是以亡魂作为主角和叙述中心的。她似乎执着于讲述一个亡魂如何游荡在生与死的两岸，最终回到自己的应许之地。在同名小说《羊角口哨》中，肖龙在表演讨要工资的戏码时不慎从顶楼摔了下去，从此成为一个亡魂，然而肖龙不愿意按照一个"本分的逝者"的要求僵直地躺在那儿，被人送到殡仪馆去，于是开始了返乡的旅程。在《马小雨来了》中，马小雨和吉博阿妈的儿子子布相恋，两人因为吉博阿妈不愿意接受一个汉族女子做儿媳妇而分开。在马小雨不断寻访吉博阿妈的过程中，我们也大约能想象和重建发生在马小雨和吉博阿妈之间的故事。在《逃》中，林慧始终想从她所居住的亡魂的村庄逃离出来，重新返回人间。最终，她发现"走出去的人，是永远都回不到家乡的"。人间对她来说，已成为茫茫废墟。在《响礼》中，羊司令官始终在青苗、刘老三、马老五和小羊倌之间徘徊，始终无法选择、确定自己的道路，直到他躺到自己挖好的坑里。

　　一个写作者为什么要将亡魂作为自己的主角、叙事者？我们实际上要追问的是，写作者为何要虚构死亡？一种可能的答案是，亡魂提供了一种其他人无法代替的视角，足以挣脱时间和空间的限制，呈现出其他视角所无法呈现的人世的幽暗，提供一种新的看待人生、看待世界的方式。这种叙述方式在创作史上并不鲜见。鲁迅的散文《死后》就叙述了梦见自己死后所发生的"故事"。与人们想象中的死亡所带来的安宁不同，鲁迅想象死后的情景，人并未因死亡而获得平静，反而是感到"有一种力将我的心的平安冲破"，"在快意中要哭出来"。余华的《第七天》讲述了杨飞七天的经历，直到第七天他到达"死无葬身之地"，构成了《第七天》的沉重的社会现实。对于这些写作者来说，叙述死亡从根本上说是为了表达生。

那么，这个判断对阿微木依萝有效吗？老实说，刚开始读《羊角口哨》的时候，我确实感受到了某种与《第七天》相似的气息。肖龙因为表演讨薪而死亡，多么像一条社会新闻。而肖龙接二连三寻找朋友的过程，也确实让我们看到了日常生活中的某些残酷的真相。比如，朋友、恋人对于死后的肖龙的排斥、拒绝与欺骗，这是只有死亡才能打开的生活的一角。从这个意义上说，叙述死其实是在泄露生的秘密。死亡之后的肖龙感慨道："世上没有一个人完全靠得住。人们互相欺诈，蒙骗，干着背信弃义的事。"在阿微木依萝大量叙述死亡的时候，残酷、灰暗的日常生活往往从她的指缝间倾泻下来，让我们深感生之沉痛。《马小雨来了》隐藏着的是一个悲伤的爱情故事。汉族姑娘马小雨千里迢迢追随彝族青年子布来到他的家乡，然而因为彝族固有的不与外族通婚的习俗，也因为语言与生活方式的差异，吉博阿妈与马小雨不能和平共处，吉博阿妈把马小雨撵了出去。之后，马小雨从路上掉了下去，不知所终。而吉博阿妈摔死在了悬崖下面，两个孙子哭着跑出门，最后都步入了死亡。在《逃》中，年轻的林慧摔断了腿，踏上了死亡之路。而林慧的死亡又带来了一个家庭的灾难。林慧的奶奶在林慧死后的第二天跳井而亡，林慧的妈妈在井边哭了两天，差点儿跟着跳下去。林慧的爸爸去世之后，林慧的妈妈重新建立了自己的生活。阿微木依萝并没有刻意叙述这些沉痛的故事，仿佛只是在叙述死亡的时候不经意留下了三言两语，只有把它们从死亡的谷底打捞起来，小心拼凑，才能辨认出一两个可信或者不那么可信的故事。

相比之下，阿微木依萝似乎不那么关心生，或者说不像我们所熟知的写作者那样，死亡只是一面借以辨认生之模样的镜子。她的注意力仿佛被"死后的世界究竟如何"吸引了。对她来说，人死后必然是有灵魂的，而且死亡不意味着解脱，死亡后的世界依然令人迷茫、苦恼和不知所措，一如生的世界。这与其他写作者似乎有很大的不同。在《第七天》中，余华将"死无葬身之地"作为小说的叙事支撑。余华用抒情的语调描述了亡魂最终所要抵达的地方——"死无葬身之地"。"那里树叶会向你招手，石头会向你微笑，河水会向你问候。那里没有贫贱也没有富贵，没有悲伤也没有疼痛，没有仇也没有恨……那里人人死而平等。"在余华的想象中，死者将抵达一个美好之地。

对此，阿微木依萝没有那么乐观。她花了很大的笔墨描述亡魂所遇到的种种不亚于人间的困难、迷惘和挫折。大约是受二十世纪八十年代先锋文学的影响，叙事迷宫成为小说文本的主要构造形式。在《羊角口哨》中，肖龙不愿意去殡仪馆，他一一重访生前的朋友，却获得彼此抵牾的认知。他的女朋友姚青青到底是跟他的好朋友搅在一起了，还是为了获得补偿款欺骗了所有人？他与陌巷中的朋友田军共同踏上了去往另一个世界的旅程，两个人的关系为什么突然发生了莫名其妙的变化？《马小雨来了》中的白先生和他们是什么关系？《逃》中的林慧为什么要逃出那个村子？《响礼》中的羊司令官真的把刘老三扔到水塘里，把马老五用枕头压死了吗？白杨村的老婆婆是他念念不忘的青苗吗？

这种种疑问，阿微木依萝没有告诉我们答案。我们只能凭想象去猜测。这源于阿微木依萝对死亡、对亡魂有着坚定的设定与想象。她认为，一个人的死亡是逐渐失去记忆的过程。在《马小雨来了》中，不同的人都指认"我"就是马小雨，但是对"我"是谁，"我"的名字是什么，"我"的大脑都是一片空白。在《响礼》中，羊司令官也在逐渐失去他的记忆，他不再记得小羊倌是谁，也不再记得青苗的样貌。作者相信，一个人死亡之后依然有种种深刻的情感。在《羊角口哨》中，打动我们的是肖龙的茫然无措。死亡，每个人都只会经历一次，他无从知道应该拿"死亡"怎么办。因此，肖龙重返人间，是因为"他感到孤独，突然的死亡对一个上一秒还活着并且死后依然还有记忆的人来说，十分痛苦和不习惯"。阿微木依萝也不认为人能在死亡中获得安息。她笔下的亡魂最后抵达的，都不是像余华笔下那般的美好之地。《羊角口哨》中的肖龙最后到达了一个村庄，虽然他最初在村庄中感受到了热情和温暖，很是感动，但在仪式结束后，热情很快就凭空消失了。亡魂居住的地方，实际上是一个冷漠的地方，"在分散的这些个'我'身上，他惊恐地面对这么冷漠的无数个自己"。肖龙只能驱使自己到达山顶。到了小说的结尾，他眺望山下的村庄，"他的视线随着夜幕加深而模糊，也可能是雾气迷了眼睛，看不清山下的村落，那儿也没有人再点亮火把，仿佛根本什么都不存在，全是冷硬的石头和尘土"。看，漫长的路途的终点竟然是这样的死寂之地。《马小雨来了》中的马小雨甚至还没到达应许之地，还处在没完没了的追赶过程中。《逃》中的林慧面临和肖龙相似的境地，她费尽心思回到了家乡，"由于天色暗淡，又升起一股高山才有的雾气，使这个地方看上去像一片黑沉沉的苦海"。阿微木依萝对死亡的描述让我们凛然，死亡之虚妄，正与生存相同。

阿微木依萝的写作，不论是在主题上还是在文本结构上，依稀能看出现代派作家与先锋小说家的影响。这使得这批小说有着习作的性质。她过分依赖直觉与感性，刻意让小说支离破碎。这种破碎，如果缺乏更高级的、内在的逻辑作为支撑，就会"亲手堵死了所有通往别处的道路"。这是这本小说集的最后一句话。坦率地说，当我随着亡魂在生与死的边界上长途跋涉时，不知所由的迷宫接踵而至，反而阻碍了我对人物的共情。打动我的不是亡魂的痛苦，反而是一些闪闪发光的细节。当其萨老人们为肖龙、田军念祝词时，那祝词朴素而深情：

> 太阳落山时，肖龙田军睡着了，阳光照不醒他们，鸟儿吵不醒他们；太阳上山时，引路的人来到了，肖龙影子跟他走，田军影子跟他走；月亮出来时，地上庄稼成熟了，穿过稻谷麦子地，穿过苞谷荞籽地；月亮下山时，肖龙田军到家了，阿姆送来新衣裳，阿爸送来新鞋袜……

> 平地平无踪，高山高无影，火把来照亮，荞籽来充饥；山间有青竹，连根拔一枝，肖龙影子跟我走，田军影子跟我走……

> 熟人来相见啊，生人退三步，肖龙田军听我令，荞籽已开花，竹子已拔节，从今往后啊，地上再没有爱你的人，爱你的人必须

忘记你，地上再没有你的庄稼，你的庄稼是一片荒原，从今往后啊，月下再没有你的房子，你的黄牛要牵好，你的绵羊要看牢，从今往后啊，月光才是你的草场和住所，月光才是你的粮食和庄稼，月光才是你的眼睛和心灵。脱下你的包袱啊，脱下你的包袱，世间没有人啊，世间只有尘土……

我知道，这是属于彝族人的时刻。他们的生老病死可能隐藏在这样的祝词里。在不同的小说里出现的羊，被撒在头上的荞籽，荞麦花的香味……这些都是属于彝族人的。这些让我想起在《西南边》和《我的凉山兄弟》中所看到的彝族人。经由文字，我与他们已然成为情感共同体。那些属于他们的时刻，也是我与他们共有的时刻。也因为此，我对阿微木依萝充满期待。听说这个来自大凉山的姑娘又回到了大凉山，我想，属于彝族人的文学之门必将对她敞开，使其走进更多人的心灵。

《平原客》与李佩甫的"平原物候学"

　　1999年李佩甫写了《羊的门》，一开篇就写到了草。"在平原，有一种最为低贱的植物，那就是草了。""它们在田间或是路旁的沟沟壑壑里隐藏着，你的脚会踏在它们的身上，不经意地从它们身上走过。它当然不会指责你，它从来就没有指责过任何人，它只是默默地让你踩。""平原上的草是'败'中求生，在'小'中求活的。"

　　2003年李佩甫写了《城的灯》，小说结尾出现了一种叫作月亮花的奇花。"当晚，午夜时分，月亮花倏尔就变了，刹那间，香姑坟前一片亮白，那花晶莹如雪，欲飞欲舞，美如天仙下凡！"我们都知道，这月亮花是刘汉香的魂魄所变，是一个人高洁的灵魂，也是李佩甫遥想的理想世界。

　　而到了2017年，《平原客》仍然要从花与花匠的故事开始。这株叫作"化蝶"的古桩梅花颇为传奇——它固然来历不凡，美得倾城倾国，却透着奇诡的气息。其死了三回又活了过来的故事，以及在寒冬中骤然开花的传说，仿佛都衔接了中国传统小说中以花喻人、以花显兆的叙事传统。这一回，李佩甫想要通过这株平原上的梅花讲述一个怎样的故事？梅花又寄托了他对行走在平原大地上的人们怎样的理解？

　　这株梅花代指的是一度官居副市长的刘金鼎吗？说起来，刘金鼎与这株花离得最近，毕竟，"化蝶"是刘金鼎的爹花匠刘全有的心血所在，是刘全有辛辛苦苦从四川大巴山挖出古桩，嫁接了优质的野生质源，精心培育而成的。十八年啊，说刘全有是把这株梅花当作孩子来培育的，也一点儿都不为过。可是，刘金鼎的气质与"化蝶"并不相像。是的，刘金鼎是李佩甫非常熟悉的一类人物，他与《羊的门》中的呼国庆是一脉相承的。

但是，在《平原客》中，刘金鼎却是一个没有多大力量的人物。为什么呢？这个人从幼年时期就目睹了"交换"所带来的成果，"关系学"根深蒂固地植入了他的价值观。所以，从见到李德林的那一刻起，他就把自己的人生完完全全绑在了李德林身上。他依附于李德林，上了学，找到了工作，并迅速成了干部。他陪李德林一碗接一碗地吃烩面，他的职位也越来越高。可是，终其一生，他都是厚黑学的实践者，生活也似乎有意试炼他，让他遭遇暗流、高山、大河，他甚至都没有机会去反省自己所信奉的到底是不是世间真理。作为读者，我们有机会如此接近他的内心，却丝毫感受不到他内心的冲突。这真是一个很平庸的人，他没有几分才干，也毫无性格魅力，只有在逃跑期间，他的人生才有了几分色彩。他似乎也没把自己同"化蝶"联系在一起，他清楚自己就是个"门客"或"爪牙"的角色，他一心想的是把"化蝶"送到北京去。

那么，古桩梅花"化蝶"指的是预审员赫连东山吗？在我心目中，作为正义的象征的赫连东山是很可贵的，他就像"化蝶"一样，人间哪得几回闻。读小说的时候，我一直在想象赫连东山的样子，他大概是一个坚忍、固执的老头儿，在人群中或许并不起眼，一旦进入他的职业领地，他立刻就像变了一个人似的光芒四射。在李佩甫的"平原"世界里，赫连东山或许是少有的将职业荣誉看得高于权力的人吧。从这个意义上说，在小说中赫连东山不仅是作为一个人而存在的，也是作为某种价值尺度而存在的。我们通过他的眼睛去察看小说中的其他人物。比如，在刘金鼎以权谋暂时平息了一场风波之后，参与整个过程的赫连东山"对这位刘秘书长的话极为反感，他什么也没有说，站起身来，悄没声地走了"。同样是一场事故之后，他对李德林的态度则是"心里的敬佩之情油然而生。他觉得李德林这人不错，是个好官"。作为读者，我们完全信赖赫连东山的判断，不仅因为这个人眼光锋利、独到，更重要的是，他忠诚而耿直。但这并不意味着赫连东山就能获得好的命运。李佩甫洞察世事，他清楚地知道，正直、善良、对职业的忠诚等美好的品质有时候是会对人造成伤害的，或者更准确地说，为了成全美好，人是要付出一些代价的。赫连东山就付出了家庭的代价。他在职业上越精进，就越孤独。李佩甫用了很大的篇幅来写他与儿子的互相不理解，看上去似乎是旁逸斜出，与小说的主题关系不大，但是我懂他的意思。他是在说，像赫连东山这样的人只能停留在过去那个时代。他拼命向我们挥手，但是他完全不理解这个新的时代的逻辑，他甚至也不想真正去理解。我们只能眼巴巴地看着他，然后离他越来越远。这简直让人心生悲凉。所以，我认为赫连东山绝不会是"化蝶"，他如果是某种植物，也只可能是文竹，看似弱小，但始终坚守着那份绿，净化着我们的世界。

这么说来，"化蝶"是且只可能是李德林了。"化蝶"成为"化蝶"所需要的十八年的心血，似乎象征了李德林多年的苦读，而在李德林被执行死刑判决以后，梅花也朽枯了。人与花的命运是多么相似！我想，对待李德林，李佩甫大概是惋惜、同情远远大于愤慨、谴责吧。透过李德林和梅花的命运，李佩甫带领我们和他一起思考，一个人是如何偏离了自己，如何成了自己都不认识的那个人。那么，李德林的悲剧是怎样酿就的呢？是不该把他放在不合适的位置吗？有这个可能。我像他的前妻罗秋旖一样坚信，假如给他以平台，他是能成为一个好的学者的。但好像还不完全是。罗秋旖在与李德林离婚的时候，曾郑重其事地说："你要想真正成为一个科学家，就要切断'脐带'，切断你与家乡的一切联系，不然，他们会毁了你的。"李德林不以为然，认为这是一个城市姑娘对乡村的偏见。一个人不可能真正与自己的"脐带"切断联系。自己的情感、思想、行动都是从那片土壤里长出来的，切断了"脐带"，也就切断了自己的根。倘若李德林与家乡失去了联系，恐怕他也不会成为"小麦之父"吧。但罗秋旖在某种程度上也切中肯綮。李德林最大的问题在于，他与这个世界没有清晰的边界。他任由身边的人和事侵入他的人生，这带来的直接后果是，他必然随着他人而改变，逐渐被染黑。而这种变化往往是不易察觉的。待其幡然醒悟的时候，一切都来不及了。在小说中，李德林多次感喟道："麦子黄的时候是没有声音的。"这句话还被郑重地印在了书的封面上，什么意思呢？或许说的就是人对变化的习焉不察吧。梅花会由盛而衰，而李德林留下的生命印迹却长久地停留在了我们心中。

　　李佩甫不止一次地说过："我是写平原的。写土壤与'植物'的关系，写'植物'的生命状态，我是把人当'植物'来写的。"到了《平原客》中，他的"平原物候学"已然显露轮廓。在他的"平原"世界里，有郁郁葱葱的草，也有盘根错节的树，还有妖娆奇绝的花。他默默地在这块"平原"上耕作着，像一位老农。嗯，他就是"平原客"。

骑手已西去，空余万里云

年前快放假的时候，收到了红柯的新书《太阳深处的火焰》。毫不意外。这些年来，眼见得红柯以两年一本书的速度稳定推进着，从《乌尔禾》到《喀拉布风暴》，从《少女萨乌尔登》到眼前的这本《太阳深处的火焰》，他仿佛是一个老农，胸有成竹又勤勉不倦，按照时令从他的土地里源源不断地获得与劳动相称的收成。更何况，在收到这本书以前，我已经看到了业内同行对这本书的赞誉。它作为领衔作品出现在了2017年中国长篇小说年度金榜榜单上，让人充满期待。

其实，即使没有媒体或者评论界的加冕，一个读过红柯作品的普通读者，比如我，也一定会对他的作品充满期待。初识红柯是从《西去的骑手》开始的。我曾为这部洋溢着诗性与生命力的作品而如此着迷。《西去的骑手》宛如一杆秤，一端是尕司令马仲英的人生传奇，一端是一代枭雄盛世才的政治谋略，中间那个支点就是头屯河之战。这部小说的主题并不复杂，按照红柯的说法，"我当时想写西北地区很血性的东西。……我在马仲英身上就是要写那种原始的、本身的东西。对生命辉煌瞬间的渴望。对死的平淡看待和对生的极端重视"。生命意志如血，蔓延在这部小说中。

要达到这一目标，红柯启动了四种叙事策略。第一种是战争。对战争的叙写，写作者大多写战争对肉体、对精神的毁灭与戕害。然而，红柯却剥去了战争的伦理外衣，赋予了其美学意义。在这部小说里，红柯固然也写了战争之残酷无情，但战争在他眼里更是一种"奇观"，在这辽阔而荒凉的土地上，战争成就了神采飞扬的生命。譬如，头屯河之战可以说将马仲英的军事生涯推向了高峰，于是，这场战争在小说中得到了最大程度的渲染。这是骑兵与飞机坦克装甲车的交战，是二十世纪战争史上最激烈的一幕。"战刀寒光闪闪，骑手被炮火击中，落马，战刀在空中飞翔尖叫。""头屯河根本不是河，全是冰块和血肉之躯。那是中亚大地罕见的严寒之冬，炮火耕耘之下，冰雪竟然不化，壮士的热血全都凝结在躯体上，跟红宝石一样闪闪发亮。"这样宏阔的场面，如何不叫人惊心动魄！战争越是酷烈，马仲英能征善战、将生死置之度外的形象就愈发英武。

第二种是骏马。既然是"西去的骑手"，如何能没有一匹与骑手精神相契合的马呢？大灰马在小说中反复出现，在某种程度上它是骑手精神的象征，是英雄不死的魂灵。且看这样的描写："大灰马从青纯的大海里喷薄而出，它的光芒超过了太阳……海底全是马骨头，千年万年了，骨架不散，依然保持着奔跑的姿势。老兵们说，那是古代英雄骑过的马。"红柯对色彩极为重视，大概没有人会觉得海水是一片青纯。可是，在红柯眼里，因为青海湖里灌注了英雄的血，经过时间的发酵，就酿成了这样一种颜色。如血的夕阳，青纯的海水，奔腾而出的大灰马，这幅画面无端有了几分苍凉和悲怆，隐隐暗示着大灰马驮着骑手复归大海的结局。

第三种是传奇。在红柯的想象中，马仲英已然骑着大灰马踏出了人间的疆域。多少次，人们以为他已经在战争中消殒了，可是他总是奇迹般地复活，奇迹般地重新踏上征程。不死的不只是精神，竟然连肉身都有了这般魔力。传奇还不限于此。在这部小说中，令人印象最深刻的莫过于那句贯穿马仲英一生的生命誓言："当古老的大海朝我们涌动迸溅时，我采撷了爱慕的露珠。"这大海既有沧海桑田之意，即千百万年前戈壁沙漠曾是古老的大海，又指当强悍的生命意志在戈壁沙漠上纵横之时，荒原也能变成大海。这两种意思交织起来，一个既有历史感又有存在感的英雄就呼之欲出了。

第四种是反衬。前面已经说过，小说将马仲英与盛世才穿插起来写。起初，对于二者红柯都是钦服的，可是，渐渐地这种情感发生了变化。当马仲英越战越勇时，盛世才身上的生命意志却迅速萎缩，热血逐渐为阴谋所取代，军人死亡，政客诞生，盛世才甚至令死亡失去了原有的恢宏意义，"死亡就是死亡，死亡没有意义"。盛世才之"死"，恰是马仲英之"生"。

在生与死之间，骑手的血性与理想在熠熠发光。经由这四座桥，红柯实现了对骑手精神的追寻，这样一个马背上的英雄少年，也经由他的叙述，长久地停留在了我们的记忆中。

对于作家红柯而言，是新疆滋养了他。从红柯的自述里我们知道，大学毕业后的一年，在青春激情的鼓舞下，他去了新疆。显然，新疆给予他的震惊连绵回荡，即使在小城奎屯生活了十年，他依然为这片土地所恍惚、所着迷，这才有了现在的红柯。初到这里时，他说："辽阔的荒野和雄奇的群山以万钧之势一下子压倒了我，我告诫自己：这里不是人张狂的地方。在这里，人是渺小的，而且能让你强烈地感觉到自己的渺小与无助。"他也反复说，"哈密和吐鲁番是绝域里的幻想，让人恍然入梦，总感到世界不真实"。在日后的几十年里，这种恍惚感并未因为他对新疆的熟稔而消退，相反，他时时刻刻在强化这种印象，并写下了数百万的文字，这也是他为许多读者所激赏的地方。

因为恍惚，他往往把时间节点往前推，推到世界混沌未分、骑手马上争雄的时代，那亘古不变的风景让人觉得千百年不过一瞬。因为恍惚，他有时候分不清自己所面对的到底是一个真实的世界，还是一个纸上的世界。读了太多太多在这片土地上发生的历史，也每日为各式各样的民间传说所浸染，在一个恍惚的人的眼中，这两个世界似乎并无太多分别，它们相遇、碰撞，比什么都叫他好奇。因为恍惚，他固执地要寻找这片土地的意义，寻找儿时梦中的英雄，热血在胸腔里涌动，利刃即将出鞘，寒光闪闪，征服了多少人的心。于是，就有了《西去的骑手》，有了《金色阿尔泰》，有了《库兰》。我敢说，这些都是他微醺时的作品，也是他最好的一批小说。

中篇小说《库兰》依然延续了两条线索齐头并进的叙事结构。小说的主线是俄罗斯军官阿连阔夫败走新疆的生活，暗线是探险家普尔热瓦尔斯基误入中国的传奇经历。在我看来，红柯认定，他们二人也是英雄，也必然具有马仲英般宏阔而悲怆的命运。阿连阔夫的人生开局宛如童话，像天鹅一般美丽的公主和养精蓄锐的英勇少年等待着生命的再一次辉煌。然而阿连阔夫却折戟在富饶美丽的伊犁，这或许是因为马背上颠簸的生活敌不过平静安宁的日子的召唤，或许是因为哥萨克的马刀不敌清静无为的老庄哲学，恐怕最重要的是，被历史抛弃的英雄注定了无所适从，也注定了无法用"旧王朝的力量适应新世纪的太阳"。历史的车轮驶过，英雄的赞歌动听又哀伤。普尔热瓦尔斯基同样在美丽的伊塞克湖畔埋葬了他的探险生涯。从对自然的僭越到屈服，就像他最后在报告中说的，"仅有这点纯朴之地或许是对神灵的一种敬畏吧"。敬畏自然刻在了这位探险家的生命历程中。或许，库兰才是这篇小说真正的主人公。这样一群从火焰里蹿出来的神马唤醒了哥萨克士兵们的生命之泉，令他们沉醉，梦想自己骑的是岁月之光，要登上岁月的海岸，也最终击垮了普尔热瓦尔斯基的狂妄。库兰不是一直奔驰在阿尔泰山和卡拉麦里山之间，承载着大地最深处的梦想与力量吗？

中篇小说《金色阿尔泰》俨然是一部"创世纪"，只不过这一回，红柯让明暗两条线索的时间距离足够大。一条线索的主人公是营长，他奉命带领士兵到阿尔泰垦荒；另一条线索则追溯到成吉思汗在阿尔泰山的启悟。英雄的定义在此发生了变化，并非只有那些在血与火中征战的人才被称为英雄。在这片严苛的土地上，以一己之身与自然互相凝视的人，自然也是红柯心目中的英雄。有意思的是，人与自然的关系在这篇小说里颇值得玩味。一方面，对于自然人类是要征服的，营长的垦荒之举说到底也是在改造自然，使其环境适合生存；成吉思汗就更不用说了，他带领能征善战的骑兵们以武力实现了对这片土地的征服。另一方面，征服者在征服过程中也实现了自身的改变。最典型的莫过于成吉思汗，小说不写他如何英勇、如何强悍，反倒是大力写他的柔弱和他对自然的敬畏之心，是自然成全了他，让他成为脚踏坚实大地的英雄。"大汗说：这种朴素虔诚的生命就是我们蒙古人。""在那神圣的一天，草原人从萌芽状态进入英雄时代。"老子的"柔弱胜刚强"的哲理似乎在成吉思汗身上得到了最好的展现。营长带领他的士兵们完成了对土地的改造，可是终究他也认识到"我们必将在植物中复活"。征服自然与敬畏自然在这篇小说里构成了奇怪的悖论关系，却又那么熨帖、自然，这是红柯独特的发现。

这样一个崇尚英雄与血性的汉子，也有宛如孩童般至纯至真的一面。我常常会想起红柯的短篇小说中的一个个画面。出现在《奔马》中的，就是这样一幅画面：一阵疾风在山路上呼啸而过，渐渐地，这阵风开始显露马的形状，从根根飘扬的马鬃，到马头、马身、马蹄，直到圆圆的后臀。大灰马一路奔跑着，一片纯净透明的光笼罩着它，而阳光从马身上拂过，迅速化作金色的点点尘埃，簌簌飘落。在大灰马身边，是乌亮乌亮的汽车。不，它们不是并驾齐驱，大灰马更像是父亲，在耐心引导着幼儿，汽车步履蹒跚、摇摇晃晃地跟着，直到声音变得沙哑，摆脱幼稚的青春期，走向成熟。是大灰马和汽车并肩而行的画面唤起了整个故事。我相信，红柯正是在他的视野里看到了这样一幅画面，才有了这篇小说。《美丽奴羊》所呈现的画面也格外美丽。占据画面中心的是一只羊，一只眼睛里有一种很柔和的亮光的羊，那光如同泉眼里的水一样流得很远很远。这只美丽奴羊静静地卧在牧草地里，凝视着牧草和屠夫。眼前那个还带着满身血气的汉子，就在其面前栽倒在地，以一种仰望的姿态望着美丽奴羊。什么都不必说，这幅画就能让人安静许久，任何时候想起来，心里都是一片宁静。《过冬》这幅画是关于一个老头儿和他的炉子的。背景是雪夜，老头儿和炉子相对而坐，蓝色的火苗蹿上来，老头儿支棱着耳朵听炉膛里的响声，沉醉在煤块激昂的燃烧里。一切是那么静，可是又让人觉得，这股子静里有种不安分的东西，有勃勃的生机。红柯在茫茫天地间行走的时候，一定是先看到了这些画面，于是才有了一篇篇精巧的小说。

这是红柯留在我记忆深处的精神肖像。对于西域大漠，他以绚烂多姿的文字召唤出了人们对于英雄与血性的向往；对于整个世界，他又宛如孩童，捧出了一幅幅简单中蕴含着复杂、素朴中不无深意的心图；作为讲故事的人，他纯熟老到地叙述着经验世界的种种，表达着他从生活中不断获取的真理。这样一个作家，是值得你一直阅读与期待的。

年后上班的第三天，我埋头于书桌，偶一抬头，《太阳深处的火焰》出现在视线之内，封面上那轮金色的太阳有着璀璨的光芒。恰在此时，红柯仙逝的消息不管不顾地闯了进来，让人深为震惊。哀恸之时，我想到了《太阳深处的火焰》中的句子："我看到了白云，54 岁这个年龄看到白云是不是很可笑？那不是一般的云，高原的云太多了，也只有在这个时候我才发现天上飘的白云都是人的灵魂，人是有灵魂的，牛顿见鬼去吧，万有引力见鬼去吧，白云是自由的，灵魂也是自由的。"于是我安慰自己，红柯大约也成了一片白云，从此挣脱此间种种，自由地遨游于天地之间。

可是，这安慰是多么苍白无力。我不免又想到，文学需要人以生活、经历、情感与思想去供养，有时候，它甚至需要活生生的血与肉。当然，文学也给人带来更为丰富的世界。这么想的时候，仿佛那些书都幻化而去，就像"羊消失在云里，水消失在土里，鸟儿消失在风里，火消失在太阳里"。现在，云也消失在云里。

时间的火焰

——江子《青花帝国》

青花。瓷器。他始终凝视着它，有一个初恋者对于爱人的高昂激情，也有一个母亲对于婴儿的无限耐心。他看着它在历史的河流里风云变幻；他看着它在日常生活里起居有度；他看着它从时间的枝头跌落，成为博物馆里安静的展品。他的凝视，终于在文字里逐渐显形，凝结成一本小册子，并有着绚烂而宏伟的名字——《青花帝国》。

我常常猜想，一个作家的写作动机是什么？沉浸在乡村的日常生活中的江子，怎么会突然对青花产生了浓厚的兴趣，以至于必须要用一本书来描摹它，走近它？江子自己大概也会被这个问题所困惑。所以在序里，他必须要对这个问题做出回答。他说："我是被瓷器这种带有几分魔幻的物什迷住了。"似乎是这样的。在序里，或者说在整本书里，他都在描述青花的迷人之处——瓷是生活，是哲学和艺术，是诗，也是史。这些我都赞同，但我依然觉得，江子并没有把最后的底牌交给我们。有时候散文家也如小说家一般狡黠。要我说，江子其实是被时间迷住了。

时间无形无状，无色无味，没有开端，也没有结尾，如何捕捉时间？在青花上，江子竟然发现了时间的形象。他强抑住内心的狂喜，喃喃自语，"那是时间的幻象"，"瓷是国家的使臣、时间的卧底"，"那白霜皑皑的荒野仿佛一座时间的迷宫"。是啊，青花既是时间本身，也拥有抵抗时间的力量，它既是日又是月，既是人间又是彼岸。或者就像江子说的："瓷同时收藏了月光与流水、火焰和坚冰。瓷坚硬如铁，可又脆弱如冰。瓷是卑微的泥土，可又是高贵的礼器。"如此珍贵美好，可又如此难以捉摸。于是，江子决定创建一个帝国，以收藏他珍爱的青花。从这个意义上说，江子简直有点儿像他所写的奥古斯都二世，只不过奥古斯都二世要用宫殿来收藏瓷器，而对于江子来说，纸上的帝国更为迷人。

　　他将帝国命名为景德镇。不知为何，我始终觉得这个景德镇并非现实生活中的那座城，它只存在于想象之中、意念之中、审美之中。他详细地追述了这一帝国建立之初的情景：它来源于北宋的第三个皇帝的一道旨意，景德镇由此获得了真实的生命。江子将之形容为"对时间的突围之旅"。他这样描述它——

　　　　那因宋真宗的赐予得名的景德镇，从此开始了新的纪元。这个中国南方民间的瓷器生产基地，因为赵恒的封赏，进入了皇家的话语体系，仿佛一个并无显赫身世的平头百姓，因为皇帝的册封，成为地位高贵的皇亲国戚。获得重生的它从此开始了苦心孤诣的艺术探索，在岁月长河中逐渐建立起了自己独一无二的美学体系。景德镇那经过高温练就的盛开在瓷壁上的青花，成为摇曳在全世界视野中、让人心旌摇荡、永开不败的东方文明之花。

　　我以为，这段话里埋藏着《青花帝国》的全部秘密。这是一个写作者最初心动的地方，也是他的高远的雄心所在。于是我们看到，一个帝国从江子摇曳多姿、汁液饱满的文字中诞生了。江子一丝不苟地经营着关于帝国的一切。江子相信，民间深藏着真正的帝国的精神：精益求精的技艺，解救民众于危急之时的英雄，慷慨赴死的决心及反抗不义的热血。所以《青花帝国》的开篇是从一个叫童宾的工匠开始的。江子叙述了关于童宾的种种传说，并随着叙述的逐渐深入，在传说的缝隙中发现了虚构的痕迹。但江子并不将之统统归结为"无稽之谈"。恰恰相反，他认为庞大的工匠群体是青花帝国坚实的根基，而童宾这样一个籍籍无名的人，实为工匠的精神象征。火焰吞噬了童宾，然而火焰也成就了童宾，成就了青花帝国。当然，如果只有工匠，帝国还是一盘散沙。对秩序有着某种执念的江子在他的帝国里放进了督陶官唐英。这是一个有着儒家理想的人物。"却有孔子门生风范，心怀修齐治平之愿。他少言寡语，这或许是在宫廷日久形成的脾性，却心思缜密，举止间秩序井然，目光中有坚忍不拔之精神。他看起来不温不火，不喜不怒，其实蕴含了武将的血性和读书人忧国忧民、舍生取义的担当。"唐英一定是江子最爱的那一类人，也是他自己最想成为的人。他慷慨地让唐英成为青花帝国的管理者。在唐英的治理下，帝国井然有序。当然，帝国怎能少了艺术。说到底，江子是个文人，艺术也是江子心灵深处的秘密。他在理想的帝国里，一定会给予艺术重要的不可替代的位置。在《猖狂的画师》和《诗人们》两篇文章中，我们一一领略了昊十九、周丹泉、程门、邓碧珊、徐顺元等画师和弘历、唐英、龚轼等诗人的风采。他们醉心于艺术，也把自己的精魂奉献给了艺术。艺术犹如青花帝国这只巨兽的眼睛，令它有了别样的风采。因此，这两篇在全书中显得格外逸兴遄飞，风流倜傥。

与此同时，江子是一个明察世事的人，他深知再美好的东西也要经受命运的试炼。青花也不能例外。于是，他写了青花如何被这世上最有权势的人所迷恋，又如何从权力之手中滑落；他详尽描述了青花因为被珍视而寄身荒野，又从荒野中骤然现身的故事；他甚至让青花跨越海洋，随着郑和的船队收获无尽的来自异域的赞美；他还让青花染上斑斑血迹，去见证江湖的腥风血雨……青花经历了权势与富贵，也经历了泥土深处的蛰伏，度过了时间，也因此具有了时间的釉光。再后来，它成了时间本身。《青花帝国》似乎是结束了，但我依稀觉得青花的故事尚未结束。江子的青花帝国是一个开放的结构：他不仅让我们与他共同沉醉于青花的美，他还邀请我们加入关于青花的想象。假以时日，江子再捧出一本《青花帝国续》，我也是毫不意外的。

读完这本《青花帝国》，脑海里"青花帝国"的形象逐渐清晰——那是一座燃烧着熊熊火焰的城市。江子不止一次描述其火光冲天的情形。在我的想象中，江子也怀揣着熊熊火焰，用低温的文字小心翼翼地包裹着青花，令它如琥珀一般在三四年间凝固下来，以最为迷人的姿态驻留在世间。

"透明"的艺术

——论现实主义，或以《安娜·卡列尼娜》为例

　　关于现实主义，一些让人过目不忘的比喻，有助于说明这一文学理论、潮流与技巧的性质。比如，法国作家司汤达就将小说称为"携带上路的镜子"，认为它映照出我们所生活的世界。再比如，英国评论家詹姆斯·伍德借用了摄影艺术的术语，认为现实主义是"中性感光底层"。这些比喻无不指引我们去关注现实主义艺术与现实的关系。难怪有人将现实主义描述为"它的目标是要在对当代生活严密观察的基础上，对现实世界进行真实、客观且公允不偏的再现"。是的，现实主义仿佛透明的玻璃一般清楚地映照出我们的现实，如此真实，如此触手可及。从这个意义上说，现实主义确实意味着"当代社会现实的客观再现"。也因为此，在现实主义的作品中，我们常常产生幻觉：这就是我们生活的世界。

　　"透明"这一感觉来源于优秀的现实主义小说对现实生活的模仿，这一类小说有着丰沛充盈的生活细节。习焉不察的生活细节在小说中得到了有力的表现。它让我们仿佛第一次发现自己的生活一般，充满了欣喜。伍德曾经一一列举托尔斯泰的小说《安娜·卡列尼娜》中那些看似平凡却极富有生活感的细节。卡列宁对安娜很生气时，将公文包放在胳膊下，用胳膊肘死死夹住，"肩膀耸了起来"。商人亚比宁的"长靴在脚踝那里起皱，一直到了小腿肚"。比如求婚成功之后精彩的一幕，列文狂喜难耐地在酒店里等待着向未来的岳父岳母宣布计划的那一刻，在隔壁房间，"他们一大早在谈论机器和骗局，在咳嗽"。后来在小说中

基蒂和列文结婚了，他看她梳头，"她圆圆的小脑袋后面头发狭小的分缝，在她梳子朝前梳动时不断地闭合"。如此种种，伍德评价说，托尔斯泰小说中的细节不仅准确生动，更重要的是，这些细节是被生命运动推动的。我的理解是，这些细节构成了生命运动的轨迹，让我们看到了生活的能量。从某种意义上说，我们其实是通过小说来认识、体验我们的生活的，甚至这体验如此集中和强烈，更甚于我们的日常生活。伍德进一步将托尔斯泰和福楼拜进行对比，让我们看到，在托尔斯泰那里，现实正是其原本的样子。不仅如此，"现实在他的小说中出现，可能不是作家看到的样子，而是人物看到的样子"。这是非常具有洞察力的发现。我以为，并不存在一个绝对"客观"的现实。同样的现实，在不同的人看来可能大相径庭。因此对于一个作家来说，重要的是写出不同人眼中的现实。这现实因为与一个个有血有肉的个体联系在一起，而有了人的属性。不同的现实叠加起来，丰富了现实的层次，也必将深化我们对现实的认识。

现实主义是"透明"的艺术这一感觉还来源于小说中人物的塑造。从某种意义上说，现实主义作品必然落实在人物身上。在小说中，我们得以认识一个个有着丰富表情和性格的典型人物，他们仿佛是我们的旧友，我们清楚他们的一切，他们的悲伤与欢乐，他们所经历的种种。我们为他们的欢乐而欢乐，为他们的悲伤而落泪，甚至于他们的生活就是我们所经历的生活。就像《安娜·卡列尼娜》中的安娜，那么端庄、美丽、善良、诚实。她自从被创造出来，就跨越了时间和空间，与世世代代的读者生活在一起。当我们被问及谁是最有魅力的女人的时候，我们总会第一个想到她。安娜像火一样的激情吸引着我们，她所面临的道德困境也时时刻刻在考验着我们。我敢说，时至今日，我们也依然没能走出安娜的困境。因为有了像安娜这样的小说人物的存在，我们相信现实主义小说向我们敞开了大门，允许我们自由地在我们的世界和他们的世界之间穿行——从本质上说，这两个世界是同源的。

然而，现实主义真的是"透明"的吗？现实主义之所以充满了魅力，是因为在"透明"的生活表象之上，有着不透明的整体性。所谓的"整体性"，指的是人类社会政治经济正在以前所未有的规模形成一个整体。

虽然从表象来看，世界及这个世界的外表正在变得支离破碎，与此相一致的是，我们的意识日益为碎片化的信息所壅塞，正在分裂成互不相连的碎片。但是一个严肃的现实主义作家，有责任和义务描绘出隐藏在碎片之下的社会政治经济结构，即认识生活的本质。卢卡奇把这种本质称为"事物的整体"。他说："史诗式地表现生活整体——跟戏剧不一样——不可避免地必然包括表现生活的外表，包括构成人生某一领域的最重要的事物以及在这一领域内必然发生的最典型的事件的史诗式的和诗意的变革。……每一位小说家本能地感觉到，如果他的作品缺乏这种'事物的整体'，就是说，如果它不包括属于主题的每一重要的事物、事件和生活领域，他的作品就不能称为完整的。旧的现实主义作家的真正的史诗和正在衰落的新的文学形式的解体之间的严格区别，就是表现在这种'事物的整体'跟人物的个人命运相联系的方式上。"为了说明这一点，卢卡奇曾经举过一个非常有名的例子。同样是写赛马，左拉在《娜娜》中所写的赛马，尽管十分精细、形象和感性，但是赛马仅仅是赛马本身，与小说的整个情节的联系是松散的。即使抽出这一部分，对情节的发展也无任何影响。但是《安娜·卡列尼娜》中的赛马却事关大局，直接影响了情节的进展与人物的命运，是一个关键性的情节。由此进一步推之，现实主义小说中的人物命运，也不仅仅是那一个人物的命运。它之所以被讲述，是因为其中蕴含了一个社会、一个时代的命运。因此恰恰是"不透明"的整体性思想，决定了现实主义小说的深度和质地。

只有理解了现实主义小说的"透明"与"不透明"，我们才能理解，为何文学理论家韦勒克在爬梳了"现实主义"这一术语在十九世纪语义的变化之后，得出了这样一个"令人困窘而又普通的结论"：

> 现实主义作为一个时代性概念，是一个不断调整的概念，是一种理想的典型，它可能并不能在任何一部作品中得到彻底的实现，而在每一部具体的作品中又肯定会同各种不同的特征，过去时代的遗留，对未来的期望，以及各种独具的特点结合起来。在这个意义上，现实主义意味着'当代社会现实的客观再现'。它的主张是题材的无限广阔，目的是在方法上做到客观，即便这种

客观几乎从未在实践中取得过。现实主义是教谕性的、道德的、改良主义的。它并不是始终意识到它在描写和规范二者之间的矛盾，但却试图在"典型"概念中寻求二者的弥合。在一些作家中（但并非所有的），现实主义成了历史主义的东西：它抓住社会现实并把它作为动态发展的力量。

万　念

——夏烁《让这夜晚继续》

　　夏烁的《让这夜晚继续》清澈明媚，有一股天真之气，仿佛一条小溪潺潺流过人世，映照出人世的种种混沌与混浊，也让人陷入对青春的缅怀之中。在我看来，这篇小说是不那么像青春文学的青春文学，也是非典型的成长小说。它呈现的是在一个年轻人突然发现人生的复杂面貌的时刻，万念俱在，而万念各行其是。

　　小说一开始出现的"她"，单纯而美好。关于"她"，我们又知道什么呢？除了知道"她"是中文系毕业，正在一所画廊兼职，立志要考上传媒大学的研究生以外，我们对"她"一无所知。那么，心思细腻、敏感的"她"对自己又了解多少呢？夏烁似乎打定主意要保持沉默，召唤我们跟"她"一起重新经历。

　　那么，"发现"又是如何而来的呢？来画廊看画的太太是一个引子，虽然她只是优雅地现了个身，随即在小说里不见了踪影，但是我们都知道，她是多米诺骨牌的第一张。太太的行事风格让"她"产生了好感，而太太对"她"的礼貌的拒绝和冷淡也让阶层之间的鸿沟凸显出来。这是太太这一人物出现的意义。太太让"她"意识到，世界崎岖不平，上位者往往成为下位者的倾慕对象，而上位者却对此不屑一顾，下位者却陷入人人平等友好、上位者亲切怡人的幻觉之中。在与太太的交往中，"她"又何尝不是如此，但好在"她"迅速认识到了这一点，这都是自欺欺人的想象。

　　引导"她"认识生活的第二个人是"她"的同学，来采访画家的记者。显然，这位已然浸泡在社会之中的同学比"她"更为成熟、老练，也更为社会化。他以行家的口吻与画家进行的谈论，对"她"的劝告与规划，都向"她"揭示出"她"的新闻理想与现实之间的差距。理想主义使"她"对生活充满了玫瑰色的想象，而同学的高谈阔论令"她"发现，所谓的成熟不过是精于评判他人，放过自己，是所谓的"精致的利己主义者"。这是另一重幻灭。

这两层发现无疑都给了"她"巨大的打击。"她"需要做点儿什么来改变这一切。因此，"她"与摩的司机交往，与其说是弥补，是证明自己，不如说是对自己的一种安慰。在年轻的摩的司机身上，"她"看到了自己，所以"她"希望以一种强大而友好的姿态出现。"她"需要与摩的司机重建一种理想的关系——平等、互助、友好，这恰恰是"她"希望从买画的太太身上所获得的东西。"她"也确实这么做了。在摩的司机陷入困境的时候，"她"以自己想象不到的勇敢帮助他脱离了险境。这让"她"感觉很好，但这种感觉良好只存在了一小会儿，很快"她"就感受到了来自他的某种危险。毕竟，在性别格局下，"她"仍然是弱者。是的，角色很快就反转了。现在轮到"她"处于困境之中了，"她"只能无力地接受他的帮助与陪伴。人与人之间温情脉脉的时刻本来就不多，虚幻的陌生人的情谊迅速被其发自心底的质疑戳破。这真是令人触目惊心的一刻。无论如何假装不存在鸿沟，我们最终还是会发现，人与人之间的不信任终究是根深蒂固的。

相比之下，"她"对生活的第四层发现反而是通过作为读者的我们一开始就看出端倪的事情。当"她"跌跌撞撞来到画室，希望证实自己的猜疑时，却意外地发现，年轻的摩的司机并未如其所想象的那样。反而是画家绚烂的面具被半夜不期而至的到访打破。"她"需要再一次独自面对生活残酷的真相。

也许，当我们发现这世界其实与我们一厢情愿的想象不那么一致的时候，我们百感交集的那一刻，就叫作成长。问题是，成长以后呢？夏烁似乎无意探究"她"究竟会如何应对。小说结束在"她"陷入迷惘的时刻——是的，当"她"发现自己对生活一无所知的时候，"她"同时也发现了其对自己的一无所知。讽刺的是，在他人眼里，"她"呈现出的是某种一眼即知的形象。从这个意义上说，这篇小说是有关思绪的，而不是有关行动的。我们从一个人无穷无尽的思绪中去理解他，也是在认识自己。特别值得注意的是，我们对这篇小说中的人物的认同与好感，不仅在于"她"打开的思绪让我们感同身受，更重要的是，"她"具有一种超越性的反思能力。这或许是大多数人所不具备的。在生活的不同侧面，当我们以为"她"会沉溺于生活的表象的时候，"她"都能迅速地从中超脱出来，显示出更开阔的眼光和对生活的更别致的想象。因此，尽管就像剥洋葱一样，"她"被生活的不同侧面弄得目瞪口呆，却依然有能力意识到，一切都是短暂的，"和她所有自以为的态度一样，只要这个夜晚再继续发生些什么"。这是这篇小说的点睛之笔。因此，小说没有止步于展现一个年轻女孩在一天中所经历的生活，而是在变化万千的生活的河流之中，或隐或现地透出了作者对于生活的观察与思考。

在描写意识上，夏烁显示出了杰出的才华。夏烁有能力让叙事缠绕到纷繁的思绪中，通过意识塑造人物，让意识推动叙事前行。或许对于夏烁来说，小说意味着万念，而万念也正是小说的来源与动力。

我们时代的爱情

　　想象一下，倘若爱情从小说中退场，就像从我们的日常生活里退场一样，会怎么样？事实上，这已然不是假设，而正在日趋成为一种"现实"。2018 年的三部长篇小说似乎都没有给爱情留下足够的空间。在王安忆的《考工记》中，陈书玉独自一人清明而自知地度过了一生。在他漫长的一生中，他似乎与爱情碰撞的机会并不多，唯一"疑似"的，是与冉太太之间那抹似有却无的情愫。陈书玉还未来得及与"有情的人"发生点儿什么，就被告知要"保持适当的距离"。可怜新时代里的旧人物已成惊弓之鸟，他迅速缩回到自己的轨道，从此一别两宽。贾平凹在《山本》中似乎塑造了知己型的两性关系。说起来，陆菊人确实对一代枭雄井宗秀存有执念。这执念关乎男女之情，但又不限于此。按照郜元宝的说法，"他们不是夫妻，但感情的牵扯胜似夫妻，然而又发乎情，止乎礼，行动上从不越雷池一步。维系他们的不只是普通男女之情，更是对关乎涡镇生死存亡却又不可泄露的天机的共同守护"。"他们之间终于成功地定格为乱世英雄与红颜知己之间一种超脱性爱的男女情谊。"[①] 到了李洱的《应物兄》中，就我目前所看到的部分，应物兄滔滔不绝的言辞与漫漶的思想本身才是值得记录的，而情感生活似乎不在叙述范畴。

　　这似乎是一件不同寻常的事情，要知道，伟大的小说基本上都是由爱情、婚姻构成的。小说家如此大规模地从爱情里撤退，究竟意味着什么？一种可能是，小说家敏锐地觉察到，外部社会即将或正在发生世界性大事，AI（人工智能）的到来与基因技术的迅猛发展足以让我们瞠目结舌。与之

---

　　① 郜元宝：《"念头"无数生与灭——读〈山本〉》，《小说评论》2018 年第 4 期。

相比，心灵上的战争与和平似乎变得没那么重要了。所以，即使小说人物与爱情相遇，也会被小说家归置在不重要事件中轻描淡写地一带而过。另外一种可能是，在我们这个时代，爱情确实在"降级"。爱情不再意味着现代自我的觉醒与开启，不再充当民族、国家、权力、性别、身份、道德等的表征。正如媒体所观察到的那样，在我们这个时代，"亲密关系的规则都围绕不稳定性展开，网络技术支持下的性邀约如此泛滥，单数的爱情变作自然更替与开放关系。爱情成了最物质主义的契约，或者最玩世不恭的游戏"①。从这个意义上说，稳定的民族共同体不再需要自由的个体作为原料，于是，爱情退回到日常生活，退回到属于个人的情感结构中，并日趋晦暗。关于这一点，美国批评家特里林曾有过一段不无激愤的评论。他说："当代小说可以向我们描述性，描述性的交媾，描述相互的作用，以及描述男人与女人之间强烈而细腻的关系；它还能对我们讲述有关婚姻的情形。但是在爱情这个方面，尽管这曾经是小说的首要关注，它却什么也无法向我们提供。"②

但是，爱情依然在小说中不屈不挠地存活着。我们经由爱情这一隐秘的路径去认识小说中的人物，重新感受他们感受到的激情，并由此相信，一个时代或许依然在爱情中得以辨认。

一

仿佛是为了对抗爱情的弥散，这一年张楚发表了短篇小说《中年妇女恋爱史》。小说以编年体的形式，从1992年到2013年，描述了茉莉从窈窕少女到中年妇女期间的一场场恋爱。有意味的是，张楚刻意回避了以往在浪漫主义小说中爱情到来的一刻，让爱情回归到普通与平凡。茉莉的第一次恋爱发生在1992年，对象是高宝宝。茉莉因为什么爱上了高宝宝呢？在茉莉的内心叙事中，叙述者偏偏不谈这一点，只是说"不过高宝宝委实

① 董牧孜：《世道变坏，是从年轻人没空恋爱开始的》，《新京报书评周刊》2018年12月12日。

② 〔美〕莱昂内尔·特里林：《知性乃道德职责》，译林出版社2011年版，第366页。

长得好，桃花眼，希腊鼻，还是商品粮"①。

这是解读中年妇女茉莉的恋爱史的密码。显然，茉莉不再渴求简·爱式的灵魂的平等与相知，而是将外表与经济放在了爱情的首位。当然，同时失去的还有对爱情的坚守与坚贞。在叙述者降低了音量的讲述中，茉莉内心毫不纠结，她一次次轻而易举地放弃了眼前的爱情，转身投奔另外的爱情。放弃高宝宝，选择高一亮，是因为高宝宝的小，"又能指望上他什么？"而高一亮呢？"虽说高一亮在城乡接合部，也是农业粮，好歹说起来是县城的，人长得清俊，又在县轧钢厂上班。"可见，是同一法则主导了茉莉的选择。很快，婚后的茉莉又背叛了高一亮，和与高一亮知心知底的哥们儿黎江有了夫妻之实。张楚的叙事，妙就妙在从来不肯单刀直入地揭开谜底，而是曲径通幽，通过小小的细节泄露一二。当黎江拿出闪烁着青光并清透如膏的玉镯之时，再加上巴音布鲁克之类的"远方"作为遮掩，故事的未来走向就已然确定了。背叛的成本如此之低，所以才会一而再、再而三地发生。不管是男人的背叛，还是女人的背叛，都让茉莉的故事在同一个轨道上向前滑行：遇到不同的男人，互相背叛，直到尽头。这些背叛与被背叛，仿佛都没有在茉莉心里激荡起涟漪，直到蔡伟消失，她才意识到蔡伟帮忙投资的八十万打了水漂，终于还是忍不住悄悄哭了起来。

《中年妇女恋爱史》中的故事不禁让我们疑惑，发生在茉莉身上的真的是爱情吗？如果是，这种爱情形态显然迥异于一切伟大的经典小说所教给我们的。当茉莉无动于衷地面对这一切的时候，我们才恍然大悟，或许我们把欲望和爱情混淆了。只有欲望，才会这般不知餍足；也只有欲望，才能让人轻易投入又轻易抽离。人对人甚至都来不及付出一点儿真心，甚至远不如对金钱的感情。所谓的"恋爱"云云，不过是障眼法。

浅薄的情欲，映照出同样浅薄的时代。但我们依然自欺欺人地把欲望认作爱情，以安慰枯竭的心灵。宋尾的《完美的七天》也讲述了一个将欲望混同于爱情的故事。小说的楔子部分，模仿了《查泰莱夫人的情人》中的"爱情"故事。一对已婚男女在成为笔友的十年之后决定见面，在一起度过七天，模拟一次完整的婚姻。这就是小说题目的来历。但不幸的

---

① 张楚：《中年妇女恋爱史》，《收获》2018 年第 2 期。

是，从来没有什么"完美的七天"，也没有"完美的爱情"。小说的叙述者"我"在读完了主人公李楚唐的叙述之后，第一反应是"乍看有点悱恻，实则惊悚——再好的爱情也不能越过伦理的底线，无论描述得多么唯美"[1]。这是对这场"爱情"的一般性看法。可是，伟大的小说大概不会同意。伟大的小说描述的大多是不伦的爱情，除了奥斯汀，小说家们相信，只有非婚姻状态下的激情，才能充分显示人性的复杂与微妙。作为李楚唐雇佣的调查者，当"我"深入到这场爱情的双方之中时，"爱情"暴露出其不堪的一面。这"完美的七天"不过是一个女人在婚姻中觉得乏味，又遇到疑似暴力事件的恐吓，给自己寻找的偶然出口。这七天因为其偶然性及戏剧性，在当事人的叙述中必然会被夸张，被修饰，因而显得完美。从这个意义上说，爱情在某种程度上只存在于想象之中。在杨柳的想象中，李楚唐十分美好，他是一个诗人，对文学有深刻的见解，具备一切优秀的品质，善于倾听，温情而善良。事实上，杨柳的丈夫在与李楚唐实际接触之后，得出了完全不同的结论。"他很敏感，脾气暴戾。他也并不细腻，相反，十分草率。草率到随时可以做出承诺——哪怕无法办到的。她说他是诗人，但他身上没有一丝诗人的气息，他不耐烦倾听，总是在描述，那种夸张的讲话方式。"[2]欲望的潮水退去之后，日常生活破败的本相就露出来了。幻觉消散，情人就变成了一个勒索者，不仅是情感上的，还是金钱上的。究其根本，杨柳死于情感和金钱的双重勒索。这还不算完，甚至杨柳的死也被李楚唐用来作为胁迫妻子、拯救其公司的武器。从头到尾，"完美的七天"是被叙述、被建构的。这一虚构的"故事"，甚至产生了现实效应。因此，李楚唐和杨柳的"完美的七天"也不是爱情，而是另外一种形式的欲望。在小说中，有一段关于爱情、欲望和婚姻的辨析：

　　　　后来我才明白，我是尊重了他们的欲望。
　　　　欲望也值得尊敬？
　　　　这也是我很久后才领悟的，欲望是与生俱来的。你，我，我

---

①宋尾：《完美的七天》，《收获》长篇小说专号 2018 年春卷，第 317 页。

②宋尾：《完美的七天》，《收获》长篇小说专号 2018 年春卷，第 369 页。

们都有这种欲望。不单单是她，和他。但欲望不是爱。他们的欲望表现得很美，绚烂，但这远远不是爱。

那么，爱究竟是什么呢？

我不知道。我知道得不多。但我清楚的是，那不是爱。爱和欲望都是猛兽。而婚姻，则像一个瓶子，装着这两样，它们在里面撕咬，吞噬，彼此消磨。

我觉得我似乎能理解到他的说法了。

婚姻就是一个容器。

对，不是每个容器都能保持它的平衡。看似平衡的容器，往往也会发生破裂、倾泻。[①]

这是我们这个时代较之以往的进步。二十世纪八十年代以前，我们视欲望如洪水猛兽。新时期文学对于现代性的自我的强调，恰恰是尊重个人欲望的开始。现代性的自我在情感这一领域攻城略地，欲望被召唤而来，以此来确认属于人的自由。人们被告知，只有自由地而不是压抑地对待自己的欲望，才能过上真正属于人的生活。也就是说，欲望在人的自我塑造中有着举足轻重的作用，人们被允诺在自由地对待欲望的过程中实现其自身价值。然而，长久以来被压抑的欲望一旦被释放，人们往往误以为放纵就是自由（这也是浪漫主义文学所鼓励的）。于是，像茉莉这样的姑娘们就盲目地不加辨析地跟随自己的欲望，轻易地将身体交付给他人，但并未获得信任与尊重。现在，我们坦然地面对欲望。即使是他人欲望的受害者，也能以尊重欲望的态度去谈论欲望。

这种对于欲望的坦然在笛安的长篇小说《景恒街》中也得到了表现。那个因北京的灵境胡同而得名的女孩灵境在小雅生产的夜晚，和自己的老板钢铁侠睡在了一起。而睡在一起的理由竟然是不喜欢。因为两个人之间缺乏真正的爱情，反而可以毫无挂碍地释放欲望。这就是我们这个时代的景观。到了小说的结尾，当她苦心追求、经营的爱情破碎的时候，能安慰她的反而是欲望。结尾处有一段隐去说话人的对话：

① 宋尾：《完美的七天》，《收获》长篇小说专号 2018 年春卷，第 369 页。

——你还爱关景恒吗?

——我有过承诺,不会离开他。

——你没有回答问题。

——你问得太多了。

——你还相信爱情这个东西吗?

——当然,当然。

——你就不能好好地把心全都放在这个人间吗?

——试过了,我对这个人间,实在兴趣不大。勉强不了。

——所以,就贪着那一点点的,片刻的欢愉?

——那一点点的,片刻的欢愉,是我最后的去处。[1]

不同于经典文学作品中爱情是战胜一切的利器,在《景恒街》中,爱情和欲望的位置颠倒过来了,爱情是不可靠的,欲望反而能成为人内心的依靠。这是我们这个时代对于经典小说的重要改写。问题在于,被我们过分尊重的欲望真的能有效安抚我们的内心吗?

还是回到《完美的七天》。在这个小说中,几乎所有人都是泛滥的欲望的施行者,然而,所有人也都是泛滥的欲望的受害者。当"我"怀着无以名状的情绪投入到对杨柳的调查中去时,我们几乎都能隐隐约约地感受到,他和小朋之间出了问题。到了小说的结尾我们才知道,他早就知道小朋另有怀抱。然而,这一切都肇始于他与实习生的暧昧关系。《完美的七天》里嵌入了大量的段子式的故事,这些故事也揭露了我们这个时代的真相——我们放任欲望,但与此同时,我们也被欲望伤害。知与行彻底分裂了。这意味着我们在观念上比以往任何时候都更强调道德与伦理的合法性与规约性,但在日常生活实践中,我们又时刻准备逾越那条看不见的道德红线。那点儿欢愉不仅不能成为我们最后的去处,反而是我们"对人间兴趣不大"的原因。沉溺在片刻的欢愉中的灵境似乎意识不到,对于爱情的破裂,其实她也有责任。是的,我们都该知道,就像《完美的七天》中"我"

---

① 笛安:《景恒街》,《人民文学》2018 年第 11 期,第 115 页。

郑重其事地对小朋说的那样："我尊重你的欲望，但它不是爱，只有爱才值得上一切。"①

二

当然，爱情还在，依然绽放着神秘的迷人光泽。蔡东在《天元》中描绘了爱情到来时的情境。这是对浪漫主义小说的致敬。在以往的浪漫主义小说中，男女主人公相遇的一刻，就意味着爱情的发生。在高三年级的教室里，陈飞白遇到了来做高考经验分享的何知微。陈飞白在他身上发现了"古意"。这"古意"与其说是何知微的，不如说是陈飞白所追求和向往的。印证这"古意"的，是何知微写下的寄语——"长恨此身非我有，何时忘却营营""小舟从此逝，江海寄余生"。经由这一点，陈飞白认为自己看到了一个人的灵魂，这灵魂中有着和自己一样的对现实的不妥协，以及对古典式的归隐生活的向往。这是爱情所带来的幻觉。事实上，这样的人生理想只是陈飞白的，而不是何知微的。但是爱情确实给了陈飞白以生活的意志与能量，让她觉得"自己是在活着，能量充沛地活着"，甚至不必认识引发爱情的对象，觉得拥有爱的能力就是幸福。相比之下，何知微在"爱"这件事上是匮乏的。"她能爱，他羡慕她。他知道，眼前这个人是英勇的、充满生命热情的，若无一股愚勇，若无十足亲信，都这个年纪了，谁又肯爱上谁呢？"②一个人的爱情，经过对日常生活的珍视，经过诗歌，也是能燃烧成两个人的火焰的吧。终于，在陈飞白的带领下，何知微也感受到了爱情的滋味。

想一个人，竟然能想得热血沸腾，火苗猛地蹿起来，比人还高，浑身上下都是灼烧感。他总算知道动情的滋味了，爱意突然上涌，瞬间直达顶峰，很强烈也很贪婪，仿佛这就是这辈子最后的爱了。原来爱是有颜色的，最正的浓得往下滴的红色，爱也是

① 宋尾：《完美的七天》，《收获》长篇小说专号 2018 年春卷，第 381 页。
② 蔡东：《天元》，《人民文学》2018 年第 3 期。

有声音的，是冷水浇在刚刚烧干的锅上，激出的那种尖锐响声。
原来不管持续一分钟、几个月还是许多年，爱情都是一种势必的、
纯粹的、极致的发生，根本由不得人。既能称得上爱情的，便是
明知它会来也必会消失却依然愿意全身心经历的，便是多少带着
点沉水入火、自取灭亡的决然和勇猛的。①

　　蔡东用如此的篇幅来抒发爱情，由此可见，爱情已然是现代社会的罕
见之物。唯因珍稀，才格外动人。相似的场景也发生在《景恒街》中。小
说同样浓墨重彩地描绘了男女主人公的第一次相遇。关景恒给朱灵境留下
的第一印象是白衬衣——"就是，那种，很普通的，那种白衬衫"。在一
个物质化的时代，物质更加先声夺人，也蕴含了丰富的意味。白衬衫象征
着纯洁无瑕的少年。这也是灵境对爱情的期待。"她知道自己对他微笑了
一下，不过却是几秒钟之后，才感觉到那个笑容的确轻轻落在脸庞恰当的
地方，归了位。"这一刻，有经验的读者都知道，灵境已然被爱情攫住，
她丧失了自我的感受力，也就意味着丧失了自我。但是，类似的感受并没
有发生在景恒身上。相反，他冷静地观察、分析与推理，在最短的时间内
尽可能多地获取了灵境的信息。其中，很重要的一条就是家世——"果然
出自一个不错的家庭。他看见她的第一眼就明白了"。
　　笛安预设的情境是，灵境因为有着较好的家世、教育背景及良好的工
作，得以完好地守护情感的纯粹。而男生景恒因为勃勃的野心与欲望，在
爱情中掺杂了更多功利性的元素。当然，他们也不乏真心，景恒面对灵境，
有着种种犹豫和纠结。一方面，灵境是一个散发着美好的青春气息的女孩，
且他真切感受到了灵境对他的好感。这是最朴素的两情相悦的部分。另一
方面，他将灵境视为资本的代言人，作为一个创业者，他迫切希望获得资
本的青睐，但是偏偏他又知道灵境和钢铁侠的私情。他担心接受灵境的爱
意，就会得罪钢铁侠而使得预期的天使投资落空。于是，在多重身份之间，
他无所适从。或许在饱经世故的现代人看来，这犹豫和纠结本身就是出于
真心，毕竟一个表演爱情的人会更加自如地扮演各种角色。于是，我们看

---

　　① 蔡东：《天元》，《人民文学》2018 年第 3 期。

到爱情被交换主义原则浸染，变得色泽斑驳。正是这种混杂着功利主义的爱情构成了我们这个时代的爱情的底色。

张楚也同样感受到了爱情的不纯粹。《中年妇女恋爱史》的同名短篇小说集也在这一年出版。在后记中，他谈到了对爱情的理解："在我有限的阅读史中，似乎只有十九世纪的欧洲小说里，男人娶女人或女人与男人谈恋爱才拿金钱做量器。《包法利夫人》中，包法利先生之所以头婚娶了四十五岁的老寡妇，是因为老寡妇一年有一千二百法郎收入；《卡拉马佐夫兄弟》中，米嘉为了三千卢布深陷炼狱；而简·奥斯丁和巴尔扎克的小说就更不用细说了。一战之后的欧美小说中似乎就很少出现如此赤裸裸的用金钱来衡量的恋人关系。而在中国当代生活中，爱情正模拟着欧洲小说里的金钱标杆，它如此醒目、如此自得又如此旁若无人，仿佛只有如此，它才像动物的性器官一般存在并散发出谁也说不出但心知肚明的气味。爱情在金钱和利益、财产和家庭的综合角力中，显现出一种暧昧、复杂，跟浪漫主义没有一丝关联的面目，到底是人类情感立体化、多元化的探索，还是人类情感扁窄化、简单化的难堪呈现？"[1] 看起来，张楚是浪漫主义爱情神话的信仰者，尽管所谓的浪漫主义爱情也不过是一种话语结构，但他更愿意在这套话语体系里安放自己，因此，他不免对这个时代的爱情充满种种怀疑与感伤的情绪。在《中年妇女恋爱史》中，茉莉的每一段"恋爱"都明显与金钱勾连了起来。所以，小说中充斥着与金钱有关的细节。比如，茉莉与高一亮结婚，就显豁地楔入了茉莉为了一万块钱的彩礼而费尽周折的过程。再比如，茉莉为了证明她与黎江的爱情的合法性，就需要一场奢华的婚礼。黎江对她的爱，体现在一只"贵"的手镯上，而她对黎江的真心就体现为她拿出了离婚时分到的三十万作为创业启动资金。显然，在茉莉的认知中，金钱必须有力地参与恋爱生活。从某种意义上说，金钱是衡量爱情的重要甚至唯一元素。

事实上，在当代小说的爱情叙事中，多多少少都有金钱的影子。在《完美的七天》中，李楚唐和杨柳的爱情就涉及十五万元。在李楚唐的叙述里，这十五万是作为爱人的杨柳出于支持他创业而主动支援他的。

---

[1] 张楚：《中年妇女恋爱史》，北京十月文艺出版社 2018 年版，第 334 页。

而在杨柳的叙述中，这十五万是李楚唐用私情勒索的。为此，她挪用了公款，并导致秘密被公开。金钱撬动了爱情，金钱影响了爱情，金钱在不同的人心里投出不同的阴影，并深刻地影响了人物的性格、命运。

今天的小说家洞悉了我们这个时代爱情的秘密。爱情的触角延伸到了欲望中，延伸到了金钱中。这三者以前所未有的黏稠度紧密缠绕，互相作用，并在改变对方的同时也深刻地改变了自身。但是浪漫主义的爱情观是如此强有力地占据了我们的思想，决定了我们的价值框架和判断依据。新的爱情需要新的眼光，小说家还在惯性的轨道上滑行，金钱对人性的改变还没有被更深刻地揭示出来。像关景恒这样承载时代精神的人物本来可以更复杂，也更有深度，然而囿于眼光，囿于旧的思想，作为读者的我们只能发出一声喟叹。

三

欲望、金钱介入爱情，深刻改变了爱情的面目，导致的结果之一是，爱情的分裂往往来自价值观的分裂。这也成为小说反复书写的对象。蔡东的《天元》写的是爱情，更是爱情主导下的价值观的差异与融合。

在这个狂飙突进的时代，蔡东一向是古典主义生活哲学的持守者。在她的笔下，小说中的人物往往有着雅正的生活品味。她所倾心描绘的人物，无一不向我们展现了关于一个旧世界的回忆。在那个旧世界中，人们有闲暇也有力量将生活打造成艺术品。在何知微看来，陈飞白就是这样一个人。在冬日的有雨的早晨，陈飞白端上餐桌的是刚刚烤好的蛋挞、牛油果三明治、冒着热气的茶和一束豆绿色的桔梗花。颜色是她精心搭配的，果茶的香气有好几重。陈飞白还会在阳台上给每盆花草打招呼，"遇到特别喜欢的还会多说一会儿，到木架最边上那盆玛丽玫瑰时她就改用英语聊几句"。对于生活，陈飞白有着十足的耐心与热情。自己买墙漆粉刷，自己做饭，只要是棉质的衣服都坚持去顶楼天台晾晒，她的格子间展现了她个人的性格，干净、整洁、有意趣。这样一个灵慧的女孩，学的又是这个时代最为时髦的经济学，却无论如何也上不了"正途"。陈飞白的闺蜜和何知微百思不得其解，以陈飞白的资质，为什么会卡在最后的象征性的面试关，这让她从此非常抗拒面试。只有在何知微亲自参加了面试之后，他才猛然发现，陈飞白抗拒的是在所有公司中通行的这个时代的价值观，抗拒的是现代社会里狼奔豕突一般的生活。因为抗拒，她宁可处于工作链条上的最末端，勤恳而清明地活着。这是她为自己坚守的生活所付出的代价。

何知微的明了并不等于理解。在小说的叙事中，只有当他进入了诗的世界，才得以理解陈飞白所坚守的价值理想。"回望这些年，我会从心底笑出来／我记得／在每一次能瞄准的时候我没有瞄准／我往左边或右边偏了一下／因为这不瞄准／我活得特别有兴致／因为这不瞄准／我觉得，我是一颗星我是一个人才／我活着最有意思的，就是这一次次的不瞄准。"何知微终于理解也接受了陈飞白的"不瞄准"理论。他所欣赏的陈飞白对于生活的种种兴致，皆来自"不瞄准"。倘若"瞄准"了，充满意趣的生活也将无以寄身。何以诗歌会具有如此强大的力量？蔡东没有解释。我倾向于认为，这是蔡东在为我们这个时代日益衰微的文学复魅。她相信文学像爱情一样，足以从感性上征服人，引导人去认识什么是更好的生活。虽然，就连这相信也是脆弱的。

陈飞白是幸运的。她爱上了何知微。在爱情的强大力量之下，懵懂的何知微回应了她的爱，并在她的带领下，得以探索另外一种价值体系。到了小说的结尾，爱情在崩塌的最后一瞬间，因为两个人的主动让步而迎来了新生。在蔡东看来，小说是对生活的一种批评。当狼的价值观席卷一切的时候，何知微格外需要像陈飞白这样的人引领其另道而行。而笛安的《景恒街》中的灵境就没有这般幸运。

在《景恒街》中，笛安将灵境的爱人景恒塑造成了野心勃勃的于连式的人物。这给人留下了深刻的印象。事实上，野心是过去那个时代的残留物，是我们这个时代多余的需要被抛弃的价值。笛安尽可能地去理解这样一个有着于连般的外表，但是精神已经被我们这个时代改写了的关景恒。像所有浪漫主义小说中的主人公那样，关景恒也认为有一个真正的"自我"。而他所谓的真正的"自我"，是一个站在舞台上接受观众欢呼的人，是有着英雄般的抱负的人，是与芸芸众生区别开来的人。对"自我"的理解是否足够复杂与丰富暂且不论，至少这个时代并没有提供太多实现这个真正的"自我"的路径。在小说中，对于整个社会来说，只有金钱具有征服一切的力量。因此，实现自我的唯一途径是拥有金钱。于是，有关"奋斗"的故事变成了一个吸引资本的目光、与金钱热恋的故事。从这个意义上说，《景恒街》是一个错位的爱情故事。

因此，灵境与景恒最深层的冲突，不是像浪漫主义文学中所表现的发生在恋人之间的误会、怀疑，而是面对"不义"的资本如何寻求自然正义。对于关景恒来说，他所面临的第一个考验是，是否接受灵境对他的表白。当然，从感情上说，灵境是他喜欢的女生，但是我们这个时代的爱情，其复杂性远远超过了感情本身。对于关景恒来说，他和灵境是不对等的。灵境因为在 MJ 公司工作，拥有了决定关景恒是否能获得资本青睐的权力。关景恒不自觉地想要讨好她。一开始，两个人就站在了资本与创业者的两极，不对等也无法对等。另一方面，关景恒知道了灵境与钢铁侠之间存在肉体关系。在这个人人都坦然承认欲望的时代，这并不是问题。但是一想到这将有可能影响到资本，这就实实在在成了问题。景恒与灵境的爱情开始于小心翼翼的权衡与算计，这让人们怀疑，在我们这个时代，是否不再存在没有计算与功利心的爱情。如果说对于关景恒而言，他需要在资本与爱情之间艰难抉择，那么对于灵境来说，她同样需要在爱情与道德之间给出自己的答案。

第一次，灵境选择了爱情。作为旁观者，也作为资本世界的一员，她清楚地知道，关景恒必须扼杀友情才能获得资本的青睐。她认同了资本世界残酷的绞杀法则，毅然决然地选择了站在关景恒这一边。"后来，灵境也问过自己很多次，在那个瞬间，心里有没有过一丝挣扎或者犹豫，每一次，她都只能诚实地回答自己，有过犹豫的，可是没有挣扎。"这是我们这个时代灵魂的真实面相。在是与非之间，也仅仅是犹豫罢了，连挣扎都不必。灵境或许可以为自己辩护说那都是出于爱情。可是，我们都知道，她与景恒在本质上并没有什么不同。她被景恒的野心所感染，所打动，在某种程度上也决定了她将正义、公理等置于次要地位。当她这么做的时候，这些在灵境与景恒看来不那么重要的事物将一一反作用于她，让她照见爱情之空洞与乏味。灵境和景恒也必然会走到那一步，景恒要求灵境用录音去要挟钢铁侠，以求继续留在"粉蝶"。这让灵境终于看清楚了，所谓的爱情不过是用来交换的筹码而已。灵境认为自己和景恒不是一种人，但我认为，景恒说得对，他们是一种人，他们最爱的都是自己。笛安用貌似爱情故事的框架来讲述爱情被抽空了的世界是如何乏味与无聊。在小说中，这个世界上没有什么卓越的人，所有人精于算计，爱情随时可以被抵押出去，可以用于交换。对他们来说，没有什么爱情，不过是浪漫主义遗留下的幻觉。对我们来说，也是如此。

　　灵境与景恒的故事是我们这个时代的典型故事。在此之前，文珍在《暗红色的云藏在黑暗里》中讲述了曾今和薛伟的故事，那是另一个灵境与景恒的故事。在此之后，还会有许多小说家写下他们心中的灵境与景恒。一切故事的脚本早就被时代的大笔写就，在字里行间，爱情被召唤而来，又被我们毅然决然地抛弃。依稀有人在说："一个没有爱情的时代，便什么也不是。"

言无余意

——谈论尹学芸的一个角度

如果换一个作家来写《李海叔叔》，会怎样？

这个问题始终纠缠着我。我猜测，很可能是到了第 13 节，小说便戛然而止。

到了这一节，父亲和李海叔叔两个男人之间的恩怨已伴随了他们半辈子。经历了过于强烈的感情之后，他们陷入了长久的沉寂，不相往来。现在，其中一个人垂垂老矣，老到可以万事俱休。可是，在父亲弥留之际，在对"我"的询问都充耳不闻的时候，当我提到李海叔叔，"父亲的眼球在眼皮底下突然骨碌了一下，随之便有一滴泪水挤出了眼角"。父亲依然不能忘怀。情义，哪怕是变化了的、扭曲了的、让人不那么舒服的情义，依然是中国人最大的牵挂，至死难以放下。如果是另外一个作家来写，到了这里，恐怕就会自然而然地画上句号。言有尽而意无穷。我们自然会在死亡所带来的隔绝中感慨情义之易变。这依然是一篇杰作。

但是，那不是尹学芸的风格。

尹学芸一定要追根究底。于是，在父亲去世之后，在上一代人的故事结束之后，"我"一定要让故事继续下去。对于这一点，"我"并不承认，"我"特地说，"去之前，我确实没有其他旅行以外的想法，承德不过是我周边的一座城市，与其他城市没区别"。作为读者，我们都知道，这不过是自欺欺人。因为李海叔叔，承德这座城市对"我"和我们都变得非常重要。接下来的叙述相比之前的惊心动魄，显得有些平淡，有些琐碎，有些散乱。"我"一边分析父亲和李海叔叔，还有"我"之间复杂的感情，一边与李海叔叔的孩子们，也是"我"昔日的小伙伴们重逢。在看上去子辈与父辈并无二致的热烈后面，有对过去的追忆，也有小心翼翼的分寸和体面。

这种重逢有两重意义。一层意义是，在重逢的过程中，作者给了李海叔叔一家开口说话的机会。他们得以为自己辩护，得以从他们的视角重新讲述一遍李海叔叔和父亲交往的故事。叙述是沟通，是交流，经由他们的叙述，"我"也获得了理解李海叔叔的机会——"我们和他们，原来这样相像。一直都相互影响着，互相依存着，又相互错着位。走过了这许多年"。这是对父亲和李海叔叔的故事更深刻的理解。这样的理解，毫无疑问，让小说往更深处走。另一层意义是，"我"得以重新参与李海叔叔的故事。现在父辈的故事变成了父辈与子辈的故事。而这种参与，其实是以回避和逃避的形式。李海叔叔变成了渴求的一方，他苦苦地盼望昔日的云丫去看他。这种盼望代表着什么呢？是希望借此将当年断了的情义重新焊接起来，以代偿曾经的情感挫折吗？还是文字交往带来的情感记忆让他念念不忘？还是他还需要再次确认云丫究竟过着怎样的生活？这里面复杂的种种，正是我们的生活本身。云丫呢？正如她对虚空所说的："真应该去看看他，可也真没什么动力。"这种交往甚至延续到李海叔叔去世之后。婶婶的讲述又打开了"我"所不了解的李海叔叔的生活。在婶婶的讲述中，我们仿佛亲眼看到了李海叔叔去世，也看到了其死亡与父亲及父亲所赠予的物质之间隐秘的联系。

对于尹学芸来说，仿佛有一种特别的力量推动着她，一定要把这个故事讲到山穷水尽，讲到无可讲之处。她倾其所有，追根究底，她的这种风格甚至深刻地影响到了她笔下的人物。就像在《李海叔叔》中，云丫一定要去承德。在尹学芸的另一部中篇小说《望湖楼》中，不同阶层的人们之间的一顿饭带来了灾难性后果。请客人贺三革因为望湖楼一顿价格不菲的饭而付出了惨烈代价，意外摔成重度残疾。对于这一结果，贺三革和他的妻子接受了。在他们看来，去望湖楼请客，哪怕是出于诚挚的谢意，都是"非分之想"。"他们是穷人，怎么能去那样的地方呢？"他们都接受了命运的残酷，但喜鹊却不接受。喜鹊是陶大年家的小保姆，贺三革未来的儿媳妇，也是将陶大年和贺三革间接联系起来的另外一条线索，她才是《望湖楼》中有着浓墨重彩的主人公。她坚定地认为，"最起码他们缺我们一个道歉"。她不屈不挠，哪怕不再是贺坤的女朋友，也要坚持到底。最后的结果可想而知。可是，尹学芸还是要安排尚小彬这个局中人一定要"弄清楚怎么回事"。她不仅给陶大年他们想象中的"诈骗犯"喜鹊打了电话，还特地来到贺三革家，目睹了贺三革的境遇——"一个久卧病床的人，脸跟纸灰一个色儿，人瘦得就剩下了一把骨头……"

对于尹学芸和尹学芸笔下的人物来说，事情必须有一个结局。这股力量作用到不同的小说上，就使小说有了不同的成色。对于以人物刻画为中心的小说来说，比如《李海叔叔》，第 14 节以后看上去散漫的叙事，却在不知不觉中颠覆了之前所有叙述所建立起来的李海叔叔的形象。他不再仅仅是一个打秋风者，他还是孩子们崇敬的父亲，是妻子心中哪怕充满怨念却依然饱含感情的丈夫。如果没有之后的叙述，李海叔叔的形象是不完整的。《李海叔叔》的动人之处恰恰在于此。但是在以事件为叙述中心的小说中，比如《望湖楼》，尹学芸凭着她的执拗使事情水落石出，当我们对故事的结局了然于心时，我们恰恰失去了咀嚼、回味的空间。或者说作为一个"言无余意"的作家，尹学芸有足够的耐心让我们深入人世的腹地，领略生活的复杂与人心的微妙。但与此同时，作为一个尽职的"导游"，她规定了我们的路径。除了跟随她，我们无法信马由缰。一个作家的力量在于此，她的限度也恰恰在于此。

依然现实主义

现实主义的幽灵依然在当下中国小说中游荡。如果我们不仅仅将现实主义理解为发生在 1840 年至十九世纪七八十年代盛行于欧洲大陆的历史运动，而是理解为一种艺术规范、体例与形式，我们大约能承认，现实主义的生命力确实远远超乎我们的想象。对于所有的批评家而言，定义现实主义是一件困难的事情。有的人将之简单描述为"它的目标是要在对当代生活严密观察的基础上，对现实世界进行真实、客观且公允不偏的再现"[①]。文学理论家韦勒克在爬梳了"现实主义"这一术语在十九世纪语义的变化之后，得出了这样一个"令人困窘而又普通的结论"：

> 现实主义作为一个时代性概念，是一个不断调整的概念，是一种理想的典型，它可能并不能在任何一部作品中得到彻底的实现，而在每一部具体的作品中又肯定会同各种不同的特征，过去时代的遗留，对未来的期望，以及各种独具的特点结合起来。在这个意义上，现实主义意味着"当代社会现实的客观再现"。它的主张是题材的无限广阔，目的是在方法上做到客观，即便这种客观几乎从未在实践中取得过。现实主义是教谕性的、道德的、改良主义的。它并不是始终意识到它在描写和规范二者之间的矛盾，但却试图在"典型"概念中寻求二者的弥合。在一些作家中

---

① 〔美〕琳达·诺克林：《现代生活的英雄——论现实主义》，刁筱华译，广西师范大学出版社 2005 年版，第 3 页。

（但并非所有的），现实主义成了历史主义的东西：它抓住社会现实，并把它作为动态发展的力量。①

　　从这个意义上说，中国小说是对现实主义成规的遵循与确认。比如，对与时代同步的追求，将日常生活中的普通人作为描摹的对象，追求客观性与真实性，等等。那么，值得追问的是，为何现实主义具有如此强劲的生命力？关于这一点，理论家大多语焉不详，将之归因于"'真实'"所蕴含的巨大力量，"'真实'就如'真理''自然'或'生命'一样，在艺术、哲学和日常语言中，都是一个代表着价值的词。过去一切艺术的目的都是真实，即使它说的是一种更高的真实，一种本质的真实或一种梦幻与象征的真实"②。而文史家从社会历史政治中发现原因，"'现实主义'一语直到今天仍拥有相当雄辩的——和政治化的——说服力：每一重要的政治解冻时期（包括1956—1957年的'百花运动'和后'文革'时期）的文学都被当作是对新中国成立前现实主义小说传统的良性复归而受到热烈称赞"③。这些大抵都是对的，老实说，对此我也没有更好的发现，我唯一知道的是，作为一种写作范式，现实主义并不意味着一成不变。相反，它在时时开辟新的可能。

　　今天，当我们谈论现实主义的时候，我们在谈论什么呢？在一篇文章中，我讨论了今天我所观察到的现实主义所获得的新的内容，是公共性、幻想性和道德想象力。毫无疑问，在反映时代生活方面，现实主义取得了累累硕果，然而，现实主义同样面临着种种危险，其中之一则是现实感的匮乏。

　　现实感的匮乏使得以追求真实为己任的现实主义面临合法性危机。在

---

　　①〔美〕R. 韦勒克：《批评的诸种概念》，丁泓、余徽译，四川文艺出版社1988年版，第241页。

　　②〔美〕R. 韦勒克：《批评的诸种概念》，丁泓、余徽译，四川文艺出版社1988年版，第216页。

　　③〔美〕安敏成：《现实主义的限制——革命时代的中国小说》，姜涛译，江苏人民出版社2001年版，第4页。

创作领域，以众所周知的新闻素材作为情节与事件的小说比比皆是。我们在日常生活中遭遇这些事件以后，还要在小说中以似曾相识的样子再度相逢，文学与时代之贴合可见一斑。这不能不让人想起司汤达关于"镜子"的比喻，同时也让人陷入深深的怀疑——若干面漠然的镜子，恐怕并不能捕捉现实，而是在层层映照中放逐了现实。现实感匮乏的另一表征是，作家们殚精竭虑地渴求真实，事件的真实，情节的真实，细节的真实，琐碎的一切的真实。当某个评论家依据阅读感受指出某部小说不那么"真实"的时候，小说的作者会骇异莫名，并立即为自己辩护说："什么？这可是依据真实事件创作的。"将现实世界的"真实"与小说世界的"真实"混为一谈的结果是，"真实"成为高悬其上的律令，它似乎无处不在，又似乎空无一物。文学评论家詹姆斯·伍德创造了一个术语——"歇斯底里现实主义"。他说："在这些小说中，讲故事变成了一种语法：如何结构，如何推进。现实主义的传统不是遭废除，而是变得枯竭，变得过劳。因此，贴切地说，我们的反对意见不应该是针对逼真性，而是针对道德性：我们指责这类风格的写作，不是因为它缺乏现实——这是常见的指控——而是因为它在借用现实主义的同时似乎在逃避现实。"[1]在批评界，对现实的模糊认识并未得到有力的澄清，相反，关于文学如何反映现实的问题一再被讨论，迄今为止尚未得到清晰的答案。

从这个意义上说，我们有必要区分现实与现实感。现实感是什么？以赛亚·伯林在其著名的《现实感》一文中试图为我们勾勒出现实感的模样。他认为，现实感"就是对根本无法测量、称量或充分描述的东西的那种灵敏的自我调适——那种被称为富于想象的洞察的能力"。随后，他又补充说明了所谓的"洞察"意味着什么，"即对'上层'与'下层'之间关系的一种理解，对组成个人和社会生活的各种不可胜数的、极细微因素的一种近乎本能的整合（关于这点，托尔斯泰在《战争与和平》的'跋'中讲得很精彩），其中运用了各种技巧——观察力、实际知识，最重要的是经验——我们所讲的时机感、对人的需要和接受力的敏感、政治和历史学上

---

[1] 〔英〕詹姆斯·伍德：《不负责任的自我：论笑与小说》，河南大学出版社2017年版，第192页。

的天赋等都与此有关，简而言之就是人的一种智慧，管理自身生活或使手段符合目标的能力"。伯林想要努力说明的东西，或许在小说中看得更清楚。

田耳在中篇小说《一天》中就显现了卓越的现实感。小说通过一个少女在校园里的自杀事件将乡人与校方的对峙直截了当地展现了出来。作为叙述者的"我"，所处的位置非常值得玩味。从情感上来说，这些村里人都是"我"的亲戚，何况死去的女孩是"我"的侄女，"我"自然偏向他们；从社会经验与处理复杂事情的能力上说，"我"一直生活在县城，与乡人对社会秩序及现代的理解有差异。如果换一个作家来处理这一题材，很容易将之理解为"鸡蛋"与"高墙"的较量，于是会记起村上春树在领取耶路撒冷文学奖时说的那番话。村上春树说："在高大坚硬的墙和鸡蛋之间，我永远站在鸡蛋那方。"因为，"我们每个人或多或少都是一枚鸡蛋，我们都是装在脆弱外壳中的灵魂，很多时候都必须面对一堵冷酷的高墙……这堵墙实在太高太坚硬，在不明真相之际，如果我们不站在鸡蛋一边，鸡蛋立马就被撞碎了"。这番话常常被解读为作家的道德感，以及为弱势群体发声的勇气，因而成为许多作家的座右铭。但事实上，在小说中，假如作家在天平中加上一点点所谓的"道德感"，那么平衡就被打破了，小说的"现实感"也就荡然无存。田耳的处理可谓小心翼翼。他写出了体制的傲慢与无理，写出了他们对没有权力也没有社会关系的乡人的欺压，写出了他们始终在较量中占上风。但是田耳也写了看上去站在体制的阵营实则虚弱的个人，一个叫欧春芳的女舍管，对这场事故的处理也直接决定了她的命运。单单这一个人的出现，就将看上去是铁板一块的体制描摹成了不同的人的集合。对于乡人，田耳并不因为他们的弱势而让他们占据制高点，同样地，他写出了人群之中的分歧，也写出了究竟哪些人在今天的乡村拥有实际话语权。他还写了乡人的固执甚至愚昧，写了他们因为缺乏知识与经验而不擅长处理现代事务，孤注一掷，以及莫名的委屈在内心发酵而成的不容许被欺凌的诸多复杂情绪。而叙事者也不因为自己所占据的观察者和问题解决者的位置而拥有优越感，在合适的时候，他也在反思自己，作为一个知识阶层，是否对他人的命运负有相当的责任。一部中篇小说，展现了现实生活的诸多方面，那些幽暗难言的复杂之处，恰恰是现实感生成的地方。阅读这样的小说，我衷心觉得它在帮助我理解我所经历的一切，帮助我洞察人与人、人与事之间的实际关系。是的，也可以这么说，它在帮助我建立我的现实感。

在关于这篇小说的创作谈里，田耳对自己的写作有一番反思。他还原了这篇小说的写作经历，并感慨道："写完这篇，我确信自己以后要进一步扎进生活，有效地将自身的热情融入其中，细细观看它原本的质地和结构，遵从它自在自为、浑然一体的章法。无须多写，我多么想以后像记日记似的写出余下的作品，最好它们不像是被我写出来，而是生活与我合谋留下的一些深浅不一的印痕。我们太多地违拗了这些最基本的东西，生活就在那里，远胜于我们费心地营造。当我们叫嚣'源于生活，高于生活'时，就含有对生活的大不敬，就已远低于生活本身。"我知道，事情当然不像田耳说的那般简单。但是"与生活合谋"的说法，或许提示了我们获取现实感，进而使现实主义小说创作焕发活力的路径。

"现实感"的"现实"，意味着赋予了"当下"，或者更准确地说，赋予了"时间"以价值。从这个意义上说，"现实感"和"历史感"其实是一回事。因为时间是绵延不绝的，像河流一样，你很难截取某一段河流，就像它总是有它的上流和下流。所以福楼拜会说："我们这个时代的首要特征就在于历史感。这一历史感强调历史与眼前事实的联系。所以我们在这一历史感的影响下无不专注于事实层面的观点、考察。"要获得现实感，在某种程度上需要从一个更大的历史跨度、一个更高的视角去看待日常生活。理想的现实主义小说是这样的，它允诺我们从碎片中发现整体，从现在发现过去与未来，在现实中发现思想，在人物身上发现我们自己。

理解了这一点，我们才能理解，为什么石一枫在他的小说《借命而生》中将故事发生的时间定于1988年。石一枫是对当代生活有着巴尔扎克式的好奇心的作家。当代生活于他而言，不仅是在素材意义上而存在；准确地说，当代生活就是他的世界观和方法论，他目不转睛地注视着沸腾的当代生活，仿佛一个历史学家专注于某段历史一样，企望目睹一座海市蜃楼从奔流的波涛与迷蒙的雾气中缓缓生成。他渴望在其中发现某种真理性的东西，它像微小的火焰，在一瞬间照亮纷乱，让我们得以整理我们的生活。

现在，我几乎可以肯定，他从当代抽身出来，转而书写二十世纪八十年代，绝不是出于怀旧的目的，也不是出于扩大题材领域的需要，我只能谨慎地猜测，他一定是发现了当代精神生活的某种根源。要说清楚这一点，必须回到二十世纪八十年代。在小说中，他塑造了一个典型的富有理想主义气质的人物杜湘东。刑警这一职业对他而言，不仅是生存的需要，更是精神追求，是个人价值得以实现的唯一途径。石一枫极为准确地抓住了属于八十年代的时代精神，通过杜湘东这样一个人物，让属于八十年代的氛围笼罩了我们。杜湘东能从八十年代走入我们的生活，并深深地打动我们，在某种程度上，他应该感谢被押送到看守所的两个犯人——姚斌彬和许文革。他们扰动了或者说改变了他的人生，但在某种程度上也把他带入了"当代"，我们得以目睹一个时代是如何消失在另一个时代之中的，并从这无可避免的消失之中发现了崭新的美。是的，在这篇小说中，石一枫塑造了三个人物，他们共享了八十年代的精神底色，从这个意义上说，他们是八十年代之子。他们所经历的一切是个体的偶然遭际，也是一个时代的必然命运。石一枫通过他们奇迹般地召回了八十年代，让我们沿着来路重新走了一遍，探寻我们今天所面对的世界的历史投影。由此，《借命而生》获得了历史感，而我们早已确信，当下其实是被历史塑造的。

当现实感与历史感叠加起来的时候，我们所苦苦追寻的"史诗"就不期然地降临了。从这个意义上说，或许我们会为文学如何书写现实而焦虑，但我从未丧失对现实主义的信心。事实上，焦虑本身就是现实主义从时代获取新的能量的过程。我如此相信现实主义，还因为现实主义重新打开了一扇古老世界的大门，把我们紧紧联系在了一起。

作为写作的文学批评

　　文学批评大概是最勇于自我革新的文类。一段时间以来，这一文类将革新的重点放在了"文体"之上。批评家们热衷于谈论文学批评的"文章之道"，试图将文学批评从学术的阵营拉到文学的阵营中来。这固然反映了文学批评对读者日渐减少的焦虑，仿佛写得好看一些，就能吸引到更多的注意力似的，然而在某种程度上，也反映了文学批评企望超越时间的限制，获得永恒的名声。因为倘若没有风格，批评断然是不可能成为文学的，而只有文学，才有可能战胜时间。在我刚刚开始学习写作批评的时候，就接受了诸如此类的教诲。如果还不能写得好一点儿，就写得漂亮一点儿吧。这是我对自己的安慰。于是，我叹服于别林斯基的气盛言宜，激动于桑塔格的锐利精致，感佩于李健吾的才华横溢。对于我来说，他们都彰显了"文章"的典范，展示了迷人的文学批评之美。好吧，我也尝试在文学批评里运用实验叙事、抒情等多种形式，并真心相信和自我期许，文学批评也担负着使语言保持活力的职能。

　　时至今日，在漫长的试笔和不断的试错之后，我终于认识到，"写得好"与"写得漂亮"之间，或者说与自以为"漂亮"之间，还是有着某种不言自明的距离。倘若没有深邃的思想，所有的"漂亮"都不过是虚妄。就好像好看的皮囊与有趣的灵魂并不一定永远合体，而如果让我选择，我肯定会选择有趣的灵魂。从这个意义上说，我无法想象，假如别林斯基、桑塔格、李健吾他们仅仅是擅长遣词造句，只是提供空洞无物的"美文"，大约也无法穿越时间和空间，到我们的文学生活中来吧。是的，思想是文学批评的盐和灵魂，是普罗米修斯盗来的火，也是文学批评赖以存续下去，并诱使一代又一代杰出人物投身其中的关键要素。

那么，思想包含什么呢？思想包括对文学作为一门艺术的不断重新定义与发现。身为一个文学批评家，必须时刻警觉，同时代的文学在技艺上有哪些精进，又有哪些开创，这些与传统有怎样的关系，对未来的写作又可能意味着什么。这是成为一个文学批评家所必有的意识，也是其在文章和谈话中必须要回答的问题。但是，思想还不仅限于此。思想还包括但不限于认识生活的能力，辨别现实生活与文学世界的关联及差别的能力，以及将知识、情感与智慧结合在一起的能力。由是，文学批评摆脱了依附地位，获得了与其所评论的对象携手前行的资格，它们共同在这广袤的人世间探险，共同探究人类生活中各种新的可能性。

接下来需要追问的是，思想从何而来？当然，思想不会凭空掉下来，它需要广博的知识，需要披荆斩棘认识生活的勇气和能力，也需要理解言辞的智慧，特别是需要理论视野。艰涩的理论一度让文学批评的读者望而生畏，于是，有些批评家将理论视为批评的敌人，认为庞杂的西方理论与中国文学"水土不服"，滥用理论使得中国文学成了理论家跑马圈地的训练营。事实上，如果完全放弃了理论的透镜，文学批评将会沦为仅仅是抒发个人情感的读后感。因此，有必要重新定义批评。对于我来说，批评应该作为写作而存在。

作为写作的文学批评，意味着我们在关注批评最后呈现出来的那个已经成型的"作品"的同时，还应该注意到完成这一"作品"的过程。理想中的文学批评家，应该是对阅读怀着常人难以企及的热忱的形象。各种各样的书包围着他，他不知疲倦、专心致志地阅读，并不断为这个世界引入新的意义。桑塔格有一篇文章就叫作《作为阅读的写作》，大概可以用来形容批评家。桑塔格说，"写作即以一种特别的强度和专注来训练阅读。你写作，是为了阅读你写下的东西，看它好不好"。批评的冲动来源于那些从阅读中获得的东西，包括快乐，这些促进了你的心智成长，使你愿意将之与别人分享，邀请他人一起分享生活的意义。

很多年前，我读到了美国文学批评家斯坦纳的一番话，曾经感到前途黯淡无光。他说："当批评家回望，他看见的是太监的身影。如果能当作家，谁会做批评家？如果能焊接一寸《卡拉马佐夫兄弟》，谁会对着陀思妥耶夫斯基反复敲打最敏锐的洞见？如果能塑造《虹》中迸发的自由生命，谁会跑去议论劳伦斯的心智平衡？……如果能赋诗传唱，如果能从自己有限人生中取材并铸就不朽小说，创造永恒形象，谁会选择作文学批评？"现在，在将自己的"有限人生"贡献给了批评之后，我却获得了某种意义感。如果将"创造"视为文学批评的内核，那么文学所允诺给我们的真与美，都将在批评中降临。

少年旧事，古意文章

胡竹峰有古意。这"古意"说的是，他往来相亲的皆是古人，其日行起居也莫不是一派古风古韵。屈原、司马迁、陶渊明、范仲淹、张岱、胡兰成、《战国策》、《聊斋志异》、《红楼梦》……古人在他的文字里复活，古人所看的书、所览的画也在他的抚摸下再度鲜活起来。古人、古书与他相伴而行，往来交接，完全浸染了他的日常生活，也使他笔下的文字全然褪去了现代生活的痕迹，仿佛亘古如此，与久远之前的天地并无太大不同。

这古意也逐渐塑造了他观照世界的方式，塑造了他的灵魂。在文章中，他常常凝视着某一个场景，端详着某一个细节。在他持久而缓慢的观看中，现实的一切逐渐虚化，变得不真切了。恍惚间活生生的现实都化入古书古画中，似乎成为古人的一部分。所以，我们经常听他说，"觉得那几头黄牛是从韩滉画中走出来的"，"白色大鸟像从庄子的册简里遨游而来"，"呆呆看着那漫天的星辰，如一卷古书，看得久了，觉得人也古了"。比起现代人来，他更愿意成为古人吧。所以他大概恨不得身边的一切都不要那么新，不要那么"现代"。"现代"会妨碍他做一个古人的梦。长此以往，他也像古人那般看待生活了。他固然喜欢一切微小的事物，乐于驻足、观赏、玩味平淡生活中有意味的细节，喜爱烈火烹油、鲜花着锦之盛，但他根子里爱的还是热闹之下的虚无。就像他说的，"偶尔也会消沉，感觉生命无味，脱不开人生虚空。人向高处走，偶尔也会向弱处滑。人生如水，水流卑湿，是自然之性"。这点虚无，也是极具古意的。

胡竹峰对此是明了的。所以，他有篇文章就叫《与古为徒》。他是这样谈论自己的"好古之心"的。"古人性情文章在几叠线装书里,墨卷飘香,云高风清,那是毛笔在木牍竹简绢纸上点横撇捺静静流过的墨香。""湖海飘零二几十年,庆幸有光阴消磨在古旧书堆里。书越读越多也越读越古,心境于是平复。""酒是陈的好,文章是新的好。写作的人总觉得旧不如新,我也难免。但古人的旧文章真好,一字一句稳稳妥妥,起承转合伏周正,那是老派人的意味与底蕴。先贤墨光照耀芜文,得一寸光是一寸光,寸光寸金。"说到底,这其实是一个文人的自觉修养,用胡竹峰的话来说,就是"养心",即对幽微淡远事物的辨别力。胡竹峰对日常生活中属于文人的那一部分格外敏感,并不断用文字强化,最后使之成为其独特的"自我意识"。怪不得有人说,他有一颗"老灵魂"。只是偶尔在"老灵魂"中依然有颇具少年心性的灵光,依然能叫人看出来,这是一个现代青年。这点裂隙反而是有趣的。

胡竹峰尚气。他常常在文章中感慨,这个有喜气,那个有静气;这个有王气,那个有仙气。"气"这一概念遍布文章,甚至成为他判断文章的依据。"一等文章以气灌之,二等文章以力灌之,三等文章以技灌之。好文章真气饱满,好文章力透纸背,好文章技惊四座。"在古代文论,甚至是古代哲学思想中,"气"是一个极为重要的概念。《左传》中说"天有六气",《庄子·知北游》中说"人之生,气之聚也",王充说"万物之生,皆禀元气",孟子讲"我善养吾浩然之气",韩愈说"气盛则言宜"。可以说,气决定了胡竹峰文章的美学风格。他将"气"作为认知世界的主要方式,由此,他注重情绪的流动,而不是特别注重结构的起承转合和逻辑的层层递进。他的风格是触类感通式的,可能是日常生活中的情景触发了他对古人典籍的阅读,他任由思绪流动,用笔墨追随思绪的痕迹。可以想象他的写作过程——一团墨落在宣纸上,他任由这团墨氤氲开去,然后他再滴上另外一团墨,任由其丝丝缕缕地散开,等到全篇终了,不同的墨团看上去各安其位,它们之间可能有一种内在的联系与呼应。这也是境由心生。

胡竹峰好文章。像古人一样,他对文章有自觉意识。他常常讲文章的做法。比如,"才华一文不值,门槛而已";他认为"学习古人是文章家的一种基本要求,但是要把传统技法变为己有,成为自己创作的依据";

他还认为"要写出文章，先要把自己摆进去，人要有面目，文章也要有面目，关键是自家面目"。他说得都很对，这些也可以看成是他的自省。不妨沿此说下去。诚然，才气是文章中最先为人所感知到的，并有助于建立作家的风格，但也有可能成为标签，成为障碍。这种障碍既是我执，即我把才气当成是为我所有、为我独有、为我全有的东西，执迷于才华本身，也有可能成为他执，即他人完全依凭才华建立对一个作家的认知，形成一种刻板的印象。在作家创作初始，风格化或许是有必要的，因为作家需要累积自我，需要被辨认。然而，风格在成就一个作家的同时，也会限制他。在一种风格中写作，可能就会慢慢把自己写小了，当他写到淋漓尽致、风格越来越明显的时候，可能他不自觉地就会被拘束到这种风格当中。一个成熟的作家应该有勇气去突破自己的风格。这意味着要借助其他的资源进入文本。复杂的现代经验、西方文化的引入，以及西方文化和传统文化所碰撞出的火花，都有可能形成、发展、丰富一种更为复杂的自我意识。这样一种自我意识，在不断丰富自己、探索自己的同时，也在不断成就一个作家。

设定与叙事，或科幻与现实

现在已经无法确定，到底是《三体》成为全民 IP（直译为"知识产权"，在互联网领域有所延伸）激发了传统小说家的科幻创作热情，还是对于现实的焦灼感促使他们想象出一个更为渺远的未来以描述现实。事物与事物之间总是存在着不可解的隐秘关联，但正如我们所看到的，关于未来的想象正在成为许多传统小说家的选择。李宏伟的《国王与抒情诗》、黄孝阳的《众生·迷宫》、王十月的《如果末日无期》、七堇年的《无梦之境》等一大批作品，均可以看作这一叙事冲动的果实。尽管这一浪潮正在渐渐退去，但遗留在沙滩上的贝壳足以为我们提供许多海浪的讯息。

在种种讯息中，最令人关注的大约是这一类作品与现实的关系问题。尽管科幻文学常常反映的是作家对于人类社会未来图景的想象，然而对未来的思考常常是基于当下的，因此也被认为是事关现实的，但是科幻作家笔下的现实不同于传统小说家笔下的现实。他们常常在文明的量级这一远超于个人的向度考虑现实。正如有评论者所观察到的，"在科幻中，人类整体和一个世界常常作为主要文学形象出场。'人物形象'并不必然是科幻的核心要素，而当代文学常常被表述成一种'人学'。以'人与人之间关系'为中心的'批判现实主义'关注的'现实'，并不等同于科学视角关注的工业化、现代化的社会变迁观以及人与自然、人与宇宙之间关系的'现实'"[①]。当传统小说家借助科幻小说的形式开始创作时，他们实际

---

① 陈颀：《文明冲突与文化自觉——〈三体〉的科幻与现实》，《文艺理论研究》2016 年第 1 期，第 95 页。

上融合了科幻小说和传统小说的特点，使得小说有着多重面向，可以称之为"寓言式写作"。所谓"寓言式写作"，本体是"现实"，喻体是"未来"。也就是说，这一类小说虽然大多数是讲述未来的故事，但是仔细察看，其对未来的想象在我们的现实生活有着草蛇灰线。这个未来不是虚无缥缈的未来，而是体察我们现实的困惑、矛盾，是现实之上的未来。因此，作家所描绘的未来有多深广，完全取决于其对现实的认识有多深入。兼具"未来"和"现实"的写作是有相当难度的。一方面，小说所表现的未来要足够新鲜，要让我们有"陌生感"，足够让我们展开天马行空的想象；另一方面，小说所思考的现实又要与我们息息相关，引导我们去细察生活中习焉不察的事物。关于这一点，如果我们仔细考察这一类小说的设定与叙事，就会看得更清楚。

七堇年在她最新的长篇小说《无梦之境》中虚构了未来世界的情景。在那个世界，人们可以通过基因定制的方式选择自己的后代，这让人想起曾引起轩然大波的基因编辑技术。每一个人的生活史记录，都以直播日志的方式在"星历"上保存着，并被观看，被评价，被打分。这些分数会被换算为"莱克"，就是一个人的货币财富。这是这一世界的基本规则和逻辑。这一切似乎是深入到我们生活的方方面面的微信与直播平台的升级版。小说中的人物在这样的世界设定中生活，影影绰绰也照出了我们的身影。王十月的中篇小说《子世界》也有着科幻的外壳。这个小说的设定是，在 2030 年，随着 VR（虚拟现实）技术的爆发，人类将拥有强大的虚拟现实技术，他们在计算机中创造着各种时间点的宇宙。奥克土博实验室虚拟了一个子世界。子世界的时间设定是 2130 年，比 2030 年还晚一百年。2030 年的人类虚拟出新科技和高智商人类，并让 2130 年的人类自我学习和自行发展，看他们在一个世纪之后能发展出怎样的科技。这听上去似乎天马行空，但如果将这一行为置换为一个作家的写作，我们似乎对其中设定的奥秘就豁然开朗了。奥克土博实验室创造未来虚拟人类的设定，其实就相当于一个作家创作科幻文学作品的行为，尤为引人注意的是，小说的主人公张今我就是一个小说家。创作这一行为具有语言学中的"述行语言"效力。随着写作的深入，他在书中所写的一切都变成了现实。从某种意义上说，这是一部有着元小说性质的小说。李宏伟的长篇小说

《国王与抒情诗》中的故事的发生时间与王十月的《子世界》有着某种相似性。故事发生在 2050 年。我曾经分析过，这个时间点意味着小说所创造的世界是一个似新实旧的世界——"说它新是因为科技的日新月异似乎让那一时代的世界呈现出与今天截然不同的面目，但是，因为不太遥远，它与现在的关联又比我们想象得要深远得多。《国王与抒情诗》中呈现的世界，与现实世界共享了一个支点，同时又与现实世界构成了锐角或钝角关系"。事实上，这也是传统小说家借用科幻文学的形式创作的根本与核心。正如英国小说家奥拉夫·史德普顿所说的那样，"当我们的想象力被现实世界的经验彻底约束住的时候，我们就只能设想出那些和现实极其类似的世界。而且，在这个想象的初期阶段，当现代智人所遭遇过的精神危机也为我们想象出来的世界所经历的时候，我们总是会遇到这些世界。所以，对我们而言，要想进入一个世界，在我们自己和我们的宿主之间，就必须存在着一种深层的相似性或同一性"。换句话说，对于传统小说家来说，他们的写作是基于我们的现实世界而产生的，其想象力也受他们所处的社会的生产方式与发展水平的制约。

如果说对于纯文学作家而言，他们的设定都能在现实世界中找到影子，我们足以辨认出哪些设定是生活世界的升级版，那么对于科幻作家而言，设定往往是羚羊挂角无迹可寻的。比如，在《三体》中，刘慈欣的设定是在距离地球 4.2 光年的半人马座存在三个恒星，由此产生了恒纪元和乱纪元交替出现的生存情境。煌煌三本的《三体》就是在这一与现实世界没有任何对应的设定下展开了叙事。美国华裔科幻作家特德·姜的设定也有着超乎想象的诡谲。在短篇小说《你一生的故事》中，小说以语言学家"我"与七肢桶星人的交往作为小说发生的设定。在此，特德·姜不仅想象出了外星人的身体形状，"外星人有七根长肢，从四周向中央辐辏，轴心处挂着一个圆桶。整个形体极度对称，七肢中任何一肢都可以起到腿的作用，同时任何一肢也都可以当作手臂"，还想象出了外星人的语言体系，与他们的身体构造统一的会意象形语标文字。关于科幻与现实的关系，刘慈欣在接受采访的时候表示："简而言之，科幻作家似乎并不期望他们所创造的世界在现实社会中寻找对应物，因此他们的写作是离开地面的飞翔。"

当然，对于小说创作而言，设定是一回事，叙事则是另一回事。设定与叙事之间的关系也构成了传统小说家与科幻作家的一大区别。对于科幻作家而言，设定是小说叙事动力的来源，打一个不那么恰当的比方，好的设定仿佛是核反应堆，为核装置提供驱动。正是在各种各样匪夷所思的设定之下，他们推演出各种可能的情境，想象出未来的种种可能。而种种可能的未来，则深植于我们的现在。这是一个反向推论的过程。只有在对未来的想象中，我们才能深刻洞察隐藏在现实表象之下的深层逻辑。这意味着，究其根本，科幻小说的价值在于其认识论功能。这也是为什么一些科幻小说被人称为"思想实验"。比如，许多人认为，刘慈欣的《三体》所贡献的是"黑暗森林"理论。这是对刘慈欣过分现实化甚至犬儒化的解读。事实上，在设定了危机情境（三体人对地球的入侵）之后，刘慈欣讲述的是在压倒性的危机情境下，地球文明在不同阶段的反抗及反抗失败的故事，讨论的是道德在危机情境下的适用性与调适的问题。身处和平环境的我们大概无法想象真正的危机来临之时人类该如何面对，这恰恰是科幻作家的想象力之所在。同样地，特德·姜想象的是"超人"的诞生及生存问题。在他的设定中，"超人"诞生于一个长期处于植物人状态的病人在接受了荷尔蒙 K 疗法之后智力飞速提高的过程中。由此产生的叙事如多米诺骨牌一般一环扣一环地发生了。因为成了常人智力难以企及的"超人"，他开始了在正常社会中隐匿自己的过程，并不断自我学习。从增强对身体的控制力到体会超越常人的感情，再到创造新的语言，"超人"终究会走向元学习，即理解自己的思维机制，确切地认识到自己了解事物的过程，并获得终极自我意识。但与此同时，另外一个"超人"也出现了。如果说"我"的学习方向是关于自我的，那么另一个"超人"的学习方向就是关于人类的。"他视智慧为手段，我却视智慧为终极目标。"两者的差别是道德立场上的。最为炫目的对决是"超人"之间的对决，仅仅在一个词之间就决出了胜负，也决定了一个"超人"的自毁。这是多么恢宏的想象与深刻的哲思。特德·姜在"超人"身上打开了人类意识的大门。

对于传统小说家而言，他们所书写的未来故事本身就是从现实的土壤中生长出来的，并与我们的时代息息相关。因此，设定仅仅构成了小说发生的背景。小说中的人物依然按照现实逻辑行动，而获得他们应有的命运。小说的主题也是现实的。从这个意义上说，他们的小说确实可以称为"未来现实主义"。这是王十月在《如果末日无期》后记里提出的概念。无论他想象出了多少种时间形态，并提出了人类进化的终极形态，小说的落脚点依然是我们所熟悉的。王十月自己也说："许多年后，也许有人会因此而想起我，认为我预言了他们的生活。但是不管人类如何进化，时间如何扭曲，不管是在三维世界，还是在十一维世界，我让小说的结尾，落脚在最朴素的情感——爱里。"同样地，七堇年的《无梦之境》依然是作者一向关注的青春成长主题。无论有着多么绚烂的高科技场景，无论小说中的奥德赛号、联合号构成了怎样的教育秩序，那都只是场景，对小说的叙事其实并无真正的决定作用。七堇年自始至终都将目光聚集在苏铁这个个体身上，她真正想讲的是一个前喻型单亲家庭的孩子是如何在长辈严格的规训下长大，从而丧失了基因里的天分的故事。

　　较之而言，李宏伟的小说《国王与抒情诗》因为融入了辩证的哲学思考而有了思想的深度。"国王"与"抒情诗"构成了张力结构：两者互相反对，又互相补充。其中，"国王"代表了信息化的一维，他所代表的商业化的力量旨在消耗语言的抒情性，最终取消语言的存在，以此实现人类的同一，实现同一意义上的不朽、不死；而"抒情诗"则象征着个体化的维度，认为每一个字就像一个物种、一个民族，不能消失、灭绝。说到底，《国王与抒情诗》讨论的是"个人—共同体"的关系问题，也是一体化与差别的关系问题。从这个意义上我们才能理解，为什么李宏伟视自己为"现实作家"。他说："我认为自己的写作关乎现实，甚至只关乎现实。现实刺激我、召唤我，我必须回应它、廓清它，《国王与抒情诗》是我看到的现实的胚芽或庞大身影，我尽力将它辨认清楚，并指认给愿意的人看。"由此，他提醒我们注意威廉·吉布森的话，"未来早已到来，只是尚未普及"，并认为"未被普及的未来正是我们的现实"。

　　设定和叙事是我们考察"未来现实主义"和科幻文学的窗口，也充分呈现了两者的差异。而这差异从根本上说源于作家对现实的态度。毫无疑问，科幻文学的形式可以成为观察现实的一面特殊"透镜"。对于传统小说家而言，他们当然可以选择从现实的泥沼中抽身而出，从科幻的镜子里"俯视"现实。然而重要的是，要用对世界的新的想象来革新自己的认知，而不是包装自己的固有认知。唯有此，文学才能焕发新的神采与生机。

天启时刻

——沈大成《花园单位》

　　沈大成的《花园单位》属于那一类小说：它不以编织跌宕起伏的情节为己任，让读者在故事中获得某种想象中的安慰；它也不着力塑造人物，人物的性格、命运等并不是它真正关心的问题。我猜测，作者一定是被她头脑中的某个景象、某个画面征服了，她必须将其用文字记录下来，继而繁衍出意义和隐喻。这一类小说或许可以称为场景小说吧，在读者心中留下长久印象的，也是曾经打动作者的那幅景象。现在经由文字的渲染，它仿佛被一层神圣的光晕环绕，散发出与众不同的光泽，被不同的读者赋予了更多的意义。

　　现在，让我们略过小说之前的交代、铺垫与叙事，直奔那个场景吧。那是怎样的景象呢？时间是一个深秋的有月亮的夜晚，地点是单位的花园，此时正值大树的飘毛期。在白猫若有若无的引领下，他（可以是小说里描写的那个"他"，也可以是任何人，包括作者，也包括读者）来到花园中心的草坪。想想看，明月朗照，白絮飘飞，缥缈的声音若有若无。一瞬间，他觉得自己听懂了这声音说的到底是什么。大花猫叫着他，面朝大树站立，在藤蔓上磨两只前爪，似乎在进一步向他传达他尚不能读解的信号。这一场景的画面感是如此强烈，竟让人觉得仿佛是直接从动漫中幻化而来的。在《爱丽丝漫游仙境》等作品的暗示下，我们几乎要疑心，那几只猫大约是由他的前任或者其他同事变形而来。而它们将他召唤至此，大约是因为他也即将展开变形。这时候与其说是小说引领了读者，倒不如说小说创设了一种情境，允许读者自由添加、想象各种情节，一如小说中的

"他"所做的那样。这大约就是这一类小说的妙处了，它创设了某一种空间，邀请读者愉快地参与其中，或者成为小说的某个角色，或者成为作者本身。就在这一类想象即将弥散开去，逃离作者的控制之时，一阵风结束了这极为诡异的情形，仿佛结界消失，日常生活卷土重来。而小说中的"他"却由此获得了关于生活的别样领悟。

是不是许多人都会在生命中的某一时刻遭遇类似的情景？在遇到极大的生命困惑之时，经历了漫长的挣扎，突然之间仿佛有什么超越性的力量在向你展示它自身，你从中获得某种启示，从而得以摆脱困境。这意味着你将从困扰很久的问题中摆脱出来，获得看待世界和生活的新的眼光。那么，对于《花园单位》中的"他"来说，困扰是什么呢？

不妨回到小说的开始，重新发现"他"是谁。看起来，"他"的生活实在是过于普通了。从一个与上司不和的公司离职，来到新的单位。他是一个孤独的人，在小说中没有和任何一个人，也没有和任何一个地方建立深刻的情感联系。工作是单调乏味的，生活是刻板无趣的。他的前任就是在这样的生活中主动消失了。现在，他也陷入了生活的深渊，并感到自己失去了生活的方向。他渴求"一种具有更多热情和希望的，物质与感情全都充实的生活"，可是这种生活在哪里呢？他不知道，我们也不知道。恰在这个时候，他意识到存在命运这样的更大、更厉害的力量，而每一个人只是被命运随意摆弄。

从这个意义上说，《花园单位》讲的是一个普通平凡的人在日复一日平淡枯燥的生活中觉察到了生活巨大的虚妄，设法自我矫正、自我治愈的故事。或者更明确地说，这是卡夫卡之后的故事。在意识到生存的困境之后，人不再变成甲壳虫或者猫，而是刻意小心地将自己藏到普通人的生活中去，用生活掩盖生活，企望"俯瞰花园的某种力量"忽视他，以避免不好的命运的降临。他成功了吗？小说中没有交代。但是在平淡无奇的字里行间，我们仿佛能感受到轻微的讽刺与巨大的悲怆。

主体未完成

——张柠《三城记》

　　文学教授张柠在决心创作他的第一部长篇小说的时候，眼前一定有若干种小说的图谱在浮动。他选择了成长小说这一类型，并在后记中以文学教授的口吻说明了理由："现代小说从本质上来说，都是成长小说，或者是成长受阻的抵抗小说。它们都是在线性物理时间支配下的叙事，同时要为主人公寻找生活的出路，探讨人生的价值。"熟知文学史的他一定对蔚为大观的十七年小说，比如《青春之歌》《红旗谱》《三家巷》等熟稔于心，也一定对新时期以来迥异于前一时期风格的成长小说记忆犹新。当他决定以一个个体在经历了时间之后，试图形成独立的人格结构作为创作主题的时候，他将创造出怎样的青年形象？又将借助这样的青年形象对时代做出怎样的勘探？今天的成长小说又有着怎样的新变？这是《三城记》要回答的问题。

　　作为一个时代青年，小说的主人公顾明笛处于有待成长的状态。这体现为，他始终需要一个睡袋来安眠。显然，熟知象征理论的张柠以睡袋象征子宫，只有在子宫中，顾明笛才能获得安全感。这是一个不成熟的状态，而《三城记》描绘的就是他从不成熟的状态中挣脱的过程。那么，顾明笛身上具有哪些特征呢？

　　首先，他出身于小康家庭，无经济之虞。小说一开始就详细介绍了顾明笛的家庭经济状况。顾明笛外祖家经商，母亲更是借时代之东风，把睡袋及其他各种户外用品的生意做得特别好。特别是网络经济时代，她顺应时代趋势开了网店，生意遍布全国各地。经济良好的直接结果是，顾明笛拥有了位于良好地段的独立居住空间。经济背景常常被作者有意无意地忽略掉，但实则非常重要。有了这个背景，就意味着顾明笛不需要为生存而奔波，意味着顾明笛有底气追求一种值得过的生活，并随时退出他认为的不值得的生活。如果我们还记得，在十七年文学中，成长小说的主人公大多出身于贫寒家庭，这一变化就非常有意味了。有论者通过研究 1949—1966 年的成长主题小说，认为小说中的主人公只有出身于贫雇农、手工业者、底层工人之家，才能使人们从这些"新人"身上找到自己的影子，找到"进步"的路径与榜样。经过十七年，出身不再成为品行端正的重要保证。恰恰相反，经济条件的改善至少使一部分城市青年得以从物质生活中挣脱出来，重新审视自己的生活，并寻求成为一个主体。时代的讯息，由此可见一二。

其次，顾明笛得以成为张柠小说中的个体，还有赖于他有着良好的文学素养，具备强大的甚至过分琐细的自我反思的能力。根据小说的介绍，顾明笛毕业于上海农学院的园林系，毕业以后对口的工作单位是园林局东山公园管理处。但事实上，职业和专业完全没有参与对顾明笛的性格的塑造，反而是文学构成了他性格的底色。作为一个文学爱好者与创作者，顾明笛不仅写小说，还与兴趣爱好相似的朋友进行小圈子讨论，并直接放弃了稳定的工作，以文字为业。在不同的人生阶段，顾明笛都倾向于和与他有着相似爱好的朋友在一起。在上海时期，他与张薇祎、万嫣、朱旭强、彭说宾等高中时期的老同学形成了一个所谓的沙龙圈子。按照小说的介绍，他们都是上海著名的"蓓蕾新理念作文大赛"的获奖者，在获奖之后，迅速从那个群体中抽身出来，既不想成为畅销写手，也不想写纯文学，他们把自己的作品称为"读物"。在北京时期，他与有着新闻理想的施越北、裴志武、唐婉约等人为伍，他们互相支持、鼓励。在读博期间，他整日与程毓苏、卫德祥等学者展开思想讨论和交流。因为顾明笛处于文学化环境的包围中，他对自我的反思成为小说的重点。他的反思以不同的形式表现出来，比如他的内心活动，朋友之间的思想讨论，以及信件、日记等。在上海时期，顾明笛正是通过创作问题发现了自己的精神问题。一直从事历史小说写作的他意识到应该去挑战当下城市题材的创作，但是这让他发现自己的生命状态不对，缺少活力，语言显得僵化。对于文学人来说，语言状态就是生命状态。在广州时期，顾明笛选择将自己的日记公开，与朋友们分享。从小说叙事的角度看，这可能不是合理的细节。但是张柠需要从不同的角度打开顾明笛的精神世界，去探索人之为人的可能性。从这个意义上说，《三城记》是典型的精神小说。顾明笛精神上的思索、变化、辩难等成为这部小说的重要内容，也是小说创作的出发点。在这个意义上，精神上的独立与自足是以个体成长为主体的最重要的标志。

此外，顾明笛还有着高于普通人的道德态度。如果说在十七年时期的成长小说中，道德态度指向为将个体的小我融入集体的大我之中，那么在《三城记》中道德语境发生了根本性的变化。顾明笛显然是有着理想主义追求、愿意为理想主义付出的那一类青年。在报社工作时期，他不愿意待在能够享受城市各种物质生活的专刊部，而是到有危险、要吃苦的深度报道部，就是因为他有正义感，希望能戳破社会的种种怪相，还世界以真实与公正。为此，在报道沙漠排污的过程中，他用自己的生命去保护相机。在文化新闻部，他不愿意接受红包刊发新闻稿。为此，他有一段对自己精神结构的深度辨析。他认为，契约可以是公共的，也可以是私人的；在同一范畴中，道德则是所有人都应遵循的。因此在红包的问题上，在违背道德和违背契约之间，他选择了违背契约。"这使得我在自己的想象中，成了一个有道德的人，而在现实生活里，却成了一个不讲规则不讲信用的卑鄙小人。"这是他对自己的忏悔，也是对自己的批判。他始终将道德维持在较高的水平。在广州看到昔日的好友以不道德的手段谋利时，顾明笛坚持要提出来。对于顾明笛来说，他的道德感来自对不公平、不道德的外在环境的反抗。在成长小说中，道德理想主义是个体成长为主体的关键。但是在《三城记》中，道德的语法发生了变化，从对一个超验的历史主体的融入变成对其的批判。顾明笛的成长，原则上还应该包括一个社会的向善向好，而这远远超出了小说的表现范围。

于是，我们看到，即使游历了三座城市，经历了不同的社会场域的历练，顾明笛终究没有成长为一个有着丰沛历史内涵的主体。这当然有诸多原因。精神之父的缺席大约是一个很重要的原因。一般来说，在成长小说里会有一个精神之父，引导个体踏上成为主体的旅程。精神之父告诉成长主人公真理是什么，并且应当按照真理的教诲那样生活。而阅读，或者说精神之父所要求的阅读，往往是这一过程的开始。在《青春之歌》中，共产党人卢嘉川是林道静的爱人，在某种程度上也是她的精神之父。卢嘉川启发了林道静对马克思主义的理论认识，使得林道静第一次在人群中找到自己。这是典型的十七年时期的成长小说。在《三城记》中，顾明笛始终没有寻找精神之父的强烈愿望。他的阅读和写作都是自发的，并没有其他人给予他启蒙般的认识。在他离开报社，攻读博士学位期间，我们以为他会找到精神之父。而小说的情节再一次挫败了我们。程毓苏仅仅给他传授了考试的技巧，这是器而不是道。甚至当他把高校的"无物之阵"全盘托出的时候，这对精神还不够成熟的顾明笛而言是一个灾难性打击——"顾明笛点着头，好像在听程毓苏说话，其实他心里乱糟糟的，根本就没有听进去。曾经他把《时报》视为地狱，以为进校园就是进了天堂，没想到程老师描述了另一个炼狱景象，让他完全没有思想准备"。那么导师呢？是否可以成为青年人的精神之父？作为高校教师，张柠尽职尽责地完成了对高校的讽刺。在他笔下，这位名头很大的朱老师思想保守，却深谙学术场名利之道，平时飞来飞去参加各种学术活动，也并不怎么真正指导学生展开学术研究，更别提思想上的照耀了。在顾明笛因为一时没控制好情绪而被送到精神病院之后，这位老师想的不是如何关怀学生，而是大发雷霆，并建议将其劝退。这样的老师恐怕也很难担当起精神之父的责任。所以顾明笛一直在独自摸索，虽然有很多志趣相投的友伴，但是这些友伴的精神状况也在时时发生变化，很难对顾明笛有真正的引导。其中，乌先生勉强算是精神之父，但是在顾明笛离开上海后就没有了实际的精神交流。这也是顾明笛孤独感的来源吧。

既然精神之父不可得，那么张柠寄希望于城市，以期实现对顾明笛的教化。这大约是这部小说被命名为《三城记》的原因吧。上海、北京、广州不仅是顾明笛生活的地方，也是他精神构造的骨骼。因此，空间成为小说的潜在主题。咖啡馆、工人新村是上海的气质，张柠认为，"上海的骨子里，浸润着根深蒂固的江南形式主义和西方物质主义两种精神，这是导致他们偏重精致的私人生活和崇尚物质的重要因素"。而北京呢，"粗暴且奢侈的帝王文化，悲壮凛然的古燕赵文化，是北京精神的底子。……它很容易勾起人们变革的冲动，让人们想起了青春少年时"。广州呢，

"它是一座真正的平民城市"。这是张柠对不同城市性格的认知，也是《三城记》分为"沙龙""世界"和"民间"的原因。但是，城市性格参与一个人的性格的塑造谈何容易。说到底，这些城市对于顾明笛来说始终是外在的，没有融入他的血脉，成为他的精神来源。有意思的是，城市带给他压迫感，乡土反而让他的精神舒缓、安定下来。在担任工友夜校的老师期间，顾明笛感受到了实践对于人生的价值。在与工友的对话中，在身体力行地帮助工友的过程中，顾明笛深刻感受到了人与人之间的互相需要。人是在工作中获得价值感的。这也是乡土的力量。所以劳雨燕回乡的过程，也是顾明笛再次与乡村相遇，认识到乡村的劳动更纯粹、更有力量的过程。在城市全线溃败的过程中，乡村居然成了价值支撑点。这让张柠敏锐地发现了其中的虚妄。所以，他需要以乌先生的口来重新辩证地对待乡土文明和城市文明。在日记中，顾明笛再度进行了反思，"乌先生提醒我，之所以会迷恋乡村，很可能根源还在于我的生活太单调，生命状态缺少积极的多样性。他说我虽然一直身处城市，但囿于自己想象的一种理想状态之中，理想状态一旦无法达成，我就会像一棵没有吸收足够养料的草，弱不禁风，苍白无力。这种确定的、非黑即白的方式，其实还是乡村的，跟城市没有多大关系"。或许在张柠看来，接受城市美学的过程就是一个人走向成熟的过程。

可是，成熟毕竟是一件极其困难的事情。或许在洋洋三十万字终了，张柠意识到了这个问题。于是，这部小说结束得十分仓促。当我们以为顾明笛将跟随劳雨燕返乡，并终将在乡村寻找到自己的主体的时候，北京再一次向他敞开了大门。他该何去何从呢？小说中只是说，他感觉到脑子乱极了做不出决定，还需要理一理。反而是北方女子劳雨燕洞悉了城市对他的隐秘的召唤。或者，这根本就是张柠有意为之。他指出了我们这个时代文学知识分子的根本命运——主体未完成。这里面是否包含了他对自己，甚至对我们这一代人的反思呢？从这个意义上说，文学教授张柠的小说与学术作品殊途同归。

命案高悬，或一个故事的不同讲法

——艾伟《妇女简史》

　　艾伟近来的中短篇小说，包括收入《妇女简史》的《敦煌》和《乐师》，以及《最后一天和另外的某一天》，在文本深处都隐藏着一个或几个罪案。在《敦煌》中，秦少阳就这样凭空从小项的生活中消失了，没有人知道他去了哪里。读者与小项都无法确定他是否还活着，是否死于陈波之手。如果说这个罪案尚不确定，那么小项到了敦煌之后，从一位艺术家之口知道了曾经的出轨对象卢一明可能是一名杀人凶手。他爱的女孩在旅途中爱上了别人，卢一明起了杀心，并因为持有女孩殉情的遗书而逃过了法律的追踪。这令小项感到了巨大的寒意并陷入了迷惑中，"这世界太不可思议了"。在《乐师》中，小说一开始，乐师吕新就杀死了因为钱发生争执的妻子，并锒铛入狱。二十年后乐师出狱，他差点儿为了钱杀死"那人"，却终究没有下得了手。这是另一起杀人未遂的罪案。而在《最后一天和另外的某一天》中，小说发生的空间就是女子监狱，其中，黄童童杀死了自己的继父，另一位主要人物俞佩华杀了自己的叔叔。对于艾伟来说，这并不是一件稀奇的事情。在《盛夏》和《南方》中，我们已然见证了罪案是如何缠丝绕藤，牵起一个时代的根须的。有评论家将这一批小说称为类"犯罪—追凶"小说，"这里的犯罪，可能是法律意义上的，也可能是精神层面和道德层面的犯罪；追凶的人，不乏公安系统的警察、专案组的官员，却也有抱有各种原因而穷追不舍的普通民众……将凶手绳之以法，是目的之一，追问个人的心灵蜕变与荒诞历史的根源，拷问灵魂的罪与罚，才是其最重要的旨归"①。如此频繁地将罪案作为小说的材料，似可见作家的某种心志：他瞩目于奇崛的甚至具有戏剧性的一面，却以冷静超然的叙述方式追寻某种幽深暗微的东西。他的小说与其说是现实主义的，不如说是采取了现实主义的拟象，指向寓言性。那么，艾伟究竟在罪案中发现了什么，需要反复推敲，乃至于不断重述？这或许是一个值得探究的问题。

第一次读《敦煌》时，受期刊编辑策略的暗示，我将之视为同期登出的"新女性写作专辑"的镜像，认为无论是男作家还是女作家，他们的小说都是对当下女性生存处境的一种探求，是对两性关系的再想象。那个时候，我的目光全然被小项吸引。在那篇文章中，我讨论了小项对于爱情的想象，对于身体的看法，对于性别关系和性别秩序的立场，却忽视了站在叙述暗处的陈波，以及更为邈远的卢一明。作为施虐者或（疑似）杀人者，他们身上毫无疑问携带着更为强悍的生命能量。初读下来，我们也很容易把陈波对小项的种种举动视为爱情。相形之下，小项对陈波的爱恋浓度不够，是悲剧发生的原因。艾伟有意放任读者的幻觉，将陈波塑造成一个好男人，只是通过周菲的眼睛带出了两个似乎毫不起眼的细节。一个细节是，周菲跟陈波握手的时候，感觉到"陈波的手心冰凉，好像是个没有体温的人"。这一细节让人想起艾伟在《最后一天和另外的某一天》中写到俞佩华时，借剧作家陈和平之口说，"因为他握她的手时，她的手很暖和，比一般女性要暖和。这是一个重要的细节"。这的确是一个重要的细节，作家似乎习惯于依此判断一个人是有情还是无情，是冷血还是有所挂念。还有一个细节是，"周菲注意到，只要小项消失片刻，陈波就会不安"。这个细节也可以解读为热恋的人不能忍受对象与之分离，但是"不安"让人稍显疑虑。随着小说情节的推进，我们意识到，陈波对小项与其说是爱情，不如说是占有。"陈波着迷于和小项做爱，好像唯有如此他才是安心的，他才确信自己拥有小项。""拥有"二字点出了两人关系的实质。小项仿佛是毫无个人意志力的物，无论是出轨还是离婚，他都不能允许小项

① 张志忠：《欲望迷乱·平庸之恶·完美罪行——简论类"犯罪—追凶"小说的兴起》，《文学评论》2016 年第 3 期。

超出他的掌控。一旦发现超出掌控，他就要用他人的生命来胁迫小项，令她重新回到羁绊中。小项就是陈波的欲望的投射之物。所以到了小说结尾，小项在这一关系的重压下，也渐渐滑向暴力的深渊。小说中陈波之所以如此，是因为他幼年时不在父母身边，缺乏安全感，也是因为童年时目睹了隔壁家阿姨出轨给他造成了伤害。无论这事后的追认是否有说服力，在陈波和小项之间都构成了伤害——虐杀——伤害的闭合循环。无独有偶，《乐师》中吕新杀人也是出于对欲望的执念。这一回，欲望的对象不再是具体的某个人，而是酒。酒令他失去神智，不顾一切，最终毁了自己，也毁了女儿红梅的生活。

陈波、吕新都是悲剧人物，都有悲剧人物身上那种不顾一切的毁灭性力量，但我觉得艾伟志不在此，他似乎在做一个测试，测试这些人在毁灭一切以后是否有重新开始的力量。陈波在这项测试面前败下阵来。小项在他的威胁下，给了他虚幻的希望，同陈波重新开始。但执着于欲念的人永远不会得到满足。几个短信就让他从未停歇的疑心再度疯长，和美的假象就此凋零。与陈波相比，卢一明仿佛只活在小项的叙述中。但小说却以"敦煌"为名，固然与小项去敦煌发现故事的另外一种可能有关，大概也是将故事的源头指向发生在遥远的敦煌的罪案。小项对卢一明的了解始终有限，导致卢一明的形象是模糊的，是时刻需要校正的。最初，卢一明是一个浪荡子的形象，他是情场老手，在小项面前予取予求，占据了情感的主动地位，然后，在他去世之前写给小项的一封信中，他重新塑造了自己的形象，他成了一个痴情者，他曾经在敦煌爱过一个女孩，而现在，他爱上了小项。无论这封信的说辞多么千疮百孔，但他提出了一个有力的问题："在那三天中，我一直在想一个问题，我是不是可以重新再来。但我也同时看见了终点：爱的穷途末路。"这是这封信里第二次出现"穷途末路"一词。这意味着即使他们逃过了法律的惩处，在自我意识的世界里，他们也无力给自己寻找一个未来。《乐师》就更有意思了。吕新是以一个刑满释放之后满心亏欠的父亲的形象出现的，他知道自己给女儿红梅带来了毁灭性影响，希望力所能及地弥补女儿，修复亲情。有意思的是，修复一桩命案带来的伤害，却是以另外一桩命案为代价的。现在，他不得不再次求助于酒精。"吕新又喝了一大口酒。老白干非常冲，他差点呛着了。酒气刺激着他的血液，他只觉得有一股力量在往脑袋上涌。他又听到了各种各样的声音……声音让他变得有点混乱。这种感觉是久违了的。"①此时，对于吕新来说，酒精是宿命一般的存在。他曾经沉迷于此，付出了惨烈的代价，以二十年的监狱生活摆脱了酒精对他的控制，现在他又回到老路上去了。我能感觉到此时艾伟的犹豫。终究他还是放过了吕新，他"实在下不了手"。但是吕新也是穷途末路，除了把自己送回监狱，他也实在没有别的路可走。

在艾伟的小说里，男人都是这么软弱，女人则充满了力量，蕴含了不一样的可能。在《最后一天和另外的某一天》中，我们没有被告知俞佩华究竟因为什么而犯案，只能从细节中猜测各种可能。比如，她一定有着超乎寻常的冷静，所以按照自己的意志对叔叔执行了私刑，然后装作什么都没发生，像一个正常人一样生活下去。在漫长的十七年里，她年年都被评为优等。也就是说她在这儿没出过一次差错，没扣过一分。这需要怎样的意志力。而严格到残酷的自律却是同内心彻底的暗联系在一起的。"凭俞佩华的经验，在这里必须修炼到彻底的暗，彻底的无意识，才能熬过漫长的时光。"她把自己完全封闭起来，不向外界泄露一丝一毫，直到遇到黄童童之后才发生改变。是因为黄童童的心智不成熟，被人欺凌唤起了她无处安放的母性，还是因为她在黄童童身上看到了另外一个自己？她表现得一直那么平淡，直到小说结尾，当她追问起黄童童在哪里时才表现出"不被驯服的力量"。这力量让监狱女管教和自以为了解她的剧作家吃惊，也让读者久久不能忘怀。

饶有意味的是，在这三篇小说里，艾伟都有意设置了戏剧这一元素，让戏剧与小说人物之间构成互文关系。不同的主人公在面对戏剧时反应也不尽相同。在《敦煌》中，小项和秦少阳一起看了一部叫作《妇女简史》的舞剧。"这是一个男人和一个女人既相濡以沫又彼此折磨的故事"，这个故事显然与小项的经验有重合之处，所以小项会在给周菲的短信中说，"好几次，我看到了自己"。正是由于将舞剧与自己的人生经验相对应，这出舞剧也对小项的人生发生了作用。小项决定与秦少阳分手，重新接纳

---

① 艾伟：《妇女简史》，作家出版社 2020 年版，第 162 页。

陈波，很难说没有舞剧对希望的暗示作用。在《乐师》中，红梅去看了一出叫《秋月》的戏，这出戏是关于一个疯女人和女儿互相承担的戏。吕红梅哭了，"她觉得这人世间真的就像一场戏，有着太多的变故，太多的偶然，太多的伤心，太多的愤恨，就像这出叫《秋月》的戏，人间就是一出大悲剧"。而在《最后一天或另外的某一天》中，面对以自己的人生经历为蓝本的话剧，俞佩华拒绝对号入座。"看了一会儿，俞佩华断定这戏虽然有她的影子，但已同她没有太多关系，那演员演的不是她。她打了一个长长的哈欠。"有的人在戏剧中辨认出了自己，有的人在戏外流着自己的眼泪，有的人起身离去。小说里的戏剧构成了一面面镜子，在吸引小说中的人物对镜自照的同时，也与小说互相折射，彼此延展。

在我看来，尽管陈波、吕新和俞佩华的身份、性格和经历大不相同，但这并不妨碍作为读者的我把他们视为同一个人——同一个人在面对命运试探时做出的不同的反应。作为创造者，艾伟显然对小项和陈波知之甚多，对吕新是有限度的了解，而面对俞佩华时，他和我们一样茫然。俞佩华身上有某种强硬的东西，超出了我们对这个世界的庸常认知。当艾伟一再复述这个故事的时候，在《最后一天和另外的某一天》中，他终于找到了最称手的讲述方式。他不再试图告诉读者一切，而是适时地保持沉默，和读者一起等待新的可能。

后工厂时代的追寻

——蔡骏《春夜》

"上海是光的存在，是暗的虚无。上海是欲海浮沉的庄严肃穆，风情万种的一本正经，窃窃私语的太虚幻境。上海是静安寺的卡门，淮海路的浮士德，大自鸣钟的唐璜，徐家汇的安娜·卡列尼娜，外滩的于连跟玛蒂尔达。上海是人间喜剧，也是人间悲剧，是所有喜剧、所有悲剧的总和。"蔡骏在《春夜》的题记中将抒情的对象直接指向上海，这或许意味着，这位长期专注于推理悬疑类小说的作家把目光从某个神秘莫测的超自然空间中收了回来，凝视这座他成长于斯的城市，接续新感觉派的传统，讲述年轻一代眼中的上海故事。

故事开始于"钩子船长"死了，并引出了在"我"出生那日挖出来的半个人高、半个人宽的青花瓷大瓮缸。这是极为奇幻的一刻：大缸启封，难以言喻的气味弥散开来，接着，缸中的一对青年男女在重见天日的一瞬间灰飞烟灭。这一切都令小说笼罩了一层超现实的迷雾，让我们依稀辨认出一个悬疑小说家的身影。事实上，在《春夜》中，蔡骏确实动用了诸多类型化的写作技法，比如一桩最终也未能破获的杀人疑案，比如纷至沓来的鬼魂托梦等。然而，小说的指向却是现实而清晰的，即已然消失的上海春申机械厂。

这是一件颇值得深思的事情。今天的人们因为过分熟悉，大概已经忘记了工厂及工厂所生产的产品全面改变了我们生活的世界。"大型工厂成了人类野心和成就的狂热象征，但同时也成了痛苦的象征。一次又一次，它成为衡量工作、消费和权力的标准，以及对未来的梦想和梦魇的具体体现。"事实上，作为世界上最大的制造业国家，中国仍然有大量的劳动力受雇于工业。在二十一世纪的第二个十年，曾经遍布全国的大中小型国有工厂从文学作品中消失许久之后，再度回到了青年一代作家的笔下。在双雪涛、班宇的笔下，我们看到了东北大地上犹如庞然大物，承担了人的全部社会生活的工厂；在路内的笔下，铁井镇里那些一夜之间次第涌现的用轻质构件搭建起来的厂房，与有着重工业风格的厚重敦实的工厂形成了鲜明的对照。是不是可以这样说，时过境迁，工人们的子弟踏上了文学之路，或早或晚，他们要回顾少年时候由工厂亏损、倒闭所带来的创伤。这种表达于他们个人而言，或许是为了疗愈，却不期然地表达了对工人阶级的想象性怀旧，也传递出了时代的某种讯息。

　　与二十世纪八十年代将工厂作为主要叙述对象的"改革文学"不同，《春夜》并不关注工厂里工人的具体生活情态，也不探究春申机械厂改制的根本性原因，它讲述的其实是春申机械厂消失以后发生的事情。不同于传统重工业基地的情形，长三角地区经济灵活发达，可以容纳部分因为工厂倒闭而溢出的劳动力。于是，我们看到，春申机械厂的倒闭似乎并未对工人们的经济生活造成决定性影响。工人们四散开去，各自在新的经济结构中获得了容身之地。"我爸爸"在苏州的一家企业上班，冉阿让先是凭手艺在私人老板的修车行打工，后来接手了修车行，并改名为春申汽车改装店，神探亨特再就业成为商场保安。但是，无论家道如何，他们却对昔日的工厂生活始终念念不忘。他们频频聚首，是追忆往昔，更是要找出工厂倒闭的因由，将携带工人集资款消失于人海的厂长找回来。寻找厂长，构成了小说叙事的推动力。每个人都将之作为人生的重要目标，乃至于未完成的遗志，他们不惜跨越几大洲，终于"把厂长捉回来"了。值得追问的是，对工厂的这份永志难忘的情感究竟从何而来呢？不妨通过小说中的一个细节寻找端倪。在春申机械厂七十周年厂庆的日子，工人们欢聚一堂。工人们欢乐的情绪一波一波地往上涌，终于在保尔·柯察金朗诵《今天是你的生日我的上海春申机械厂》时到达了顶峰。显然，工人在社会结构中的稳定而牢固的位置，是工厂的工作被视为"好工作"的原因。工人们在工厂中找到了自己的位置，获得了安全感、归属感与荣誉感。工友之间锻造出了坚不可摧的友谊，成为彼此人生中的情感支撑。这不禁让人想起王小帅的电影《地久天长》中的情景，在简陋的筒子楼里，几个工人家庭一起跟随卡带录音机欢唱歌曲《友谊地久天长》。这是工人阶级之间的朴素的情感表达，也是集体主义时代的道德允诺，仿佛褪了色的相片，引发了人们对于过往集体主义生活的乌托邦式的怀念。然而，这似乎也预示着一个时代的终结。在庆典上，尽管所有人都因为保尔·柯察金的朗诵狂笑不止，"我却从一声声'啊！'里，听出风萧萧兮易水寒的绝唱"。"绝唱"其实是后设视角。正是因为经历了经济体制的转型，经历了四散而去，才能将分享共同情感的一瞬间视为绝唱，但终究是不甘心。关于老毛师傅的这番话似乎代表了工人们的心声，"他在厂里做了四十多年，加上退休二十年，厂子哪能说没就没。对老毛师傅讲，等于天塌了，地崩了，海干了，祖坟被挖了，断子绝孙了"。工人们需要给消失了的春申机械厂，也是给自己一个说法，于是才有了不屈不挠的寻找。即使是最后找到了隐匿在巴黎的厂长，工人们依旧不清楚厂子是怎么没的，只知道之前认为的席卷工人集资款潜逃的厂长其实也是春申厂的守护者。他想尽办法，无非是为了拖延春申厂的破产程序，还清老厂长留下的债，换得工厂的新生。在一切努力宣告失败之后，因为"牵涉到大人物"，他不得不逃。厂长的身份在此发生了变动，他从工人们的敌人变成了工人们的同路人，并因为工厂的倒闭彻彻底底改变了自己的一生。从这个意义上说，小说讲述的是人与工厂、与工厂所表征的一个时代的关系。蔡骏在后记里也交代了小说的缘起："我又想起少年时候，我爸爸上班的工厂亏损严重，工人们大半下岗回家，唯独我爸爸坚守岗位，每日上班打卡。……我爸爸所在的上海第三石油机械厂，在2002年前后灰飞烟灭，工人们各奔东西。我爸爸去私人老板的工厂上班，但并未买断工龄，而是保留国有企业身份，后来正常退休，也算功德圆满。"从这番自述里，多多少少可以窥见作家的隐痛。那一场席卷全国的国有企业改革在深刻影响万千家庭的经济状况的同时，也潜移默化地影响了两代人的情感结构。

不能不提的还有那部叫作"红与黑"的桑塔纳。这部汽车在小说中承担的功能类似于张猛导演的电影《钢的琴》中的那架钢琴。电影中，在已然被废弃的工厂里，下岗工人们重新组织起来，利用废弃的钢材制造了一架"钢的琴"。"废弃——再利用"的物的形象在《春夜》中得到了反复表达。这辆车与老厂长一起遭遇车祸，留下的是车的遗体。废弃的汽车与倒闭的工厂共同构成了废墟型的意象。然而，工人们凭借高超的技术，在汽车坟场觅得零件，让这辆汽车起死回生，再度开入茫茫人海中。再造"红与黑"是工人们力量的体现，也象征了某种高昂的浪漫主义精神。因而蔡骏让这部汽车担任了重要的叙事功能，它屡屡被召回来，又再次踏上新的征程。小说中最让人振奋的一节是，张海开着"红与黑"从上海出发，横穿中国大陆到新疆，经过中亚，到俄罗斯，借道芬兰跟波罗的海，最后到了巴黎。他竟然真的到了巴黎。一辆伤痕累累、几近报废的汽车，一个仁义厚道、身负嘱托的人，经由这一趟世界之旅，具有了英雄的气质。《春夜》通过把昔日下岗的工人想象为后工厂时代的英雄，一洗二十世纪八十年代以来工厂叙事的悲情与衰颓，尽显辽阔与缥缈，明朗与飞扬。这是蔡骏在向他的城市致敬，更是对消失了的工厂与曾经的工人阶级的赞歌。

互为镜像

——艾伟《敦煌》

　　《敦煌》孤悬于庞大的"新女性写作专辑"之旁，这意味着什么？读罢《敦煌》才发现，《敦煌》其实与近些年来颇受关注的"敦煌"这一文化象征空间关涉不大，敦煌不过是小说情节的一个转折点，换成任何一个地名大概都是成立的。事实上，《敦煌》与"新女性写作专辑"里的作品一样，是对当下女性生存处境的一种探求，是对两性关系的再想象，亦是对艾伟一以贯之的"罪与罚"主题的再追问。

　　但似乎也略有不同。女性作家们大多从女性视角出发，或关注对于女性而言"到底什么是独立、自由"，或构建对艺术与生活之美有着执着追求的女性形象，或声援在性侵中遭受创伤的女性，可以视作女声独唱。艾伟则敏锐地意识到，性别议题并不单独存在，只有将之还原到两性关系的互动、僵持与拉锯中，才能显露一二。此外，他认为只有在日常生活中，考察具体个体的具体处境，以及面对这一处境的情感与行为抉择，才能理解真实不虚的性别处境，进而认识一个人的生活。从这个意义上说，《敦煌》在构成了"女性写作"的镜像的同时，也为我们提供了极端情景下性别关系的有效的标本。

　　一开始出现在《敦煌》里的小项，是一个天真的女孩子的形象。像许多这个年龄的女孩子一样，她缺乏恋爱经历，向往轰轰烈烈的爱情，喜欢记日记。她还有一个有丰富恋爱经验的已婚女友。乍一看小项就像我们身边的女孩子一样，但小说在这里埋下了机关。这样一个美丽可爱的女孩子，竟然从未真正地经历过爱情。不仅是她，相对更为成熟老练的周菲在婚前也没有人追，反而是婚后追求者众多。这是小说得以成立的前提条件，在某种意义上也泄露了当下两性关系的秘密：婚姻不再成为情感关系的终点或者目的，相反，婚姻外的被传统道德所反对的情感关系成为许多人，特别是男性的追求和向往。小项是传统道德的持有者，她反对周菲的婚外性关系，立誓要守卫婚姻的纯洁性。这里透露出叙事者小小的嘲讽，未经考验的道德誓言终究会飘散在风中。

在经过传统的相亲之后，小项进入了婚姻，完成了普通人的任务。也许是过于平顺，小项始终觉得未曾经历过狂风暴雨式的爱情洗礼的人生是不完整的。她对激情之爱始终抱有不切实际的幻想。值得注意的是，对激情之爱的狂热追求是自《包法利夫人》以来被不同的小说文本反复书写过的叙事传统。为此，评论家还专门生造了一个词来概括这一倾向，即"包法利主义"。所谓的"包法利主义"，就是"人所具有的把自己设想成另一个样子的能力"。有趣的是，"包法利主义"的主体大多是女性。《敦煌》没有因袭《包法利夫人》，特别是庸俗的浪漫主义小说对于这一类女性根深蒂固的影响。但是就她们的职业和趣味而言，将小项和周菲归于文艺女性大抵是不错的。像包法利夫人一样，即使没有合适的对手共同上演激情之爱，她也不惜在想象中幻化出一个理想的情人来。老练的读者如洞明世事的周菲一样，一眼就看出韩文涤另有追求，在实现职业野心以前与以后均不足以成为理想的情人。但这完全无法阻止小项在想象中自编、自导、自演一出浩大的爱情正剧。在想象中，她都被自己感动了。

在女性对爱情的想象中，身体并不占据十分重要的位置。就像小说中所写的，"她偶尔会想象一下和他肌肤相亲，但更多的是精神上的想念。她赋予韩文涤无数高尚的品质（没有绯闻成了他高贵品质的一种），她告诉自己她爱慕和崇拜他是因为对这些高尚品质的认同。她由此生出人生的暖意"。但是男性似乎并没有表现出太多对精神之爱的兴趣。对于他们来说，爱情早晚会回归到身体上。这才是两性关系的核心。因而叙事者使小项的爱情遭遇了尴尬的挫败，正剧变成了闹剧。但是必须得有这一出"爱情"作为铺垫，想象中的精神之爱才能迅速过渡到身体之爱上。

于是，我们眼睁睁地看着曾经以道德卫士自居的小项迅速领受并服膺了男性对于两性关系的宣示，沉溺于身体的欢愉中。这是女性对自己身体的首次发现，但绝不像某些不切实际的理论说的那样，是对个人主体性的肯定。相反，她仍然是被动的接受者，是一种性别关系和性别秩序的臣服者。她所发现的身体并不是她自己的，至少并不完全是。因为无法将她与卢一明的肉体关系纳入她所认知的爱情轨道上来，无法以爱情的名义将之合法化，加上之前残余的道德感，对于丈夫陈波，小项略略感到愧疚与自责，但仍然试图与卢一明建立稳定的情感关系。她不知道的是，她将为此付出极大的代价。

现在回过头来看小项的丈夫陈波。在刚一出场的时候，他是手艺精湛的外科医生，是一个理想的婚姻对象，而且对小项充满了感情。阅人无数的闺蜜周菲都赞同这一点，只是"手心冰凉，好像是个没有体温的人"这一细节隐隐预示了陈波之后的病态与疯狂。将陈波设置为有心理疾病的人，这一点颇值得玩味。一方面，他作为一个"非正常的人"，令人惊悚的所作所为被视为一个病人的歇斯底里，读者也因此获得了旁观者的安全距离，在某种意义上，这使得小说所反映的生活成为一个特殊的个案，削弱了小说的普遍意义。另一方面，正是陈波的"非正常"，使得小说可以放大观察的倍数，让一个出轨事件得以在最极端的状态下呈现出来。这提醒我们，将病人作为小说的主角确实是一把双刃剑。另外，还可以想象一下男作家和女作家不同的处理方式。如果是女作家来讲述这个故事，大有可能将小项的出轨限制在心理层面，而不是实实在在地发生。对于艾伟来说，尽管陈波的病态与非正常带来了恐怖和黑暗，但是这出悲剧的源头是小项碰倒的第一块多米诺骨牌，更何况陈波的病态部分来源于童年时期他所目睹的女性的不忠贞。男性和女性的分歧，大约就在于此吧。

之后，陈波对小项的各种虐待和暴力行为简直让人不忍复述。我们仿佛跟随小项一起一步步走进了冰冷的深渊，无力逃脱。在这一点上，艾伟展现了一个优秀作家的叙事水平，平淡甚至有几分冷漠，其中还有着瘆人的残忍。在这期间，小项不是没有努力摆脱陈波的控制。离婚后，与留美博士秦少阳的情感是最符合小项想象的那一种。但遗憾的是，小项不够有决断力，没能抵挡住陈波的威胁。周菲关于男性和女性相爱相杀然后和解的循环论说服了她，让她相信可以与陈波重新开始。作为女性读者的我，此时既深深怀疑，又不可避免地抱着一线希望。这就是女性的软弱吧，相信希望总是存在的，现实总不至于密不透风。艾伟以小项被孤身放逐轻而易举地摧毁了这种廉价的乐观。

艾伟似乎嫌这种顺理成章的深渊还不够，在此过程中设计了两重反转。一重反转是卢一明的遗孀送来一封信。在信中，卢一明以温柔而多情的语调将当初的身体交往解释为不可承受之情深。这完美地吻合了小项对当初追求炽热而不可达成的感情的想象。"爱的穷途末路"是一种足以抚慰女性的说辞。对于小项来说也是如此。她甚至愿意为此踏上敦煌，以获得更大的安慰。然而，就是在敦煌，小项的认知再次被颠覆。卢一明的故事简直就是陈波和她的故事的翻版。爱情、背叛、恨意、凶杀，构成了爱情故事的另一面。我们无从考证到底哪一种为真，不过，从自身经历出发，小项大概会更相信后者吧。这是这部小说的神来之笔，艾伟得以将一个充满偶然性的故事升级为普遍的情形。

最后，顺便说一句，我实在不喜欢小说的结尾。敦煌已然负载了众多流行的话语标签，艾伟竟然又让小项去了拉萨！阔大的仁慈的声音，庞大的尊严……这些经过多次描述，已经被蒙上了层层帷幕，不足以有效地表达出此时此刻的小项。是的，我甚至不相信小项会去拉萨。不是所有人去一趟拉萨就会获得灵魂的重生的。好在那个陌生的短信让小说不再停留于此，而是具有了开放性。

理想之域与时代之歌

——阎志《武汉之恋》

宽阔而平静的江面，激流深藏其间，不动声色。在汽笛声中，依稀可以见到如大鱼般上下沉浮的青年的身影。顺着长江漂流而下，他会经过广袤的人间，也将发现和锻造出一个全新的自我。

读阎志的《武汉之恋》，这幅画面始终萦绕心间，挥之不去。这大约源于我的共情，我就在长江边长大，也曾长久地凝视在水中搏击与嬉戏的人们，长江于我有着不一般的情义。我以为，这也是这部小说的出发点，也是浩浩荡荡一泻千里、至今不见终点的小说的不竭动力。我甚至猜测，这大概也是作者阎志本人长久的执念。他想必也曾在江水中遨游。漂流是他的切肤经验，也构成了他认识世界、认识时代的方式。或者说，这根本就是他对所亲身经历的时代的概括与隐喻。是啊，关于我们这个已经经历和正在经历的时代，该从何说起呢？那么，就从生生不息的长江开始吧，就从1983年6月的漂流壮举说起吧。

在《武汉之恋》中，无论是立下豪言壮语、漂流长江的田路，还是围观他、为他加油鼓劲的青年男女，他们其实是一类人。站在历史转型的关口，这群身处武汉大学等高校的天之骄子敏锐地感受到了时代的潮流奔涌而来，并将深深席卷每一个人。为此，他们做好了充分的准备——打破学科的壁垒，自发地联结成一个小小的共同体，关注时代的风云变幻，开诚布公地讨论、辩难。正是在一次次读书会和沙龙中，他们明确了自己的志向，找到了自己的方向，前赴后继地踏上了创业的道路。从此，人生被创业照亮。酸甜苦辣或许是他们的，作为读者，我们竟也身不由己地卷入了他们的人生，屏住呼吸，目睹他们移山倒海，创造奇迹。

那么，《武汉之恋》是一部创业小说？从题材上看，它确乎有关创业。这群意气风发的年轻人乘着改革开放的春风，在不同领域大显身手，创造了各自的商业帝国。田路、熊志一等一帮老友从化工产品起步，将其发展壮大成了现代科技集团；老成持重的陈东明摸着石头过河，将拍卖作为自己的事业，又毫无畏惧地闯入了保险领域；栽过跟头的吴爱军从灰尘中爬起来，拍拍手，创办了房地产公司；雷华、张中羽在互联网时代如鱼得水，建立了自己的产品生态链。凡此种种，几乎构成了一个时代的全景。但如果仅以"创业"来概括《武汉之恋》的主题或者情节，却又远远不够。它显然与我们常常读到的创业小说大相径庭。在创业小说中，生活是被货币化的，成功是唯一的终点。它甚至与当下的大多数小说也不一样。我们的小说常常臣服于现实的法则，将失败作为一枚勋章别在胸前，却又暗自对所谓的成功人士艳羡不已。这样的小说往往让人丧气，仿佛没有权谋、没有日常政治、没有权力的博弈，创造一番事业是完全不可能的事情。

阎志必然不会赞同这一犬儒化的价值观。他对这一类小说的重要改写，就在于他赋予了小说人物钻石般的光芒和坚硬的质地。他和他笔下的人物从一开始就毫不怀疑，这是他们最好的时代，他们必然会成为时代的弄潮儿。只有饱含激情的行动与催生行动的激情，才能让他们获得自由。小说人物的质地往往来自作家的格局与心性。阎志有着极为强悍的意志。他笔下的人物身上都自带理想主义的光芒，他们的每一次行动都是朝着理想之域前进。他们不贪恋金钱、权力，在历经艰难到达险峰之后，他们大多会选择功成身退，再度投身于能让自己重燃激情的新的事业。他绝不会让他笔下的人物陷入一地鸡毛之中，蝇营狗苟，不会让他们被日常生活消磨。

之所以如此，是因为阎志对他的时代是信的。他笔下的小说人物不仅能敏锐地洞察时代的发展趋势，还能从时代中汲取强劲的能量。阎志也写时代的大事件。这些事件不是作为背景而存在的，而是深度参与到小说人物的思维与行动中。比如，汶川大地震坚定了田路投身公益事业的决心。再比如，百年不遇的南方冰雪灾害使火车停运，却给了滞留在火车中的张中羽以灵感，让他认识到联结是如此重要，从此立志要做一种方便联络沟通的工具。这或许就是今天全面掌握了我们的生活的微信的来源。时代为人创造了机遇，而活生生的充满进取心的人正是构成这个大时代的根基。从这个意义上说，阎志写的不是财富传奇，不是成功者的神话，而是一个时代的精神史、心灵史。

当然，创业者的生活不只有创业，还有爱情。事实上，大多数时候，爱情还是创业的内推力。试想倘若没有林静冷若冰霜的拒绝，田路大概不会毫无准备地跳进奔涌的长江；倘若没有雷军对张红的痴恋，他大概也不会在等待中遇到《硅谷之火》，从而点燃创业的梦想。根据小说的名字，读者以为会读到九曲回肠的爱情故事。然而作为一名女性读者，不得不说，阎志写爱情尽显男人的笨拙。那些男主人公，怀揣着足以燃烧自己的激情，却往往对心目中的女神敬若神明，甚至连心意都不敢表明。这哪是什么爱情，分明就是单恋。所以这个"恋"字，指的不是男女之间的爱情，而是对武汉这座城市的深情。

武汉这座城市向来不乏书写者。在文学史中，它因为新写实小说被人们所熟知，也给人们留下了市井气与烟火气的刻板印象。阎志改写了这一城市底色。他将武汉塑造成有着大江大湖的城市，这是一座极具包容性和创新性的城市，也是创业者情之所钟、心之所系的城市。小说写到，在告别的聚会上，田路和他的朋友们在旋转餐厅眺望武汉三镇，过去的生活历历在目，而一个高速发展的武汉正在拔地而起。我们共同见证了这座生机勃勃的城市经历的危机与重启。好在有阎志这样的城市热爱者、建设者和书写者。他记录下了值得怀念的过去，也指向了灿烂的未来。

如何藏锋，如何斗智？

——吕铮《藏锋》

　　从《名提》开始，我就是吕铮的粉丝。吕铮的小说，是可以吸引读者一直看下去的。从那以后，看到吕铮的作品，我大抵不会错过。《名提》之后，是《三叉戟》。再然后，就是《藏锋》。

　　《藏锋》不像《名提》。《名提》写预审，斗心斗智，自带戏剧光环。一开篇，吕铮就明白无误地告诉我们，《藏锋》写的是"字警"，也就是公安系统的宣传干警。谭彦为了写材料绞尽脑汁，固然激起了同为文字工作者的我的共鸣，但也让人为他揪心，一个"字警"，能掀起多大的波浪。揪心之余，还不免对号入座，谭彦"在工作之余，还好写个长篇小说，有几部发表在了文学大刊上"。吕铮莫不是以自己为原型吧。猜测归猜测，毕竟我跟作家并不认识，所以即使后来真的出现了一个叫"吕铮"的人物，也只会让人觉得是作者小小的玩笑，就像阿特伍德在电视剧《使女的故事》中客串一个嬷嬷一样，完全不能做"我就是那个叫马原的汉人"式的先锋小说式的联想。

　　一个好的故事，奠基在立得住的人物身上。人物的首要法则，就是得让观众和读者喜欢。《藏锋》中的主人公谭彦，显然并不是传统的好人类型，而是非传统的英雄。正如吕铮向我们介绍的那样，"在公安局这个武夫扎堆的地方，'字警'的处境是很尴尬的，干不好被说成眼高手低，干好了也难入主流"。一开场的谭彦，还颇有几分小说中主要人物的"风采"。由于不能像别的警种那样以工作业绩论英雄，他的注意力全部在领导身上。领导的评价直接决定了他的个人仕途，所以，一方面，他"谨小慎微如履薄冰"，另一方面，他又时时刻刻谨防竞争对手横刀杀入，"寄希望于在工作上出彩，照着一鸣惊人去努力"，并因此得到了"谭荣誉"的外号。这样一个站在职场剧和英雄剧的岔路口的人物，是怎样慢慢俘获我们的心，并赢得我们的尊敬的呢？

首先，他足够努力。这是谭彦给我们留下的第一印象。他兢兢业业地给领导写讲话稿，为想到一个好句子兴高采烈、洋洋自得，甚至"不亚于当年诗仙李白闹酒之后留下的千古名句"。这样的描述让人在欢笑之余，却莫名心酸。他常常加班，即使回到家，心心念念的还是稿子。努力的人总是特别容易获得我们的好感，也给故事带来了满满的向上的力量。其次，他善良。即使是妻子有负于他，他也不愿意责备她，还为她未来的生活着想。吕铮没有把他的家庭生活写得一地鸡毛，在某种意义上也是为了维护警察的尊严吧。最后，他的所有努力并没有为他争得较好的境地，反而阴差阳错，使他落入了职业的低谷。这或许也可以看成是命运的某种不公吧。读者看到不公平的受害者，往往感同身受，并期待他采取行动。这往往也是故事展开的动因。

读者期待谭彦在变化了的情境中改变自己。在生活中，我们大多不愿意改变。但是在小说或电影中，我们享受改变。我们深知，改变才能使我们从庸碌的生活中挣脱出来，才会有奇遇和来自生活的犒赏。谭彦遇到的第一个挑战是，如何处理他与廖樊的关系问题。看到这里的时候，我不禁叹息，一个好不容易踏上了英雄道路的人，又情不自禁地转到了职场的泥泞小路，真是让人气馁。不过转念一想，这或许正是吕铮的高明之处。生活并不是电影，超级英雄无人能敌。生活的复杂就在于，成为英雄之前，往往先要弄得自己满身泥水。

接下来，谭彦开始在成为英雄的道路上狂奔。他向我们展现了他的思想能力，他的口才，并出其不意地表现出了过人的勇气。他主动请缨，将自己置于险境，我们目不转睛地注视着他，为他捏一把汗，也急切地关心他的遭遇。他能否脱险，成为这部小说的叙事动力。他越过一个又一个难关，虽然都在我们的预料之中，但是观看他一路克难的过程就是我们所期待的。他代替我们在乏味的生活中创造奇迹。在他即将成为超级英雄之际，一个惊人的意外发生了。吕铮很有节奏感。好的故事需要在强度累积到一定程度，读者厌倦之前停顿下来，出现反转。这个反转打乱了之前的进程，意味着之前的设定无效。同时，这个反转促进了主人公的自我反思。从这个意义上说，这是一个行动与思考兼具的情节点。经过这个反转之后，故事情节顺流直下。主人公谭彦从此前的对手廖樊身上获取了能量，他甚至开始有些像廖樊了。这意味着他在坚守自我的同时，也弥补了此前的性格缺陷，还治愈了此前的感情创伤，成为一个成熟的人。

　　由此看来，《藏锋》完全具备了一个好故事的全部要素，一招一式规规矩矩，是可以成为编剧入门的范本的。说到底，享受故事其实就是享受故事的一整套仪式。除此之外，吕铮尤为擅长"复合"。在主题上，他将三个层面的主题巧妙地叠合在了一起：第一个层面，也是最外在的层面，是一个警察缉捕犯人的故事；第二个层面，是主人公克服与他人的关系，认清自我的问题，在《藏锋》中具体表现为谭彦与廖樊斗智斗勇、藏锋藏势的过程；第三个层面，是主人公自我成长的过程。三个主题如杂耍抛接球一般交替出现，让故事有了丰富的层次。相应地，小说中出场的人物也同时扮演了多重甚至相反的角色，比如，廖樊既是对手也是伙伴。顺便说一下，作为警察故事，吕铮隐藏人物的能力还是偏弱。他一开口，我们就都把他认出来了，这个标记实在太过明显了。自始至终，虽然我们知道他是反派，但是由于导师的角色演得过于出神入化，我们对他的印象始终是慈眉善目，完全不能将他跟大毒枭、神枪手联系起来。倒是他教诲谭彦的话，始终在我们耳边回荡。

说书人的传奇

——马识途《夜谭续记》

　　对于如何界定"小说"，马识途有这样的说法："我不想加入这样的争论，我现在倒乐意于被开革出小说的教门，而跻身于'说书人'之列，把自己的作品直称为'故事'（或者按四川话叫'龙门阵'）而不以为羞。"他还说："于是我使用摆龙门阵的方法写起我的小说来，尽量把民间艺人的长处，吸收到我的作品里去，甚至我乐意把我写的某些革命斗争故事叫作'新评书'或者'新传奇'。"这种说法让人想起赵树理曾经在他最后一篇文学作品《卖烟叶》中就此作有专论："现在我国南方的农村，在文化娱乐活动方面，增加了'说故事'一个项目。那种场面我还没有亲自参加过，据说那种'说法'类似说评书，却比评书说得简单一点儿，内容则多取材于现在流行的新小说。我觉得'故事''评书''小说'三者之间没有严格的界限。例如用评书形式写成的《水浒传》，一向被称为'小说'；读了《水浒传》的人向没有读过的叙述起这书的内容来，就又变成了'说故事'。"赵树理所未亲见的南方农村文化语录活动"说故事"，就是马识途所说的"摆龙门阵"吧。从自 1942 年开始酝酿的《夜谭十记》，到 2020 年的收官之作《夜谭续记》，在马识途的创作生涯中，他自觉地将自己看作是"说书人"，并以自己的创作实践突破了小说的边界。

　　为了将说书人的角色扮演彻底，在《夜谭十记》和《夜谭续记》中，马识途精心构造了一个书场的空间，并选择了说书人与听众。《夜谭十记》中的说书场建构在冷板凳会的基础上。这个冷板凳会的成员，都是在衙门或公署混过十年或二十年的小科员，听过各种稀奇古怪的事情，有资格将他们所听过的故事一一道来。他们约定，在每月的初二和十六两天，在上灯时刻，依据年龄大小到各家做客。主人以冷板凳和茶作为招待，偶尔有"烧老二"和盐黄豆以助谈兴。到了《夜谭续记》中，冷板凳会变为龙门阵茶会，除了冷板凳会剩下的成员以外，已过世的人的后代也加入了进来。作为拥有共同的职业身份和大致相同的道德立场的人，他们既是说书人，又是听众。有意思的是，在开篇缘起，作者假会长李老之口对故事加以严格限定。"我们本不想言之于口，笔之于文，藏之名山，传之后世。更不敢去针砭时弊，妄断是非。至于发聋振聩，犯上作乱，更不是我们的旨意。"那么，旨意何为呢？即"混时光，消永夜"。这些"故事"显然不同于孤独的小说，它们不呈现生命的困惑，只分享经验，以及由经验而来的道德教诲。从这个意义上说，马识途与赵树理虽然都追求"评书体"，但旨趣不尽然相同。赵树理追求的是"老百姓喜欢看，政治上起作用"，而《夜谭十记》和《夜谭续记》由于穿越了漫长的时间，并不以一时一地的政治作为写作动力，最终的落脚点还是在世道人心上。

　　说书人植根于经验。经验，是一个故事最核心的东西。"口口相传的经验是所有讲故事者都从中汲取灵思的源泉。""讲故事的人取材于自己亲历或道听途说的经验，然后把这种经验转化为听故事人的经验。"在《夜谭续记》里，我们常常能捕捉到马识途本人经验的灵光闪现。比如，在《重逢记》里，革命者江薇与许立言因为战争失散，连褓褓中的女儿也不知去向。许立言以为江薇已经牺牲，找到女儿许晓薇，重新组成了家庭。而江薇却并没有死，她领养了战友的儿子，并将其抚养成人。新中国成立后，江薇与女儿许晓薇偶然相遇。大家默契地保守着这个秘密，鼓励许晓薇来到江薇身边求学，直到许晓薇以儿媳妇的身份，与江薇重续母女情。革命者的无私、圣洁、体贴、朴素无华，感人至深。这让人想起马识途自己的经历。他的女儿在湖北恩施生下来才一个月，就随妈妈被国民党特务逮捕入狱。妈妈牺牲了，孩子下落不明。马识途找了二十年也没有找到，后来专案组找了一年半，才在武汉找到他的女儿。革命者在动荡的岁月中失去至亲，随后又重逢的故事，本身就具有传奇性，因为附着了说书人本人的经验，就有了灵魂。从这个意义上说，《夜谭续记》及其他小说是动荡时代生活的显影，格外珍贵。

　　既然是讲故事，故事就必然具有某种重复性，或者说是一个故事的不同变体。《夜谭续记》上卷中以旧社会为背景的五个故事，大致可以看作是大老爷的故事。说是大老爷，其实一点儿都不老，不过都是四川乡绅的儿子，正是二十多岁。故事是民间故事的讲法，有兄弟阋于墙，有才子佳人，有忠仆义主，讲的无非是惩恶扬善。由于故事大多发生在新中国成立前，正是传统乡村的伦理秩序发生深刻变革的时期，这些大老爷的故事让人得以窥见士绅是如何艰难转型的。《狐精记》中的二老爷之所以要去上海读书，是因为赵老太爷担心自家大儿子会为了继承全部财产加害于他，于是让他远走高飞。《借种记》里的黄小宝之所以要离乡，一来是因为黄老太爷的匮乏感，他觉得自己家虽然有田有地，有金有银，但人家总认为他是土老肥，固然可以横行乡里，却在城里打不开局面；二来是因为他担心儿子在鸦片烟的盛行中染上吸大烟的嗜好，要把他送到禁烟的地方。由此看来，此时，乡村的文化资本已经很难形成自给自足的局面。科举制不复存在以后，本地的乡绅很难获得合法性证明，他们迫切需要将子侄送到大城市，通过外面的世界来赋予乡村世界以权威。所以，黄小宝学成归来以后，他的毕业证书、成绩单是要贴在堂屋两边的壁头上，同"天地君亲师之神位"的神牌、开山祖公的画像等并置的。这个杂糅了前现代和现代的世界，恰恰是乡村转型期间的真实写照。黄小宝的返乡之行也恰可体现出这一点。在外面被叫作大先生的黄小宝，回了家仍然被叫作大老爷，传统以这种方式顽固地显示自身。受过城市文明洗礼的黄小宝穿着西服，打着领带，却遭遇了乡人的议论。他也同样不适应乡村。在他看来，一切陈设和摆放都是古板的。他需要通过从城里带回来的留声机来强化他的文化优越感。黄老太爷固然也对此不以为然，但是当听到黄小宝说这是科学的时候，他就不说话了。由此看来，科学已经占据了之前权威倒塌之后的空位，具有了无可辩驳的说服力。而黄小宝等年轻的大老爷们正是传统与现代、城市与乡村的摆渡人。这些摆渡人在城市里又会遭遇什么呢？他们面对城市的光怪陆离，无不为之目眩神迷，迫不及待地要融入其中，却往往被骗到一个类似于《围城》中的克莱登大学的地方，拿张假文凭骗自己，也骗乡人。运气好的，如《狐精记》里的赵进义二少爷，碰到红颜知己，从此发愤图强，在城市站稳脚跟，对乡村有所回馈。而像黄小宝这样的纨绮子弟，早晚也会携带从乡村聚集的财富，举家迁往成都。所谓乡绅的历史命运，大抵如此。如果联想起当下文学中对乡绅的道德化、理想化描绘，大概会认为马识途所描绘的集"民望"与"乡殃"于一体的形象，更接近事实吧。

说书人，还落在"说"上。在马识途的小说中，声音是格外重要的元素。读《夜谭十记》和《夜谭续记》，普通读者大约都会注意到四川方言的密集运用。方言作为"地方性知识"的一种表征形式，在说书人和听讲人之间形成了独特的沟通渠道，同时，还强化了四川这一地方文化的成员对自我、对他人、对地方的认同与理解。四川话特有的幽默、泼辣、爽利，在某种程度上形成了小说的美学风格。声音往往同讲话人的身份、职业、社会地位、文化水平紧密相连。十个旧社会的坐冷板凳的小科员，谈天说地摆龙门阵，当然用的是四川话，正如有研究者所发现的，"它（方言）唤起的不仅是特定地区的乡土羁绊与精神共鸣，更是对社会底层、边缘人物的认同"。及至下卷《夜谭新记》的部分，讲述知识青年、革命干部的故事，方言的成分就逐渐淡了，甚至《方圆记》就是一篇用书面语完成的小说。方言在《夜谭续记》中的逐渐淡出，在某种意义上也折射出了时代的光景。

行文至此，不妨补记一二。说书人的文化血脉其实一直潜行在中国文学发展的道路上，偶露峥嵘。金宇澄就曾经如此表白自己的心声："我的初衷，是想做一个位置很低的说书人，'宁繁毋略，宁下毋高'，取悦我的读者——旧时代每一位苏州说书先生，都极为注意听众反应，先生在台上说，发现有人打呵欠，心不在焉，回到船舱或小客栈菜油灯下，连夜要改。我老父亲说，这叫'改书'。是否能这样说，小说作者的心里，也应有自己的读者群，真诚为他们服务，我心存敬畏。"年轻一代作家也屡屡表达对于故事的忠诚。虽然这"书"的内容或许因时代而异，但赵树理、马识途等老一辈说书人或许会感到宽慰：吾道不孤。

为一个时代的真诚之心庄严作证

——陈建功《丹凤眼》

　　作家陈建功的名字是与二十世纪八十年代紧密联系在一起的。这不仅因为他的作品多集中发表于那一时期，更因为在他的作品中，洋溢着独属于八十年代的乐观精神、积极态度与生机勃勃的个人能量。发表于《北京文学》1980 年第 8 期的《丹凤眼》正可以看作这一时代精神的真切表达。

　　从表面上看，《丹凤眼》讲述的是京西煤矿的采煤工辛小亮同有着美丽的丹凤眼的姑娘孟蓓的恋爱故事，然而有经验的读者都知道，爱情故事从来都不是纯粹地叙述爱情本身，而是表征着当代中国社会的生产方式和生活世界的内在结构，蕴藏着一个时代的丰富信息。小说设置的内在冲突是身份带来的障碍。在不断的误会、冲突、试探中，两颗年轻的心终于对煤矿工人这一身份产生了认同，以孟蓓对辛小亮的"男子汉"的认可而画上圆满的句号。那么，今天的读者不禁要追问，辛小亮何以"算个男子汉"？是因为他"挺漂亮"，且"潇洒又粗犷"，还是因为他有血气，不肯屈服于世俗的价值认定？或许都有。但更核心的恐怕还是因为他"干活儿不惜力"，"拿起什么活计都还有点机灵劲儿"，而且"他的大名经常在矿上的广播喇叭里被喊出来。超什么纪录呀，战什么险情呀，这就不必说了。就是在工会组织的摔跤比赛场地上，他也是观众们崇拜的勇士"。也就是说，劳动及由劳动体现出来的人的尊严与价值，是孟蓓及叙述者乃至读者对这一人物充分认同的根本原因。蔡翔在《革命／叙述》一书中令人信服地论证了劳动在中国社会主义文学—文化想象中的价值。他认为对劳动的高度肯定蕴含了一种强大的解放力量，中国下层社会的主体性，包括这一主体的尊严，才可能被有效地确定。从这个意义上说，发表于二十世纪八十年代的《丹凤眼》回响着这一声音。在青年男女的婚姻关系中，劳动是首要的考虑因素，这是二十世纪五十到七十年代小说的显在主题。比如，在赵树理的《登记》中，当青年男女被问到"为什么愿嫁他"或者"为什么愿娶她"的时候，标准回答是"因为他能劳动！""爱劳动"这一道德观念为社会主义革命确立下来，静水深流地汇入到了八十年代文学中，这是以往研究者习焉不察的。开创了"新时期"文学叙事的人们往往强调"新时期"之"新"，强调历史的更迭和断裂，但"新"的背后无可避免地携带着社会主义的印记，体现了中国历史的连续性。处于这一文化氛围中的陈建功亦是如此。受社会主义文化和人道主义思潮的双重影响，陈建功对人的基本定义有一种本质论的确信，认为劳动的主体性不仅来源于政治经济地位的确立，同时也具有伦理和情感的意义。因而，他赋予了辛小亮和孟蓓明朗欢快的气质。辛小亮对瞧不起煤炭工的煤炭部领导的不屑一顾，孟蓓对通过婚姻从食堂调到科室的强烈抗拒，证明了两个年轻人志同道合，也有力地证明了劳动这一德性政治的深入人心。在某种意义上，这也是这部小说至今仍然动人之处——它内蕴着道德辩论的激情，肯定人的价值和尊严，庄严地为一个时代的真诚之心作证。

二十世纪八十年代的中国毕竟正在发生某种深刻的转变。劳动的价值最终要通过生产、消费等市场行为来体现。从政治经济学的角度看，煤矿工人的劳动价值越来越受到轻视。姑娘们不愿意找京西矿区的小伙子，煤炭部的老头儿认为辛小亮"样样儿都好，就是工种不好"，如此种种，都是劳动价值在市场上被重新衡量的表征。作家敏锐地觉察到了这一点，并试图以小说的形式予以匡正。对于辛小亮和孟蓓的形象塑造，可以看作是对社会主义现代性的积极因素的发扬。此外，叙事者还特意安排辛小亮在和工友的聊天中，对这一重新定位劳动价值的行为予以反抗——"我出气了！临走，趁屋里没人，顺手把身边的暖气给他关了！把旋钮摘下来，出门又扔回他家报箱了。别看你是煤炭部的，冻一宿吧！"在小说人物欢快的笑声中，今天的读者却不无悲哀地发现，这不过是"弱者的抵抗"。从根本上说，工人阶级无力改变市场经济体制转轨过程中的结构性矛盾。

一个更复杂、更具冲击力的时代已然来临。

陈建功一定是意识到了这一点，所以他刻意选择了一个带有北京声腔，甚至不无饶舌的叙述者来讲述这一故事。中国台湾作家张大春在1989年为《丹凤眼》所写的评论中就十分赞赏这种"扯闲篇"的叙述方式。他说："不时扯扯'闲篇'、岔出'正题'、打断或阻绝读者对小说'主要情节''主题'的期待，这原本是京白小说的叙事特色。""读者所捧读的既是一种不同于现代小说叙事结构的文体，换言之，他所面对的是一个'神吹海聊'的说话人，这时，故事的'结局'和'教谕'都未必比叙述风味更值得注意。"我倒以为，恰恰是意识到了兹事体大，陈建功有意用这种所谓的"扯闲篇"的方式直接面对读者，以看似轻松幽默的方式将自己的道德主张清晰地传达给读者，以期弥合时代在转身之际所造成的裂隙。

《丹凤眼》发表迄今已有四十多年。当年风华正茂的辛小亮和孟蓓，如今大概也已是花甲之年。重读《丹凤眼》，我不禁揣想，这四十多年他们会经历什么呢？是在遭遇下岗潮之后艰难地面对一地鸡毛的人生，还是在"下海潮"中成为幸运儿，拥抱二十世纪八十年代人们所盼望与想象之外的现代与后现代？这一切不得而知。命运如同万花筒，铺陈出多种可能。但无论如何别忘了，铸就了今天的，恰恰是来自四十年前的饱满充盈的历史能量。今天的作家们在讲述"他们"或者"我们"的故事时，是否还记得曾经照亮了一个时代的真诚之心呢？

年轻人的"天问"

——余静如《平庸之地》和《好学生》

继采撷自童年和少年时期的记忆的《安娜表哥》之后，余静如捧出了新作《平庸之地》和《好学生》，这也意味着她的人生与写作开启了一个新的阶段。之所以下这样一个不无武断的结论，不仅是因为这两篇小说与之前的《安娜表哥》大异其趣，还因为这两篇小说有着某种相似的质素——在叙述层面上，它们都具有回望的性质，仿佛在推开一扇新的大门之后，有必要对过往打个结；从内核上说，作家又似乎对未来有诸多疑虑，要以小说来探究人生的价值与意义，要为许多说不清的事情寻找一个答案。

不妨先看《平庸之地》。小说以一种谶言的形式起笔："真正开始认识到它的存在时，他已经到达了他人生阶段里中年的末期。"这是小说的核心。《平庸之地》平铺直叙地讲述了他的一生。说起来，他也不过是我们身边的普通人，没有什么了不得的传奇经历，也没有什么耐人寻味的幽微之处。他有着在乡村里与自然相伴的童年，平稳的少年，然后像大多数人一样，长成一个普普通通的青年。读普通的大学，学普通的专业，成为公务员，做着简单的工作，遇到合适的伴侣。然后有了孩子，以及宛如插曲的出轨。这一切都没有改变他的人生轨迹，他也不过是平稳、顺当地度过自己的一生，就像小说里总结的那样："他感到自己受着上天的眷顾。他从未吃过什么大的苦头。他人生的那艘小船稳稳当当地沿着他能看得见的那条航线去了，他甚至有些庆幸自己不再年轻，他看着自己完整的家庭，庆幸自己不必再遭受这个时代年轻人的苦恼……"余静如用平淡得近乎乏味的语言叙述了他平淡无奇或者说平庸的一生，他宛如一叶扁舟，轻快地越过千山万水，几乎没有在任何一个阶段或者事件上停留。显然，余静如意不在此，她真正在意的是伴随着他不同的人生阶段显现出不同样貌的"它"。童年时，它很小很快，让人难以察觉；少年时，它大了一些，没有颜色，"像是他的一个伙伴"，若即若离，"又像是一个监视者"，让他感觉到威胁、心虚；结婚生子后，它"变得庞大起来"，"大约超过他体积的三倍"，"就像一个有形态的梦，又像一个忧郁的、发福的中年胖子"；一生就要过去时，"他成了它的囚徒"，他终于发现，它是一架航空飞机；到了他八十岁的那一天，他终于在现实中见到了它，它就是他，他"任由它去往一个永恒的，平庸之地"。那么，问题来了，"它"究竟是什么？这是余静如给我们出的谜题。如果让我猜，答案很可能是，它是他的灵魂，或者说自我。大多数时候，我们浑浑噩噩，随波逐流，按照各种规定度过自己的一生，根本意识不到灵魂的存在。只有在某些特定的时刻，在被情绪裹挟的时刻，我们才突然被关于灵魂的问题缠绕起来。灵魂与我们的生活，甚至与我们的身体形态具有某种一致性。如果我们凝视灵魂足够久，灵魂会慢慢向我们显露它自身。一个人的自我并不是给定的，而是需要在漫长的岁月中以经历、以沉思去灌注。可惜的是，作为普通人的他很难意识到这一点。只有在人生终了的时候，他才发现，对于人生，他似乎丧失了主动权，总是被动地接受一切。他本来可以发展出更为丰富的自我，"如果他曾停留在那些时刻，用心去仔细看的话……"现在，他只能接受一个平庸的自我。这大约就是小说以"平庸之地"命名的原因吧。对于自己的人生，他是否会感到遗憾呢？或许吧，但与此同时，他又感到如释重负，毕竟对自己负起责任来也不是一件那么容易的事。

如果说《平庸之地》是一个人的喃喃自语，那么《好学生》则是两个人的和声。和《平庸之地》中的他一样，《好学生》中的他也停留在某个特殊的处境中。他的人生就像一道曲线，漫长的平庸的乃至被否定的经历，使他在黑暗中度过，他突然之间获得了成功，猝不及防地到达了人生的顶点，然后迅速地下坠。现在，他陷入了抑郁的境地。小说就从他接待一位曾经的老师开始。这位不请自来的小学老师显然充满了倾诉的愿望，她需要在一位陌生的"名人"面前获得对自己一生的肯定。这位老师代表了小说的高音部分，她用一种加了滤镜的模式讲述自己的经历，这里面有一种虚假的勃勃生机。小说的叙述者在运用不同机位打量她的同时，也对她展开了精神分析："她似乎仍有一种执着，一种野心，这些本该是年轻人所拥有，但现在许多年轻人也并不具备的东西。她在讲述过去的时候，仿佛并不真正认为那是'过去'，而是此时仍旧捉住她，困住她，拖累着她，阻止着她去向更高远的地方的罪恶的枷锁。她的脸上写满了不甘，可她又能做些什么呢？"在高音越来越弱的时候，他所代表的低音部分也越来越低沉。与她相反，他对自己充满了厌恶。即使是对他们共同度过的一段时光，他们也有截然相反的评价。她认为那是属于她的快乐时光，而对于他来说，那是十分不快乐的童年。她与他之间联系的那根线渐渐绷紧，冲突在所难免。由此，小说迅速到达高潮部分。在他和她都走向失控的时刻，他突然想起了童年时期和她的那场冲突。借助记忆他明白了，这位曾经的小学老师需要的只是他人的最高级别的赞美。他也果断地这么做了。在语言所制造的幻象中，冲突消弭于无形，她也真诚地将最高级别的赞美回赠给了他。"好学生"这枚勋章因此有着微妙的反讽。他究竟是自己所认为的坏孩子，还是她所以为的好学生？难道人必须依靠他人的虚假肯定而生活吗？人生的价值究竟建立于何地？

　　余静如并没有直接提出此类问题，然而，读完小说的读者却被这些问题纠缠着。我猜，这是这一阶段使她困惑的问题。作为已经从这个年龄跋涉而过的读者，我理解，这是年轻人的"天问"。对已经有了些许人生经历然而还不足以建立对世界的完整认知的年轻人而言，这类抽象而宏大的问题总是具有别样的诱惑。一代又一代的年轻人热烈地讨论着这一类问题，完成了他们的成人礼。当他们的经历足够多的时候，有的人逐渐淡忘了这类问题，而有的人隐隐约约有了自己的答案，尽管他们永远说不清楚答案是什么。从这个意义上说，尽管这两部小说的主人公都上了岁数，叙述者也足够沉稳从容，但这仍然是青春写作，另外一种形式的青春写作。

凝视牺牲

——董夏青青《冻土观测段》

在《冻土观测段》中，董夏青青准备好了逼近死亡，打捞死亡，进而观测死亡。说到底，她要做的事情是将文字之刀对准"死亡"这一庞然大物，如庖丁一般，"动刀甚微，謋然已解，如土委地"。对于青年作家而言，这似乎是必修课。他们需要通过死来辨认生。但是，对于董夏青青而言，情况似乎又略有不同。长期的军营生活让她无法仅仅从世俗的角度思考死亡的本质，相反，死亡必然同某种宏大的、沉重的价值联系在一起。无可避免地，她需要在确认这一价值的过程中反复凝视死亡。

这当然不是一件容易的事。所以在小说的一开始，董夏青青就让我们意识到，生和死是如此紧密地纠缠在一起，根本无从分开彼此。在军事斗争结束后，负伤的小个子兵在触目可及的伤口与巨大的震惊中混淆了生和死。他需要通过询问他人来确认自己是否还活着。"我"活着吗？"你"活着。这是一个极具辨识度的细节。如果不是曾经直面死亡，大抵很难捕捉到人在生与死的边界徘徊的情状。生者不确信自己还活着，而那个已经死亡的人许元屹，也不以死者的形象出现在我们面前。值得注意的是，在这篇小说中，大部分人物是以军衔来称呼的，比如排长、中士、年轻的列兵、通信兵等，唯有牺牲者许元屹，一开始就是以完整的名字被我们所知晓。

现在，我们可以看清楚死亡的样子。"水流里有一身鼓得溜圆的荒漠迷彩服，明显被河床里的石头缝卡住了，还卡得很牢。瞬间又能根据它起伏的力度判断它附着于具有一定重量的物体上。过了一会儿，膨胀的迷彩服带动水下某件东西翘起来，跃出水面。""一个人头脸朝下，四分之三的身体陷在水浪里不受控制地摆动和摇曳。融雪后冲下峭岩的洪水力道很大。这样一具躯体，卡在河道里是不现实的。"董夏青青尝试以现代的陌生化的手法描摹死亡，给人留下了极深的印象。在死亡的笼罩下，生命的能量被抽离了，人以物的形象显示自身。只有继续阅读下去，我们才能发现，这看似没有温度、不带任何情感的描述中其实蕴含着强烈的情感。

在描述了许元屹的死亡之后，董夏青青岔开去，叠加了冲突另一方士兵的死亡。死亡携带着恐惧倏然而至。因为恐惧死亡，轻伤者不肯让濒死者趴在自己的后背上，不肯与这个人头挨头，也不肯在死亡降临后把同伴的眼睛阖上。这大约是常见的对待死亡的态度。因为死亡的降临，曾经熟悉的亲人、兄弟、同伴异化成了他者，成为令人恐惧的存在。死亡遮挡住了我们的眼睛，冰冷了我们的血液，也让我们和死者变得面目全非。"那边"成为对照组，清晰地映照出死亡对人造成的毁灭性打击，不仅是对死者，也是对生者。

但是在这个寒冷可以席卷一切的地方，死亡不是这样的。我们仿佛能听到董夏青青争辩的声音。然而她什么都没说，就像那些亲历过死亡的士兵对发生的一切其实失去了描述的能力。我们该怎么描述死亡呢，大约只能说一些死亡发生以前与以后的事情吧。

死亡并不意味着故事的终结，幸存的士兵还要在这个地方继续坚守下去，战斗下去。在许元屹牺牲以后，"他"也如此逼近死亡。那是什么样的感觉呢？"向左侧翻身时，灵魂一下被挤出身体，飘在空中向下望着自己。"这一次，就像小个子兵一样，"他"也分不清自己是活着还是死了。"可能都死了，我自己不知道而已。""狗怂，你活得好着呢。"这一幕对话仿佛是对小说开头的重复，也是进一步深化。这意味着，一方面，人们都处在死亡所带来的眩晕中；另一方面，在这里的每个人时刻直面死亡。

死亡在年轻列兵的感觉里，甚至带着些许诗意的气息。那是有着明亮月亮和闪烁星星的夜晚，雪纷纷扬扬地落下来。坠入死亡的过程仿佛是一场梦。直到意识到死亡的时候，他已经动不了了。是许元屹救了他，把他从厚厚的积雪中拉了出来。他将与死亡擦肩而过的感觉描述为"透心凉"。

从这个意义上说，死亡的感觉首先是身体的感觉，是燃烧的烈焰，也是冰凉的积雪。它们并不矛盾，它们都是死亡本身。

死亡还要在具体的人身上显露自身。接下来，董夏青青要给我们讲讲许元屹这个人。在一个人死去之后，我们只能从无数的碎片中再造这个人。我们从那个总做噩梦的上等兵身上看到了许元屹，因为许元屹让他抱着电台，让他能活下来；我们从指导员的衣服上看到了"许元屹"三个字，看到了发誓这辈子不抽烟的指导员以此缓解失去战友的钻心的痛；我们看到了没有掉一滴眼泪的许元屹的父亲，他把每块墓碑看了一遍；我们看到了在招待室坐了半天，拿面饼去看负伤战士的许元屹的母亲……在他们身上，我们领悟到失去有多么痛。死亡宛如黑洞，无数个与此人相关的碎片纷至沓来，仿佛要将人们吞噬。每个人都在努力练习接受死亡，他的至亲、他的战友，以及写作这篇小说的董夏青青和阅读小说的我们。从这个意义上说，书写死亡本身就是确认价值的过程，也是疗愈的过程。这价值是什么呢？是坚守国家的边界，记住这个地方最好的样子。

许元屹就是因为清楚这一点，才会留下那样一句话："我只是死去，请为我自豪。"他知道，我们也知道，正是因为死亡与价值联系在了一起，死亡才成了牺牲。

装置、自我与抒情

——讨论庞羽小说的路径

　　收在《白猫一闪》《野猪先生：南京故事集》里的短篇小说像一排小白杨，整饬而清晰地指向作者庞羽的心象。仿佛是为了增加辨识度，形成某种个人风格，在《白猫一闪》中，庞羽刻意编排了小说的题目。这些题目大多由四个字构成，间或也有五个字的，题目里必然包含了某种动物，"走失鲸鱼""白猫一闪""金鱼幽灵""美国熊猫"……如此种种，一眼看过去，仿佛置身于某个喧嚣又孤寂的动物园，而在四散开去的动物里依稀有个身影，那大约就是庞羽。小说集《野猪先生：南京故事集》似乎也遵循了这一规则。《野猪先生》里有金黄的蜡梅、浑圆的月亮、尖锐的獠牙、闪亮的鬃毛、雄壮的野猪，《羚羊小姐》里有司机斑马、羚羊小姐。有的小说并没有刻意在题目上做文章，但是通过篇章内容也能依稀辨认出动物的形貌。《南京花灯》里的孙成就在一家生物研究所工作，以研究各类生物为业。在看花灯的过程中，于嬛会想起她曾经过的水族馆，水箱破裂，十三只鲨鱼被冲上了街道，等待人们的拯救。由此可见，动物是勘察庞羽小说的一条显黠的线索。庞羽大大方方地承认了这一点，并期待读者经由动物这一线索进入她的小说世界。

　　那么，庞羽小说中的动物是什么类型，又有着怎样的隐喻？这些动物有的是日常生活中常见的被驯养的动物，有的则是在日常生活以外。但无论如何，这些动物都自带神秘光环，是介于现实与超现实之间的意象。比如，有两篇小说都写到了猫。《白猫一闪》里的猫叫绣球。我们和它的主人倪飞一样，很难确切定位它的行踪，描绘它的形貌。"有时，它会在楼下共享单车的车篓里，那个时候它是长方形的；有时，它会在三楼的空调外机上，那个时候它是蓬松的；有时，它会在那台废弃的洗衣机里，那个时候，它已经没有了骨头。"而《黑猫红中绿》中的黑猫就更诡异了。这只黑猫突然之间开口说话，并不断变大，耳朵变得浑圆，四肢变得短小，白色的毛钻出皮肤。更神奇的是，这只有着暗红色和翠绿色眼睛的黑猫，居然变成了一只眼睛是太阳、一只眼睛是无边的森林和鸟雀的熊猫。还有一些对人们来说名字只存在于书页上的动物，比如，猫鼬、平原斑马、鳍鳅、单峰驼、长鼻猴、二趾树懒、马来貘、疣猪，等等。这些动物的存在让小说从现实主义的构造中挥动着想象的翅膀腾空而起。有时候，动物充当了小说情节发展的动力。在《银面松鼠》中，"我"跟随林老师进入平角森林，是为了寻找一种叫作"银面松鼠"的生物。真的有"银面松鼠"吗？读者或许存疑。但是让人惊异的是，这种松鼠竟然与林老师女儿的生命有关。平角森林仿佛是一个秘境，时间在这里扭曲，二十年后的死指向二十年前的生。

　　除了充当某种叙事枢纽以外，更重要的是，动物是庞羽小说里的认识装置。我们很容易发现，动物往往是小说的主人公人格的投射，或者进一步说，是庞羽自我的各种分身与镜像。在《野猪先生》里，那个不断来到后山寻觅、喃喃呼唤野猪先生的"我"是如此孤独。在金陵大学拥挤的人群里，她始终处于人群之外，仿佛隔绝于人世。在表演舞台剧的时候，她扮演的是一棵树，一棵不快乐的树。孤独的自我是一个被一再书写的命题，然而有意味的是，这孤独的自我一点儿都不凄凉，反而因为野猪先生的分身老倠的出现而有了温暖和诗情。这个馄饨摊充盈着人间的烟火气，而这烟火气又被诗人的形象所化解。在庞羽的描述下，茫茫白雪中缭绕着热气的馄饨摊给读者留下了深刻的印象。多重自我层层叠叠地交叉起来。经由这些小说，庞羽表达了她对自我的各种疑问。"就像这么一个问题：世界上有无数个人，但只有一个'我'，在'我'来到这个世界之前，'我'是什么，'我'存在于哪里，如何存在？而'我'离开这个世界之后，'我'又是什么，存在于哪里，如何存在？茫茫几百亿年，为什么会存在一个'我'，'我'的人生短短几十年，为什么要来这儿走一遭？这些问题，没有人真正解答过。"这似乎也是当下青年作家的集体意识。他们反复追问自我意味着什么，人生的价值又是什么？庞羽被这些问题纠缠着。对已经有了些许人生经历然而还不足以建立对世界的完整认知的年轻人而言，这类抽象而宏大的问题总是具有别样的诱惑。对于庞羽而言，不同的小说仿佛是自我的不同切片，打开了理解幽暗精神世界的空间。

在庞羽的小说中，同样具有辨识度的是她的文风。庞羽并不着力于构造情节，推动叙事，她更倾向于叙述一张张定格的画面，进而捕捉瞬间的情感。她对排比句情有独钟，带着某种奇异的缠绕和轻盈的构造，在一叹三咏中抒情。像诗人一样，她着迷于各种各样的意象。这些意象不是精确的、视觉化的形象，而是如烟似雾的情绪。待读者想要抓住这些情绪时，这些情绪仿佛又沾染了其他的东西而消失于无形。

现在，在出版了几本小说集之后，庞羽来到了十字路口。一方面，一定数量的写作磨砺了她的语言与写作技巧，她可以娴熟地驾驭想要表达的内容；另一方面，自我的表达，特别是完全孤绝的自我表达终归会走到尽头。这是业余作家与职业作家的分水岭。她需要摆脱强大的路径依赖，重新找到叙述的内容与形式，甚至还要找到表达的欲望。为此，她要将这个被语言和叙述打磨过的自我重新放置到历史和社会的脉络中，和他人建立强有力的联结。她需要意识到，看似隐秘的纯然由个人意识构成的自我其实和这个流变着的时代有着千丝万缕的联系。一个作家有权力选择只描述源源不绝的内心生活，但绝不应该认为内心生活就是看上去的那个样子。文学的奥妙正在于它所能揭示的远比我们想象的要更多，更幽深，更晦暗。

山野与废墟与物

——孙频《天物墟》

从《鲛在水中央》开始，孙频的创作发生了深刻变化，就好像一条小溪，叮叮咚咚汇入了宽广的河流。她的书写与暴烈渐行渐远，变得节制、沉着、优美，然而平静的表面下却深藏暗流。她对荒无人烟的地点尤为着迷，她让笔下的主人公长久地独自生活在废弃的铅矿里。在这样的空间里，时间消失了，"会感觉像掉进了时间的黑洞，无论宇宙间又孵出多少个新鲜的日日夜夜，都会立刻被这无底的黑洞吸收进去，被消化殆尽"。"人被裹挟在这黑洞当中时会有一种类似于要永生下去的恐惧感，无边无涯，有时候过着过着居然连自己的年龄都会突然忘记，一时疑心自己是不是已经活了几百岁。"她似乎在做一个思想实验——一个人在远离人群、置身旷野的情形下，将如何确立自我。如果说《鲛在水中央》是一次界碑式的写作，它标记了孙频对世界的特定看法与感受，确立了她运用语言的方式，那么我们现在读到的《天物墟》，恰好处于这一美学风格的延长线上。

《天物墟》中的主人公叫永钧。我们要读到小说的大约五分之三处才能通过老元之口确切地知道这一点。作者取的名字很有意思，"钧"指的是制作青铜器的原料的重量单位，又指制陶器时模子下面的转轮。"钧"也令人想起钧窑，想起"乱山之中有镇曰'神垕'。有土焉，可陶为磁"。"永钧"这个名字，与小说的情节指向也是暗暗呼应的。这个叫作"永钧"的"我"，是当下很多小说里出现的失败者的形象。人近中年，工厂倒闭，成了无业游民，自觉一事无成。偏偏他是个对自己有要求的人，有朦胧的精神世界，囿于学历，无法清晰地显现出来，他对自己的境况不满意，因而对父母也有隐隐的怨怼。可以说，他是一个尚未确立自我的人，与世界、他人也没有建立稳定的联系。小说的叙述，说到底就是要确立这个自我。这也是当代文学恒久不衰的主题。在这一点上，作家们各擅胜场。那么孙频是如何独辟蹊径，完成属于她的创造的呢？简而言之，孙频让永钧与废墟、与物、与人相遇，从而获得启悟，实现成长。

这一次，废墟不再是《鲛在水中央》中废弃的铅矿，而是阳明山中若干个废弃的村庄。无论如何，它们都是废墟。孙频对废墟情有独钟，这大概是因为废墟沉淀着历史的记忆，是残缺美的空间显现。我们也不妨跟随永钧的足迹，一一造访这些村庄。永钧首先来到的是磁窑。这是他的家乡，但是倘若没有父亲临死前的指示，他大概也不会来到这里。磁窑处于晋西北深山里的一个小村庄中，有四千多年的历史，在古代曾是烧制瓷器的官窑。在磁窑他发现了各式各样的碎瓷片。他穿过山林中的塔林与圆明寺，来到了四十里跑马堰。放羊的老汉告诉他，元朝的时候，这里就是皇帝的牧马场。在放羊的老汉的指引下，他来到了西塔沟，目睹了宛如江南园林一般的陵园与层层叠叠的坟墓，并在此安葬了父亲的骨灰。紧接着，他就来到了佛罗汉。他和元老一起去了龙门，看到了文谷河水库，并想象了水库下面的武元城。这座建于宋朝的小镇，本来是朝廷设的税关，后来起到镇守山口的功用，在1956年水库建成以后，沉入了文谷河水库，留给人们无限的遐想。他们还去了岭底村、西冶村、光兴村，看过了黑爷庙、金姑奶奶庙等。这些村庄各不相同，岭底村是这些村庄中唯一有人烟的地方，据说村民们是鲜卑贵族的后裔。西冶村和冶铁有关。光兴村是阳关山上海拔最高的一个村，也是最古老的一个村，有五千多年的历史。据说，在古代，光兴这一代也是一片大湖，人们靠捕鱼为生，家家户户都有小船。村庄是这部小说中写得最迷人的地方。如此闪烁着历史的光泽、与自然和谐相处的村庄，在当代小说中真是久违了。可以想见，在时间的侵袭下，除了岭底村以外，这些村庄都呈现出了破败的景象。但是孙频有意剥离了村庄现实性的一面，着力突出村庄历史性的一面，仿佛每一个村庄都在开口说话，在讲述邈远的故事。正是由于这种历史感，人得以与天地万物直接沟通，获得身处巨大历史时空中的安宁感与神秘感。叙述者借永钧之口精彩地表达了这一层意思，"我忽然在天地之间感觉到了一种之前从未见过的空间，人世之上和苍穹之下的一重空间，苍茫，辽阔，巨大，大得足以庇护万物。也使得身在其中的一切看起来都微不足道了。我开始有些理解，父亲后来为什么情愿独自待在一个已经废弃的古老村庄里。人都需要躲进一个更大的东西里来庇护自己"。"我再次在天地之间闻到了那种神秘的力量。像在黑暗中触到了一只巨兽温柔的鼻息，微微有些恐惧，却又忍不住想流泪。我明白，它正是我想要的那种来自宇宙间的巨大庇护。"孙频所说的"巨大庇护"，大约是指人在历史中感受到自己的有限，与此同时，自我得到扩展，向着无限敞开的过程。

　　如果说村庄代表了宏大的历史的一面，那么仍然需要具体而微的物来唤醒自我的感觉。文物就充当了这一载体。起初，永钧与物是不亲的。父亲好几次要给他讲玉，他只感觉到不耐烦。他不觉得玉和他有什么关系。直到遇到元老，他的情感结构才发生根本性变化。关于这一点，孙频处理得也很细致。永钧与物的关系，大抵经历了两个阶段。第一个阶段，破除了世人关于文物的唯交换价值论，意识到物中隐藏着古往今来无数人的魂魄，隐藏着历史。元老对玉的使用态度，与父亲此前相似。只是在不同的契机下，在荒僻的佛罗汉村，怀着对父亲的愧疚，永钧有耐心倾听这些关于玉和人相遇的知识。他开始隐隐约约感觉到，物不是死的，承载着历史和文化记忆。人对待物的方式，也对人起着重要的塑造与建构作用。在这一阶段，在永钧与文物的朝夕相处中，文物不再让人敬而远之、让人贪婪，而是成为日常生活的陪伴者。物重新返回到它自身——它可以被触摸、被使用、被想象、被描述，物质性和精神性在小说中的玉身上合二为一了。到了第二个阶段，元老带永钧去鬼市，让永钧意识到高贵的玉很多也来自墓葬。物不仅有可亲的一面，同时也有黑暗、神秘的一面。人不可能永远占有物，不过是在物的陪伴下经历一段时光。这也是为什么永钧会把父亲留给他的玉璧埋入父亲的坟前。让物回到他的来处，也意味着永钧与父亲的和解。此处也为小说结尾处元老的文物完全消失埋下了伏笔。

　　当然，还有人。在成长小说里，主人公大多会遇到一个"范导者"，青年在范导者的引领下走向成熟。《天物墟》也不例外。元老就是永钧的范导者。他一辈子从未出过阳明山，也从未受到过系统的教育，却通过自我学习、实地考察，为自己开拓出了一片精神的疆域，并通过亲身示范，改变了永钧的人生态度。不过，我总觉得，与奇异的村庄和绚烂的荒野相比，元老这个人物形象反而显得单薄了。他已经说出了很多，但我们期待的更多。现在来看，元老恰恰是落在了我们熟悉的领域。他应该给我们提供更多经验以外的知识，但他在可以伸展出去的方面沉默了。尽管孙频意识到了民间的宽阔与神秘，然而说到底，孙频还是我们，而不是他们。

无论如何，《天物墟》指明了推开更宽阔世界的大门的方向——与天地相交接，与万物相往来，与异人相知惜，是为天物墟。

去那缠绕着过去的未来

——永城《复苏人》

　　2015 年，关于女作家同时也是《三体》的编审之一的杜虹冷冻遗体，等待五十年后复苏的消息在社交媒体上掀起了波澜。人们惊异地发现，杜虹所经历的与《三体》中云天明大脑被冰冻后的场景简直如出一辙，现实是如此"科幻"，再次印证了"未来已来"的判断。事过无痕，却在作家永城的心里埋下了一颗种子。这位致力于书写商业犯罪间谍小说的作家，二十世纪九十年代就在美国斯坦福大学攻读了人工智能、机器人专业，硕士毕业后担任了机器人工程师，之后又从事了商业尽职调查、反欺诈调查和企业安全及危机管理等工作，有着极为丰富的阅历。曾经深度卷入技术与商业的作家，对现实自然有着普通人没有的灵敏触角。他意识到这一事件背后蕴含着人们关于未来想象的变化，以及关于时空意识的变化。这一变化如草蛇灰线，潜伏在我们的现实中，势必对未来产生深刻的影响。于是，他开始想象，假如我们真的可以移民到未来，将会发生什么。天长日久，这颗种子开始发芽，并在六年后结出了《复苏人》这一果实。

　　《复苏人》从新闻结束的地方开始。冷冻人秦朝阳在五百多年以后开始复苏，第一眼看到的是"一片无尽的蓝色"。作为科幻小说，《复苏人》有责任建构一个未来世界。永城笔下的未来是"科技冷淡风"与"废土风"的混合体。这是一个类似于北欧的小镇，镇上一律是两层小楼，白墙小窗，没有人的踪迹，冷冷清清。人们居住的房间是不足二十平方米的开间，带一间只有马桶没有淋浴的小"浴室"。因为人类不再需要通过进食获得营养，所以也没有厨房。房间正中央是一张沙发，它可以随时变成单人床，沙发旁边是巨大的液晶屏幕，可以选择一千五百种外景。读到这儿，我恍然，这哪像未来，更像是监狱啊。有意味的是，随着技术的进步，通信技术并没有升级迭代，反而退化了。未来的人们依靠"试读器"和万能耳机，通过电子邮件进行交流，可以进行面对面交流的公共空间也基本消失了。单调乏味的空间情景是与社会形态相一致的。在永城的想象中，五百年后的未来，私有制废除了，电脑系统计算着每个人所拥有的个人物品的总价值，并将其限制在法律规定的范围内，世界统一为单一的政体，民族、种族消失了，随之消失的还有私人感情，人们重新凝缩为原子化的个体，接受完全一致的价值观教育，成为面目模糊又极其一致的复数制个体。人们接受专制化管理——在荷艾文区，独裁者是波特曼；在整个地球，权力归属于地球公社委员会。这样的世界，被永城讽刺地称为"一个彻底公正的完美世界"。真的如此"完美"吗？不仅在这个时代苏醒过来的冷冻人感到了恐怖和惊惧，如坠地狱，就连我们这些进入小说中的读者也感到了森森寒意。原因无他。《复苏人》里所描绘的未来正是我们今天的逻辑延伸。这轮以数码技术和生物技术为代表的技术革命，已经深刻改变了人类的存在形态。无论是肉身上还是精神上，"自然人"开始消失，人类走向虚拟共处、彼此隔绝的单一文明。倘若不加反思地沿着技术进步的道路大踏步前进，我们也许用不了五百年就会迎来这样的"完美世界"。

正是因为意识到了"完美世界"的黑暗和荒诞的本质，永城立意要让携带着我们这个时代的血和肉的复苏人与"完美世界"发生碰撞，以期击碎这一未来的光滑表面，深入到肌理，探索未来的历史成因。是的，这正是永城的深刻之处。他不认为未来是从虚空中诞生的，与当下毫无关联。恰恰相反，未来是从当下的母胎中分娩的婴儿，未来的一应可能都能在当下寻找到蛛丝马迹。在小说中，复苏人与"完美世界"的根本联结点是一种叫作蓝质的物质。根据小说的描述，蓝质是一种密度介于气体和液体之间的蓝色物质。这种物质携带着药物和营养，集科技与能源于一体，可以说是"完美世界"的支撑能源。从某种意义上说，五位复苏人生活在不同的年代，正是为了以接力的形式讲述蓝质的历史。在永城看来，未来的历史是一部能源争夺史——从蓝质在洞穴中被发现到引起争夺，到新的国家巴土联邦成立，再到强尼家族获得蓝质矿的开发权，在争夺过程中引发第三次世界大战，再到人类大同世界成立，最终，"复苏计划"启用，复苏人醒来，世界再起波澜。我们心惊胆战地发现，围绕能源环环相扣的历史并不是无中生有，而是基于人类的历史，基于过去真实发生的事情。于是，当我们试图通过《复苏人》凝视未来的时候，我们也在未来的镜像中发现了过去。过去、现在和未来就以这种方式缠绕在一起，共同塑造着我们。以过去为矛，复苏人戳破了未来之盾，发现了"完美世界"的最大秘密：这是一个失去了创造力的时代。未来的"完美人们"只能通过压榨复苏人的梦境来获得维持社会运转的动力。从这个意义上说，表面上的民主和完美的未来，其实是穷途末路的未来。小说的结尾，曾经的世界共和的缔造者波特曼将军说出了社会发展的真相："你们以为实现了天下大同，万众一心，一致的财富，一致的观点，一致的思维模式，一致的命运，这样就可以天下太平，人人幸福美满了？可你们错了！你们失去了善恶美丑！没有恶就没有善！没有丑就没有美！你们知道，你们为什么失去了创造力吗？""因为创造力只能来自个体的差异！只能来自自私、嫉妒和欲望！只能来自模仿、分裂、异化；来自追赶、角逐、超越；来自爱！"

如果说上述箴言是对追求一致性的未来人的告诫，那么波特曼将军还有一个重要发现，那就是还有爱，"那种有私心的不能与人共享的，爱！"这个发现来自复苏人的经历。这些选择在不同时间冷冻自己，移民到未来的人们，秦朝阳、Chris、强尼、曼姬、竹田、波特曼、暮雪叶，除了与蓝质有或隐或显的关联以外，几乎每个人内心都有一个情感黑洞，都是情感匮乏者。他们跨越时间的疆域来到未来是迫不得已，也是为了寻找答案，治愈伤痛。现在，他们或多或少都获得了新的领悟。秦朝阳终于发现了真正的自由。自由的要义不在于挣脱束缚，不在于视他人为牢笼，而是有能力与他人建立深刻的联结，进而彼此联通，共享生命的情境。这或许也是永城对读者的期望。经由一场文字旅行，通过凝视他人的经历，发现自己，共同抵抗被科技所规划的"完美世界"，也为去往未知的未来积攒勇气和力量。那么，你准备好了吗？

所有人的一生

——任晓雯短论

在《浮生二十一章》的前言《为无名者立传》中，任晓雯交代了这一系列人物素描的缘起："2013 年，《南方周末》朱又可先生建议：你在写作版开个专栏，写点'故事性'文字。我说：那来一组人物素描吧。这样写起了《浮生》。"发表介质的缘故，《浮生二十一章》在当下文学创作中有着清晰的辨识度。因为篇幅限定在两千字以内，任晓雯不得不用字极为精省，"有真意，去粉饰，勿卖弄"的白描手法成为小说的主要表现形式。文言与沪语的混用让小说平添了几分古意与烟火气。任晓雯以古为师，特别是向明清笔记小说学习，创新了动词的用法。四字短句与长句参差交融，使得语言颇具弹性，自成腔调。在内容上，这批小说也颇为整饬。小说以人物名字为题，人物名字也一律为三个字。与小小说、短篇小说主要表现生活的横断面不同，任晓雯立志要在两千字里表现出一个人跌宕起伏的一生。听起来这几乎是一个不可能完成的任务，任晓雯是怎么做到的呢？同样在前言里，任晓雯坦诚交代了"浮生"系列的"配方"："我的首要工作，是从一地鸡毛的人生里找出叙述支点——这个男人的懦弱。"也就是说，人物的性格是预先设定好的，且不具备成长性，有点儿主题先行的意思。"我据此挑选细节，又借细节抹去构思意图。"细节不是从人物自身生长出来的，而是为主题服务的。"于是定下整个系列挑选人物的宗旨：个性明朗，境遇普遍。这与惯常的构思方式不同。在小说中，人物个性理应通过情境碰撞和一次次自由选择来呈现。但《浮生》没有迂回空间。两千字的人生，不得不剔除非常态和戏剧化。我让人物从最初开始，就黏连在社会图景里。让他们的年龄、出身、经历，尽可能参差。就像用一枚枚浮子，标识出漩涡的方向。"现在，我们可以看得很清楚，任晓雯的"浮生"系列仿佛是在做思想实验，她选择将不同性格类型的人物投掷到历史的漩涡中，以此观察人物在历史中的命运。从这个意义上说，人物素描只是方法，而历史才是她真正的着眼点，用任晓雯的话说就是"对历史进行微观叙述"。那么，任晓雯如何叙述历史，叙述的又是怎样的历史？

任晓雯习惯于用细节暗示历史。在《曹亚平》中，因为一场电影，他诞生了一个"新鲜的人生理想"，即成为一名演员。这一理想被历史冲击得七零八落。无论他如何挣扎，都无法改变像"一条被命运拉紧项圈的狗"的事实，唯有《柏林情话》这部电影一直停留在他的生命中，宛如理想破碎之后的献祭。在《杨敏安》中，杨敏安不慎摔下楼，成为残疾人，自此一生的命运发生了变化。因为残疾，他发奋读书也无法"跳龙门"，在每一个关口都与机会擦肩而过。在《江秀凤》中，在一次次历史大潮中，人烟凋零，江秀凤成了历史的幸存者。

除了历史，上海不出意外地也成了任晓雯叙述的重心。《浮生二十一章》中有若干篇什讲述的是人们对上海的痴恋。《张忠心》里的张忠心幼年时随父亲支援三线建设迁居皖南，终生陷入对上海的恋而不得的绝望情绪中。父亲对时代召唤的应答成为他怨恨的来源。当父亲要求他借高考这一新的时代潮流重返上海时，他感受到生命的荒诞。如果说张忠心是作为上海的弃子而存在的，那么《余鹏飞》里的余鹏飞则感受到了上海对外来人的强烈诱惑。余鹏飞对上海的记忆来自电视屏幕。各种物事造了一个事关上海的梦。为了这个梦，余鹏飞宁可低就，也绝不允许失去来上海的机会。对于上海的执念最终投射在了上海姑娘姚悦婷身上。小说通篇以余鹏飞的视角展开叙述，却在结尾处突然转到了姚悦婷身上。在跟随余鹏飞返乡以后，姚悦婷见识到了乡村的种种，口是心非地落下泪来。与余鹏飞一样想成为上海人的，还有《周彩凤》中的周彩凤，她试图通过婚姻成为上海人。为了这一梦想，她与不甚满意的方沪生结了婚，甚至不惜放下身价，从老师变为工厂里打扫厕所的人。她也如愿成了上海人，但她的丈夫却始终不那么甘心于她的心想事成，而她却要这么过下去了。

由此看来，在任晓雯的辞典里，"历史"也好，"上海"也罢，都不指向具体的事件或者地理空间，而是指向对人的某种摧毁性力量。这力量是如此强悍，又是如此神秘莫测，大多数时候，我们称之为"命运"。从这个意义上说，尽管任晓雯宣称"小人物背后的浩大历史是支点"，但事实上她从来没有描摹历史的一砖一瓦的愿望。当然，"浮生"系列的诸多限制也不允许她如此，她反复书写的是一个人怀揣着属于他的热情，在命运的漩涡中几经沉浮，然后被吞没的故事。这才是"浮生"系列的核心。以此作为尺度，我以为"浮生"系列里写得最好的是第一篇《袁跟弟》。这是一个初步获得女性自主意识、要强、好学又能干的女性袁跟弟想要获得自己独立的生命意志，却反复被打断的故事。袁跟弟一生自立自强，却始终未曾获得完全实现的空间。她的孤独在短短的篇幅内被描绘得淋漓尽致，让人肃然起敬又酸楚难当，这也实现了作者"为无名者立传"的初衷。

　　那么，推而广之，这是否可以作为一种方法？这大约也是任晓雯的困惑。由此出发，她展开了充分的尝试。《朱三小姐的一生》就是在《高秋妹》素材的基础上改写而成的。《高秋妹》是从女儿的角度展开叙述的。在有限的报章体中，高秋妹是行动者，她是孤儿院的孤儿，后来收获了一个家，又不期然失去了她所钦佩的父亲，小小年纪就被送到工厂做工，承担起养家的重任。她本可能拥有一个男友，却被没有生存能力的养母破坏了。新中国成立以后，她毫不犹豫地检举了母亲。小说以母女间的对诘结束。在《浮生二十一章》中，视点人物大多是行动者，他们需要以行动确证自己的存在。到了短篇小说中，养母身上所具有的情感强度反而凸显出来。任晓雯感到有必要深切凝视这一人物，叙述她的历史。小说讲述的方式也随之发生了变化。《朱三小姐的一生》是从这一生最后的落点开始讲述的。"仿佛永远不会死"的朱三小姐由此超越了有限的具体性，抽象成一个象征问题。为了表明"一生"，小说给了晚年的朱三小姐一个长镜头，跟随她在流言曼舞的街道踽踽独行。现在，故事从朱三小姐年轻的时候讲起。朱三小姐的人生经历是漫长的失去的过程。她失去了她的小姐妹们，同时，也仿佛陷入了"永远也不死"的诅咒之中。接下来的故事，是《高秋妹》中已经讲述的部分。她破坏养女张桂芬的恋爱的故事，有《金锁记》

里曹七巧的影子，也敞开了人性的幽深。紧接着，是养女张桂芬的死。相依为命的女儿的死，击穿了朱三小姐。深夜被楼下的"四眼"强暴，更是将她推至疯狂的境地。小说以凛冽的语言浓墨重彩地描述了朱三小姐悲凉的晚景。就像一个完整的圆，朱三小姐来到了小说开头提到的花梨木太师椅上，"她已经坐了百多年，仍将继续坐下去"。任晓雯希望通过短篇小说对本质进行发问。通过完整叙说朱三小姐的故事，她确实发现了幽暗摇曳的人性，并使之在读者心灵深处激荡起阵阵回响。

就这样，以"浮生"为轴心，任晓雯尝试建筑自己的文学大厦。在报章体小说中，她叙述大略，发出命运的轻声叹息；在短篇小说中，她展现了一个人精神的褶皱，与死亡、孤独、残缺等根本性的生命处境狭路相逢；在长篇小说中，她以真实的历史事件为经，以上海这一城市空间为纬，让生命的小溪汇入历史的长河中，并渐渐消弭于无形。"浮生"在不同的形式里呈现出不同的样貌，让我们意识到，所谓的"浮生"，其实是所有人的一生。

"微小之物的颜色"

——郭爽《挪威槭》

　　从构成框架上看，《挪威槭》是那种限定性很强的小说。一趟俄罗斯跟团游，有限的时间，确定的空间，旅途的种种对今天有着丰富境外游经验的读者来说似乎也可以想见，仿佛一眼就能看到全貌。然而，偏偏是这样的小说，生出了无数的枝丫，就像繁复的毛线团，每拎起一个线头就会得到一个别样的故事。而这些故事又是语焉不详的，似乎不经意之间透露出一两条线索，转而又沉默不言，把主动权让渡给了读者，让他们依凭自己的经验与想象来填充、完成，甚至改写这些故事。

　　那么，这些都是怎样的故事呢？小说的表层，或者说讲述得最细致的，是父亲和女儿的故事。在婚姻解体之后，母亲远嫁国外，父亲没有再娶，而是选择和女儿相依为命。女儿在恋爱后搬出了家，留下老父亲独自生活。现在，女儿失恋了。父女俩踏上了这次旅程。小说对父女两人在旅行中的互动描写得很动人。长大了的女儿在父女关系中自觉担当起保护者的角色，她担心父亲受骗，执拗地想要掌握父亲的社交关系，保护他免受伤害。然而这样一个敏感的文艺女青年，面对世事也时常感到无力，希望能重新回到父亲的怀抱。父亲呢，有时候像一个小孩儿，想要挣脱女儿的保护，有时候平静地接受女儿的脆弱，试图安慰她。父亲和女儿互为孩子，同时也不乏关系中的角力乃至冲突，情感关系的幽微、曲折尽在于此，令人动容。沿着这棵粗壮的大树，小说又延伸出其他的枝条。比如，父亲和母亲恋爱的故事，女儿和前男友陈鹏远的故事。再比如，年轻的妻子匡福琴和她年迈的丈夫的故事，柴女士和她丈夫的故事，女儿和导游孟凡微妙而克制的故事等。当然，在小说中，旅行的目的地俄罗斯则是另外一个故事。父亲这一代知识分子对它有原乡情节，女儿这一代人仅仅从欧洲的意义方面看待它，商人则将它视为资源（自然资源或者身体资源，或者两者兼备），这些构成了这部小说不断轰响的背景音。通过女儿对绘画艺术的若干思考，将一个旅行团的故事讲得文艺而精致。这些故事看上去并没有什么必要的关联，仿佛是一阵风吹过，大树的枝条偶然交会，它们短暂停留，等待另外一阵风让它们四散而去。从这个意义上说，《挪威槭》讲述的是一个颇为自然的故事，作者似乎并未刻意赋予其意义，只是忠实地按照生活本来的面目描摹生活。

关于这一点，郭爽似乎也有犹疑。一方面，她想让她的小说"接近生活本身"，但另一方面，她也想让我们以小说的方式去理解生活。什么是小说的方式？詹姆斯·伍德说："因为小说与诗歌、绘画和雕塑——观察的其他艺术——的最主要区别，就在于这种内在的心理要素。……通过严肃地观察人们，你开始理解他们；通过更努力更敏锐地察看人们的动机，你能看到他们周围和身后的事物。"为此，郭爽尽可能地敞开了"她"的内心世界，让我们得以看到心绪是如何随时随地改变其形状的。正是在不断整理"她"的心绪的过程中，郭爽向我们暗示了她的兴趣所在。"一个人对另一个人的了解，能到达什么程度？""小提琴有四根弦，弦与弦并不相交，只有在琴弓和手指的触摸下，它们才发出和弦音。""只要看得足够久，足够仔细，事物的面貌就会如试纸上析出的盐一样显形，留下人类眼睛可辨认的痕迹。"说到底，她是在邀请我们同她一起观察，观察人们如何想象他人，看待他人，进而理解他人。而旅行团这样一个临时组合起来的小团体，就成了观察的绝佳场所。

现在，让我们试着回答，一个人对另一个人的了解究竟能达到什么程度。

在陌生人之间，人们依据固有的伦理、道德标准想象他人。匡福琴和她年迈的丈夫的故事，就被小团体的人们解读为年轻女性用身体交换财产的老套故事，并不惮将他们放置于道德链的底端，从而获得道德优越感。这与小地方的人们以同样的价值标准想象、鄙夷父亲构成了呼应。只是，在社会的通行价值序列发生变化之后，有的人，譬如父亲，就从这样的单一化想象中逃逸了。

　　恋人之间渴望完全了解，但事实上也是不可能的。在郭爽看来，性的快速达成，在某种程度上阻碍了精神意义上的互相了解。那么，至亲之间呢？就如同小说中的父亲和女儿，他们经历了共同的伤痛，并共同选择了对伤痛缄默不言，是否这样就可以完全理解彼此？事实证明，这也是徒劳的。整篇小说大抵就在写这种让人心酸的徒劳。小说写道："他们能看见彼此的局部，更大的部分却被淹没。就像一根笛子上的孔洞，他们各自敞开、闭合，却栖身于同一根笛管之上，由同一根竹子所造。"这可以说是整部小说的出发点，也是目的。幸好还有陌生人之间仿佛天赐一般的瞬间理解。老樊和父亲正是如此。尽管"她"对老樊充满了不信任和质疑，不可否认的是，老樊和父亲的交流是小说中最喧哗然而也是最温暖的一部分。

　　《挪威槭》是那种堪称典范的小说。它专注于处理情感关系和伦理关系，擅长描绘如浮云一般阴晴不定的心理。它懂得在合适的时刻保持沉默，也懂得欲言又止的精妙所在。当下的、社会的、历史的、文艺的都在这个小说中有适当的配额。它隐隐约约指向某个更宏大的东西，但尚未触及就已经抽身而去。

信河街气质

——哲贵《柯巴芽上山放羊去了》与《在书之上》

　　哲贵是一位极具辨识度的作家，这不仅仅是因为他搭建了为我们所熟知的"信河街"。这一文学空间已然成为我们今天认识温州商人，以及他们的精神世界的重要参照系。哲贵的醒目，也不仅仅是因为他所有的创作都关乎在市场经济改革中飞快积聚财富的那群人。将他们称作"成功人士"也好，称作"时代英雄"也罢，他们的心灵史的确可以测量出这个时代的精神深度。更重要的是，他的小说都触及了一个重大的时代命题，即财富、权势与精神之间究竟构成了怎样的复杂关系。这个问题曾经为十九世纪的欧洲作家认真对待，《基督山伯爵》《高老头》等无不是对财富及其力量最具想象力的书写，也因此漂流至我们的时代，继续发挥着无远弗届的影响。然而，二十世纪九十年代以来，随着"纯文学"的不断"提纯"，财富问题几乎被"驱逐出境"，转而在大众文化中"一显身手"。现在，在信河街，哲贵重新给财富以一席之地，让其成为沉默的看不见的手，衡量它在人的精神世界中的分量。《柯巴芽上山放羊去了》与《在书之上》均可视为这一思想实验的不同形式。

　　光看小说题目《柯巴芽上山放羊去了》，读者们大约想象不出来，这个有着古怪名字的女孩其实是一位富家子女。或许正是因为财富不再成为她追求的目标，从某种意义上说，她的人生也失去了目标，一切对她来说都"无所谓"。这是当下极具代表性的精神症候，甚至可以说，这是独属于现代的气质，悬浮在生活的半空中，也没有了热切的渴望与追求。这一切都具体而微地反映在了柯巴芽的感情生活中。最开始，柯巴芽选择"以貌取人"。她的男朋友有着极佳的颜值，哲贵以略带讽刺的口吻说，"长得太周正"，"各方面太完美"。可是，这个"像电视和杂志上的明星"的人并没有给柯巴芽带来爱情的感觉。两人的相处显得可有可无，时候到了就一拍即散。在叙述"疑似爱情"的过程中，金钱立刻赤裸裸地参与了进来。柯巴芽与这位完美男朋友周末会"去一百元一晚的商务宾馆住一宿"，毕业前去的是一家四星级宾馆，"打折后三百元一晚"。叙述者为什么要像一个精明的会计一样，给读者提供如此详细的账目表？这里不妨先按下不表。显然，这时的爱情既没有给柯巴芽带来巨大的眩晕感，也没有让她感到甜蜜。既如此，离开也没什么可惜的。

　　回到信河街以后，柯巴芽面临第二次逃离——从父亲的服装公司逃离，理由是"她的存在会让父亲和女秘书不自在"。这意味着家庭不能给她提供安全感和归属感。此时，柯巴芽的选择很有意思，她参加了公务员考试，顺利考上了信河街农业局。关于这一选择，柯巴芽与她的父亲有一段对话。柯巴芽否定了自己选择公务员的工作是出于对公务员的喜欢，她承认，"到目前为止，我不知道自己到底喜欢什么"。这不仅仅是信河街人的状态，事实上也是今天大多数中国人的精神状态。人与人、人与世界是隔膜的、不相亲的。雅斯贝尔斯1930年对时代的精神状况做出了这样的观察："我们的世界在其生活秩序上的强制性和在精神活动上的不稳定性，使其不可能保持住对现存事物的完善的理解。我们对外部世界的反映易于使我们丧失信心。我们有一种悲观主义的观点，有放弃行动的倾向。但是，在另一些情况下，我们尽管在总体上描绘了一幅阴暗的世界图景，却仍然对自己在生活中的私人快乐保持了一种懒散的乐观主义意识，与此同时则满足于对实体性内容的沉思，因为这种态度在今天非常普遍。"悲哀的是，即使经过了第二次世界大战与技术的飞跃式发展，经历了经济的持续发展，这一判断仍然适用于我们当下的世界。柯巴芽或许未见得能理解时代的精神状况，但是对她而言，要打破失去自我的状态，可能还要从建立与他人的情感联系入手。这一次，柯巴芽不再以颜值作为标准，转而将身体作为参考因素。戴喇叭强悍健美的身体与恐高的脆弱形成了性张力，同时蒸腾出某种活力。柯巴芽或许是被这蓬勃向上的气息所吸引，总之，该发生的都发生了。但是，发生了也就是发生了，事如春梦了无痕。吊诡的是，正是在对身体的迷恋中，她"渐渐忘记了身体的存在"，其后果是身体撕裂一般地疼痛。显然，柯巴芽希冀以身体作为路径建立自我的努力宣告失败了。

此时，大约就能看出财富的好处了。它提供了某种安全阀，允许人失败与一再重来。这也是哲贵的小说舒缓有致的根本性原因。尽管他未曾言明，但他相信他和小说中的人物一起安享了财富所提供的精神上难以名状的护佑。柯巴芽正是如此，她得以在金钱的庇护下开始第三次逃离，去"诗与远方"。遥远的西部，支教，淳朴的孩子……仿佛这一切就能净化与重塑一个城市人的灵魂。现在，柯巴芽切断了与外界交流的通道，她愿意在内心重建一切。哲贵几乎是完整地复制了"诗与远方"的套路，让柯巴芽与唐十三相识。基于之前的经历，柯巴芽不信任身体，有意拒绝让身体参与两人的关系。但事实上，她又失败了。

柯巴芽究竟该如何建立对自我与世界的认同呢？对于这个问题，哲贵大概也没有答案。在小说的结尾，他只能让她开一家民宿，养几只小羊。我猜测，哲贵的意思是，人首先必须要有基本的生存能力。获得足以支撑自己生活的经济来源恐怕是必不可少的。在那以后，他／她或许可以超越生活，比如上山放羊。理解了这一点，就能理解为什么说金钱习焉不察地参与了柯巴芽的生活。

如果说《柯巴芽上山放羊去了》讲述的是人如何建立自我的过程，那么《在书之上》讨论的是如何对待精神追求的问题。柯巴芽一直不知道自己喜欢的是什么，悦乎书店的老板王乐天则非常清楚自己热爱的是什么。对于他来说，书不仅仅是物质载体，更是精神世界的象征。所以他珍视书，向读者推荐书，与信河街爱书之人交流，甚至每天还写上一小段。遇到顺书的章小于，当他发现章小于有长期与书打交道而被熏陶出来的不凡的谈吐时，即使无奈，也只能听之任了。在这个阶段，王乐天虽然是书店老板，但是并不将书视为商品，而全然是精神产品。在他心中，书是至高无上的，是超越生活本身的。读到这里，读者也许会疑惑，柯巴芽所苦苦追求的，正是王乐天的起点吗？人是否依靠这样一种超乎寻常的强烈的爱而活着？显然，事情并没有那么简单。很快，王乐天就遭遇到了极大的考验。因为过分在意书，在一次火灾中，王乐天救出了书，却忘记了他那得了帕金森病的老婆。显然，在书与人之间，王乐天下意识地选择了书。这确实是一个令人惊悚的事实。哲贵用一个庞德式的句子描述了王乐天的心情："可是，王乐天脑子总是浮现出老婆僵硬的脸，下巴大，脑袋尖，脸色发黄，像个挂在树上的柚子，无声看着王乐天。当王乐天张嘴要叫时，她的脸却像花瓣一样，一瓣瓣裂碎，消失不见了。"像他的浙江老乡余华一样，哲贵也不是那种沉迷于叙述人物内心的作家，只用寥寥几笔，我们就能体会到王乐天心中巨大的震惊与悔恨。考验，往往是为了让变化发生。我们不十分清楚，那场大火是否是一个时代更替的分界线，但是我们知道，从此以后，王乐天看待世界的方式变了。书不再是精神的象征物，而成了彻头彻尾的商品。或者就像他为自己辩解的那样，"我这么做，只是提醒写书人，他们要爱自己的书，要比爱自己的命还爱"。有的时候，爱与恨的边界本来就没有那么清晰。曾经因为书而相聚的王乐天的朋友纷纷离开了他。王乐天陷入了绝对的孤独中。如同一场大火改变了他一样，现在，另一场大火来了。

哲贵的小说大多有着寓言的质地。在螺旋式上升的重复结构中，小说人物不断矫正对生活与世界的认识。他们共同分享着某种可以称为"信河街气质"的东西。他们立足于有着丰厚民间底蕴与商业主义氛围的土地。他们笃信，人应该在自我供养的同时，有那么一两个爱好或者精神追求，既不那么热烈和过分高蹈，也不那么乏味。这大约才是人生的醇厚滋味。说到底，哲贵本人也是被"信河街"所涵养的作家。这也部分解释了他的辨识度的来源，中国传统乡土的一面与现代性奇异地遇合，这构成了他写作的底色。时代的风猛烈地吹着，他笔下的小说人物在风中境遇万千，他稳稳地站着，似乎一直未变。

心血凝就的"灵光"

——李兰妮《野地灵光》

　　墨一般黑压压的封面上，依稀能看到一位女性的轮廓，在她的旁边是一张单人木架子床，头顶上一团昏黄的光摇摇欲坠。长久地凝视着《野地灵光》，我却迟迟不敢打开它。不，不是因为封面上红色的"精神病院"的字样，而是因为我知道我将在文字中触摸到炽烈赤诚的灵魂。这灵魂要在清水里泡三次，在血水里浴三次，在碱水里煮三次，才能为我们从烈焰中抢救回那么一点儿精神的真相。扪心自问，我们已经准备好面对这广袤的隐藏着众多未知事物的旷野了吗？无论答案是什么，现在，就让我们试着开始吧。

　　"野地黑暗，吞噬天地万物。"作为一个多年身陷抑郁深渊的人，恐怕没有谁比李兰妮更清楚这野地究竟意味着什么，可是她毅然决然地要以自己作为方法，为我们揭开这黑暗世界的帷幕。她将自己和盘托出，不回避，不保留，不后退。她写了自己陷入崩溃时的情景，"画出一张血人的脸庞。眉毛、鼻子、微笑的唇。这是谁？为什么向我微笑？要告诉我什么？五个手指并拢，饱蘸我血管里流出的鲜血，急速画出更大的血人的脸。头晕。晕。意识模糊"。读这样的带着些许不管不顾的疯狂的文字，痛感仿佛从脚底缓缓上升，笼罩全身。很难将这样一个她与那个我们认识的热情、开朗、大方的她联系起来。病痛袭来，她仿佛独自置身于旷野却无法向人呼救，看不到丝丝光亮。她一心一意要接受电击疗法，希望靠此获得某种拯救。她记录下了接受电击疗法时的感受："辽阔的海——床在海面漂——黑暗之魔……退退退……消逝。天上，飘动白色的轻纱。宽宽的，长长的，拂动，扬起来。一点灵魂升上天空。海天白纱，轻柔飘扬。一重又一重，无穷，无边。洁白的天际……"那么美，那么轻盈，可是我们都知道，这大约就是濒死的感觉吧。这样极具私人化的感受，在某种程度上为那些初达"野地"的人们提供了倚仗，让他们意识到，尽管他们看不到，但是还有许多同道在这个旷野上独自摸索着。从这个意义上说，李兰妮的写作也是一道光。对于那些处在黑暗世界里的人们，对于那些徘徊在悬崖边上的人们，这光芒在某一瞬间照亮了脚下的路，唤起了他们的自省、自察，也唤醒了他们对于世界的爱。

　　可是，谁曾想过，成为光竟是如此艰难的事情，特别是对身陷抑郁深渊的人来说。我们这些局外人天真地猜测，叙述或许也是清理，就像跟心理医生谈话一样，将纷繁杂乱的思绪通过叙述整理清楚，让隐藏在迷雾深处的无意识显现出来，这对治疗也许是有好处的吧。不，不是这样的。对于李兰妮来说，描述、回顾这一切仿佛再次靠近火源，她被烈火灼伤得体无完肤。这也是为什么李兰妮每完成一部这个领域的作品，就会再次陷入深渊。她自己也深感写作之难。"我总觉得入错了行。写的时候没有愉悦感，写完以后也没有。……不想写作。我只对精神疾病领域的写作有兴趣，但这个领域我无力表达。在精神分裂边缘进入深渊领域，诡异、荒诞，充斥幻觉幻听幻触。我像一个学不会游泳的人，穿戴一身简陋潜水装备下海。每一次，刚没入海面，全身痉挛，脑神经紊乱，心身分离，目光涣散，木僵，震颤，昏厥感窒息感……"医生和了解她的朋友们都劝她，别写了，停一停吧。然而，在《旷野无人》之后，她又捧出了《野地灵光》。

　　为什么一定要写作？每个作家都会问自己这个问题，只是对李兰妮来说，这个问题使她更有切肤之痛吧。我想，如果让她回答，她大约会说，是为了那一个个"伤心人"。在踏进精神病院时，李兰妮就轻轻地感叹："一个一个，都是伤心人。"在精神病院的日子，她认识了一个个"伤心人"。"伤心人"不是面目狰狞不可理解的人，相反，在大多数时候，他们都看起来非常正常，不像是有精神疾患的样子。他们只是携带着一个破碎的世界，小心翼翼地维持着这个世界的整全与平衡。李兰妮站在他们允许的边界上，小心翼翼地凝视着他们，试图把自己的体温传递过去。她太懂得清晰的边界对他们这些伤心人来说有多重要。我一直记得她在惠爱医院遇到的海伦。李兰妮特地描述了她的美，并由此感慨说，难道颜值与患精神疾病的概率成正比？让我们难忘的是，这个十六岁的女孩处事极有分寸和界限，恪守着广州人的礼貌之道。就是这样一个让人心生好感的女孩，在抑郁症爆发的时候，被捆在了病床上，她不需要任何朋友去看她、安慰她。李兰妮深有同感地说："对待癌症、精神病人，健康人能说的安慰话极有限。不走心的安慰话，有毒。理解莫过于不打扰。"正因为此，我们能深刻感受到，在叙述一个个"伤心人"的故事的过程中，李兰妮带着体贴与尊重，带着温暖与爱，以及那份难言的感同身受。是啊，说到底，她也是个"伤心人"啊。

和这些"伤心人"日夜生活在一起，她还是发现了希望。刚来住院的小蘑菇表情冷漠，有三位亲友陪同，拒人于千里之外。那时候的小蘑菇就像一个巨婴，感受不到他人的存在，一旦与妈妈断开联结，就会大声哭叫，双脚乱蹬。这不是因为伤心，简直就像是故意捣乱。在她的意识里只有庞大得足以淹没一切的自我，旁人是没有一席之地的。这个患有厌学症的孩子在家人无微不至的关怀乃至包办下长大，久而久之，失去了感受他人、感受世界的能力。有意思的是，正是在精神病院里，小蘑菇开始重新与世界建立联系。随着叙述的进行，我们惊异地发现，小蘑菇竟然成长起来，并像一位学姐一样承担起了对新病人的责任。这大约就是李兰妮所要寻找的"灵光"吧。面对种种精神疾患，她不悲观，不厌世，相信自己，也相信年轻人。她说："希望年轻一代的精神病人，敢于求救，学会自救、救人。"

自救、救人，这也是她写作的秘密。她以轻盈叙述沉痛，以灵动化解郁结。就像一叶轻舟，我们随着她在精神的暗河中穿行，走向治愈的希望。然而，只有意识到这轻盈和灵动来自在清水、血水和碱水里再三煎熬过的灵魂，我们才能想象，在李兰妮身上蕴藏着怎样强大的精神力量。在《野地灵光》的结尾，李兰妮说："我不是疯子。我住在精神病院。我要出院。"我眼里一热。这是呼喊，是祈求，却也可能是新一轮循环的开始。

重建诗性正义与道德共同体

——石一枫论

　　一个显而易见的事实是，石一枫以其对时代生活的极具兴味的注视正在成为我们这个时代越来越重要的作家。在讨论他的《借命而生》的文章中，我曾这样写道："石一枫是少数几个对于当代生活有着巴尔扎克式的好奇心的作家。当代生活，于他而言，不只是在素材意义上而存在；准确地说，当代生活就是他的世界观和方法论，他目不转睛地注视着沸腾的当代生活，仿佛一个历史学家专注于某段历史一样，企望目睹一座海市蜃楼从奔流的波涛与迷蒙的雾气中缓缓生成。他渴望在其中发现某种真理性的东西——它像微小的火焰，在一瞬间照亮纷乱，让我们得以整理我们的生活。"①时至今日，我仍然坚持这一判断。事实上，对于我们这个时代而言，写什么已经远比怎么写重要。当时代正在发生深刻变化的时候，有的人执着地去发现"房间里的大象"，而有的人倾尽全力去追逐飞萤。我们都同意，石一枫属于前者；而分歧在于，这位时代的炼金术士究竟发现了怎样的火焰，或者说，他是用怎样的棱镜观察我们的时代的。大多数时候，他被视为新文学社会问题小说的继承者，人们赞赏他"以敢于直面的方式面对所遭遇的精神难题，并鲜明地表达了他们的情感立场和价值观"，"构成了当下中国文学正在隆起的、敢于批判和担当的正确方

---

①岳雯：《"那条漆黑的路走到了头"——读石一枫〈借命而生〉》，《扬子江评论》2018 年第 2 期。

向"①。我以为，石一枫的力量在于他的道德激情。许多时候，他试图以反讽的、戏谑的方式掩盖这一过分严肃的激情，但是他毕竟不同于那些旨在"全面取消价值"的现代作家，道德感始终稳稳地停留在他的意识的核心，并如同悄然生长的藤蔓，延伸并覆盖到他的创作中。

一、道德光谱中的人物

无论是否具备自觉意识，不同的作家往往侧重于不同的方面，有的作家擅长讲故事，有的作家将语言作为创作的核心追求，有的作家则看重文体本身。与当下大部分作家不同的是，人物是石一枫的信条。"芸芸众生，各有各的活法，并不是每个人物都对今天中国所处的时代有着那么强而有效的说明性，也不是每个人的命运都足以击穿笼罩在世道人心之上的迷雾。从这个角度说，人的价值平等，但人物的文学价值又不平等。" "通过塑造好一两个人物，再挖掘出这些人物与时代的勾连关系。"② 石一枫强调的是他所塑造的人物与时代的关系，事实上，这种关系往往体现在人物的道德强度上。简而言之，倘若将道德作为某种显影试剂，石一枫笔下的人物大抵可以分为三类。

第一类是伪善者，或称精致的利己主义者，以《营救麦克黄》中的黄蔚妮、《地球之眼》中的李牧光等人为代表。看上去，他们大多是这个时代的有产者，有着光鲜亮丽的外表与精致丰裕的日常生活。在这个以金钱作为唯一衡量标准的时代，他们如鱼得水，游刃有余。他们真正关心的是自己的舒适、地位、名声、利益，他们绝不会做有损个人利益的事情，即使所有人都认为这是必须做而且正确的事情。在石一枫的小说中，这一类人物的亮相，往往伴随着某一物品。比如，在《营救麦克黄》中，跟随颜小莉的视线，我们还没看清黄蔚妮的样貌，一条斑斓的丝巾就先映入了眼帘。丝巾这一女性饰物代替了黄蔚妮本身，在某种程度上暗示了这一类人

---

① 孟繁华：《当下中国文学的一个新方向——从石一枫的小说创作看当下文学的新变》，《文学评论》2017年第4期。

② 石一枫：《世间已无陈金芳》，北京十月文艺出版社2016年版，第233—234页。

物身上的物质性。《地球之眼》中伴随着李牧光一同出现的，是一个最新款式的"爱华"牌双卡收录机，打开后传出了"牛津腔"英语。收录机表明李牧光家境富裕，而英语则暗示了他未来的去向。超越一般人的物质占有是这一类人的标配，也是他们隐而不彰的目的。无论怎么样，伪善者给人的第一印象是和善的，是如沐春风的。从一开始，黄蔚妮就是以颜小莉的护佑者的形象出现的，黄蔚妮为了她去跟人争辩，这才让颜小莉获得了前台的职位。这无疑让颜小莉对黄蔚妮既感恩又崇拜，愿意尽力让她高兴。在黄蔚妮的刻意经营下，她与颜小莉达成了所谓的闺蜜关系。有生活阅历的读者一眼就看出，黄蔚妮之于颜小莉更像是上位者对下位者的施恩与收归己用。同样地，李牧光也显得十分平易近人。他乐于跟同宿舍的同学们分享各种吃食，他的收录机、台式机、笔记本，大家是可以随意使用的。而小说中的"我"因为给他提供了一篇有偿论文，竟然成了他两肋插刀的朋友。"我"也因为与李牧光的友好关系，希望李牧光能给穷困潦倒的安小男提供帮助。

　　从黄蔚妮和李牧光身上，我们大抵能够看出，在某种程度上，伪善源于不平等，伪善建立在依附关系的基础上，伪善总是指向欺骗性的操纵。石一枫小说的戏剧性来自对伪善的揭露。在参加"救狗别动队"的过程中，关于卡车是否撞到了人，看上去亲密无间的黄蔚妮与颜小莉产生了裂隙。随着冲突的加剧，裂隙也在不断扩大，直至成为无法跨越的深渊。作为读者的我们毫不犹豫地站在了颜小莉这一边，我们甚至像颜小莉那样去质问黄蔚妮："你们对狗都可以饱含深情，为什么对人却漠不关心？"殊不知，这根本不是一个更关心人还是狗的问题。在伪善者眼里，狗并不具有独立的生命属性，狗是作为隶属于自己的物而存在的。因为寻找狗的行动，与其说是为了寻找人类的亲人和朋友，不如说是无法忍受自身的损失。至于他人的生命、尊严、利益等，从来就不在伪善者的考虑之中。当安小男有可能伤害到李牧光的经济利益时，李牧光顿时撕下了和善的面具，露出了狰狞的面容。黄蔚妮的几次变脸也可以作如是看。有意味的是，叙述者并不就此占据道德的优势地位对他们进行批判。相反，他总是在适当的时候让我们洞悉伪善者的困境，甚至他允许伪善者为自己辩护。在《营救麦克黄》中，颜小莉无力为车祸承担经济责任，她希望黄蔚妮等人能够负起责任，毕竟在她看来，这点儿钱对于他们来说根本不成问题。没有想到的是，这一要求被黄蔚妮坚决拒绝了。颜小莉将之归结为"良知"问题。这样的判断显然有些粗糙了。对此，黄蔚妮有一番自我辩白："良知这玩意儿也是有价码的，而且对于每个人来说，标价都不一样。对于你来说无非是几万块钱的事儿，但对于我来说，良知的价码就要高得多，已经不是区区一点儿医药费和赔偿金的问题了。我在外企干了十多年，换了几个公司，为了工作连婚都没结，一步步地从小业务员干到了副总监，完成这个项目之后马上就要升总监成为合伙人了——那么好，假如我如你所愿，在这个节骨眼站出来把这事儿扛了，而那家人又知道了我的背景我的身份，他们会不会要求我负担更多的责任？他们会不会到法院起诉我危险驾驶，到公安局举报我肇事逃逸，再到网上去诉苦，煽动一群好事之徒来'人肉'我？而你也知道，咱们这种外资公司，从来是看重社会形象的，如果真闹到那一步，我的事业不就完了吗？这么高的价码我也负担不起啊。"[1] 黄蔚妮的这番话让颜小莉无言以对，也让那个时而天真烂漫、时而干练冷酷的城市白领消失了，取而代之的是一个既可怜又可恨、无法简单进行道德判断的人物形象。我以为，石一枫想追问的是，伪善的社会根源究竟是什么？

第二类人物恰好位于道德光谱的适中的位置，以《世间已无陈金芳》中的赵小提、《地球之眼》中的庄博益等人为代表。石一枫将这一类人物戏称为"文化骗子"或"文化混混儿"，认为他们"认清了自己是卑琐本质的犬儒主义者，缺点在于犬儒主义，优点在于还知道什么叫是非美丑"[2]。既然是"文化骗子"，就意味着他们的身份大多是知识分子，经过了二十世纪八十年代以来现代主义的洗礼，他们并不相信崇高的意识形态客体，愤世嫉俗，玩世不恭，乐于同这个时代保持疏离，冷眼旁观。他总是处于自相矛盾的境地，总是在知与行之间分裂，既利己也利他。比如，《地球之眼》中的庄博益，他的人生轨迹就深刻反映了这一点。作为纪录片导演，他清楚这一职业应当"记录人生，改变社会"，或者说"给寒冷

---

① 石一枫：《营救麦克黄》，载《特别能战斗》，北京十月文艺出版社2017年版，第220页。

② 石一枫：《作家自述关于两篇小说的想法》，《文艺报》2016年3月25日。

者以温暖，给绝望者以希望"。"但这个观念几乎没有实现过，在操作的过程中，我所做的无非是不停地退让、妥协、谄媚……从那些头面人物的手指头缝儿里抠出一点项目经费来，说白了和要饭也差不多。"也就是说，在这些以文化为职业的知识分子心中，他们不再相信观念的力量，知识仅仅是个人谋生的手段。因此，在某教育机构拨了笔钱给他，让其反映几个近年新建的"大学城"的风貌，并同"教育产业化"改革挂上关系时，他的做法是，在语言上"极尽嘲弄之能事"，在行动上却是"一扭脸就包了辆'依维柯'摄像车，叫上组里的几个得力人手准备动身"。作为一名知识分子，一方面，他否定为现行秩序唱赞歌的行为，另一方面，为了生计，他又迅速地投入到这一行为之中。他将知与行的分裂归因于外部条件的强大。这种强大体现为，对任何阶层来说，金钱的获取都是首要的人生目标。但是他们也有自己的道德底线，在触碰到底线的时候，他们奋起反抗，尽力保护自我与他人。就像《世间已无陈金芳》中的赵小提，他不能心安理得地接受陈金芳给予他的帮助牵线的酬劳，也无法坦然自若地将艺术视为交易的标的，但是当陈金芳众叛亲离之时，只有他对困境中的陈金芳伸以援手，并深深理解了陈金芳。在某种意义上，石一枫的小说之所以有趣，恰是因为有这样一类人的存在。他们大多充当叙述者的角色——我们对人性与世事的洞察大多来自他们的指点，他们也不惮于让我们知晓他们的内心冲突；更重要的是，他们的道德感正是一个普通人的道德尺度——他们对世事的认识与行动，恰如其分地让我们这些普通人感到舒适。我们不会因为他们与世事同流合污而感到过分愤怒，却会因为他们在关键时刻守住了底线而感到欣慰。

位于道德光谱的顶端的是这一类人，他们对道德有极高的标准和追求，内心深处有一把道德的尺子，用来衡量万事万物。遇到不道德的事件，他们奋起抗争，有的甚至陷入狂热与僵硬之中。他们可以被称为"毫不妥协的道德主义者"，《地球之眼》中的安小男、《特别能战斗》中的苗秀华就是其中的代表。在《特别能战斗》的前半部分，我们对苗秀华的感情是尊重大于厌憎的，原因在于她固然有为了个人利益去战斗的一面，但是她还有公心。"她不只是为了个人而战斗，而且还为了许许多多和她一样的普通人而战斗。"我们对《地球之眼》中的安小男更是肃然起敬。他是那种不通世故的天才，固执地要为道德问题寻求一个让自己安心的答案。与犬儒化的知识分子不一样，在个人利益与道德之间，安小男毫不犹豫地选择了后者。对于不道德的行为，他发自内心地感到难受。因为不能与社会通行法则同流合污，他逐渐从天之骄子滑落到生活的底层。

二、道德的辩难

这似乎已经成为一种惯例——我们关于恶的想象一向如此丰沛，那些隐藏在幽暗深处不可名状的恶、那些如泥浆般翻腾着腥臭的恶、那些在各类新闻报道中夺人眼球的恶被反复精心描绘，用来确证文学之深刻之复杂，然而关于善的想象与书写却如此贫乏，作家们仿佛很难挣脱，很难在个体具体的境遇中体认一种超越日常生活的善好。现在石一枫决心通过他的现实主义创作讨论时代的精神问题，他势必不能回避道德问题，或者说他需要反复求证，善好究竟意味着什么。毫不意外，石一枫仍然是通过小说人物来试图回答这一问题的。

在《心灵外史》中，石一枫塑造了一个以奉献为人格核心的好人大姨妈王春娥。对于小说的叙述者杨麦而言，她是一个千真万确的好人。在亲生父母关系破裂，杨麦感觉被全世界抛弃的时候，大姨妈来到了他的生活中，把他从准孤儿的状态中拯救了出来。她真心关心他，不放弃他。就连杨麦的妈妈都觉得杨麦无所谓的时候，大姨妈斩钉截铁地告诉他："人只要活着，怎么能凑合？我不能眼睁睁地看着你比别人差一截。"对于杨麦的生长发育迟缓，大姨妈深深觉得自己有责任。面对她深信不疑的气功大师和"宝贵"的接受大师发功的唯一的机会时，大姨妈无私地让给了"我"。在面对诸如此类的抉择的时候，好人最先放弃的是自己。在利他和利己之间，好人会选择利他。也只有好人让我们深刻意识到，我们和他人其实是一体的。然而，自始至终，大姨妈也未能获得好的生活。在中国社会转型的几十年中，她几乎赶上了每一个关口，亲身体验了在每个重要变化发生之时生活的混沌、无序。当许许多多人通过变而更好的时候，她却被远远地甩在了后面。每一次，她都努力想跟这个时代同步前进，但只能一次又一次地失望，直到陷入绝望。通过讲述大姨妈一生的故事，石一枫追问的是，好人是否需要对不好的生活负责？事实上，大姨妈的每一个选择无不让人扼腕叹息。她在刚一出场的时候，就是气功大师的忠实信徒。当还是孩子的杨麦明明白白地表示"不信这一套"时，大姨妈仍然执迷不悟。而杨麦的父母更是认为大姨妈脑子坏掉了。到传销阶段，杨麦历经千难万险，在传销团伙里做卧底找到了大姨妈，想要带她逃离这一切的时候，大姨妈却坚决不愿配合，甚至让杨麦差点儿丢了性命。为什么对于显而易见的事实，大姨妈这个好人却执迷不悟呢？当她全盘接受了她所相信的事情时，她的头脑再也无法接受相反观点的质疑。除了一根筋地在现有道路上狂飙突进，她似乎没有别的道路可以走。

如果说在《心灵外史》中，石一枫讨论的是善与好的生活的关系问题，那么到了《借命而生》中，善的相对性的问题占据了他思考的中心。"好人"在《借命而生》中频繁出现。其中，杜湘东四次被不同的人表述为好人。考虑到杜湘东与姚斌彬、许文革是看守者与被看守者的关系，姚斌彬和许文革在不同的场合分别指认杜湘东是好人就显得颇有意味了。杜湘东约了一位法医给姚斌彬看手，得知姚斌彬已经成为残疾人之后，杜湘东出于各种考虑，并没有让姚斌彬知道真相，反而告诉他"没大事，养养就好了"。这时，姚斌彬突然说："您是个好人。"杜湘东为什么被姚斌彬确认为好人？是因为杜湘东并未像工厂里那些人一样，对他们超出时代的探索不仅不予以理解，反而在不问缘由的情况下将其定性为盗窃，还是因为杜湘东在履行管教职责的同时，对他们施以人道主义的善意？或许两者都有。杜湘东的善好，是人道主义意义上的。杜湘东对自己有职业要求，也有人道主义追求。他尽其所能地平等对待他人，哪怕对方是被他管教的犯人，是在法律意义上有瑕疵的人。

那么，姚斌彬和许文革是好人吗？姚斌彬说这句话的时候，他已经知道他已然丧失了唯一可以依靠的迈入新时代的劳动能力。在命运向他显露出狰狞面容的时刻，他居然还能接受杜湘东对他伤残情况的隐瞒，并认定杜湘东是个好人，这个好反而映衬出姚斌彬的善。他清楚自己的处境，也清楚以杜湘东的能力不足以帮助他逃离此悲惨境地，所以他对杜湘东没有过多要求，也不责备他隐瞒自己伤残的事实，反而是对杜湘东显露出来的善意表示了感谢。此时的好，从人道主义的层面径直上升到神圣的层面。

他能敏锐地发现善的行为，并承认善的限度。所谓承认善的限度，即当善与个人保护发生冲突的时候，承认他人个人保护的优先级。从这个意义上说，好就像一面镜子，照出了杜湘东和姚斌彬、许文革灵魂深处的面容。追逃者和被追逃者之间，因为对彼此的关注，竟成为各自都不自知的知己。这或许是石一枫对这个时代的道德境遇的最重要的发现：道德不是孤立的、封闭的，此之善并不必然意味着彼之非善；恰恰相反，由于境遇不同，对于善好的体认可能完全不同。正因为此，对道德问题的求证是如此艰难，也如此魅力无穷。

从道德的相对性出发，石一枫敏锐地觉察到了道德僵化主义的危险。应该说，《地球之眼》和《特别能战斗》都集中讨论了这一点。对于安小男来说，由于父亲死于木秀于林的正直，道德问题从此成为他最大的精神疑难。他试图求助于书本，但无济于事。因为父亲潜移默化的影响，他始终坚持按自己的本心，依照理想的道德原则行事。但是正如这世间大多数的悲剧一样，善好并不能保证好的生活。安小男的生存境况一再恶化，他从一个被瞩目的天才，跌至朝不保夕的境地，需要充当"枪手"来生存。这是多么悖谬的事情，一个拒绝成为恶的帮凶的人，最后竟然要靠欺骗为生。如果说当"枪手"是生存所迫，那么到了技术时代，高速发展的技术在某种程度上掩盖了不义。安小男欣然接受了李牧光提供的"远程监控"的工作，并没有考虑这个监控行为与之前他拒绝的监控他人隐私的行为有什么实质性的区别，可能是因为一个监控的对象是具体的活生生的人，而另一个监控的对象只是物品吧。正是在这一行为中，安小男发现了李牧光的秘密，并因此展开了调查。在石一枫的叙述中，安小男道德斗士的形象愈发清晰。他将人的道德问题作为生命最核心的问题，不断求索；他因为中国人忘却和抛弃道德而感到疼痛；他不肯为了生存问题而突破对道德底线的坚守，哪怕这个时代的大多人并不将道德作为人之为人的基石。在安小男坚持不懈的努力下，李牧光的秘密终于大白于天下，他甚至帮助庄博益的表妹摆脱了李牧光的斜坡。看上去，这是一个利用技术战胜腐败的例子，是"蝼蚁也能钻过现实厚重的铠甲缝隙，在最嫩的肉上狠狠地咬上一口"的故事，问题在于，结果正义是否可以忽略过程正义？这显然是一个无比棘手的问题，对于安小男而言，无论是从他所处的社会位置，还是从可以调用的社会资源来看，他是远远弱于李牧光的。如果不是通过自己所擅长的技术手段，他根本没有任何可能与李牧光对抗。但是毫无限制地运用技术去监控他人，最终的结果就是每个人都毫不例外地处于监控之下。显然，这是一个结果正义与过程正义发生冲突的故事。同样的故事还发生在《营救麦克黄》中。颜小莉无法说服黄蔚妮和她的朋友们承担起郁彩彩医疗费的责任。她想出的办法是，通过在网上发布虐待麦克黄的视频来勒索这笔费用。石一枫交代了颜小莉的心理动因："她为什么要那么做呢？黄蔚妮感到无法理喻，但在颜小莉这里却不难理解，那就是：她突然涌起了强烈的惩罚欲望。她想要惩罚黄蔚妮，她认为自己有资格惩罚黄蔚妮，她感到通过惩罚黄蔚妮，就能够对女孩儿郁彩彩做出钱以外的、某种道德意义上的补偿。""但她的预想实现了吗？现在的颜小莉却感到了茫然。或者说，她有什么权力决定该惩罚谁，该怎么惩罚？"[1]尽管故事的发展告诉我们，所谓的"虐狗"不过是一场视频表演，并没有真实发生，但是通过某种不道德的行为来惩罚不道德，是否符合道德规范呢？从这个意义上说，《地球之眼》与《营救麦克黄》其实是一个故事的不同讲法。

即使出发点是善的，倘若使用不义的手段，也有可能坠入恶的深渊，《特别能战斗》就完整描述了这一过程。在小说的前半部分，石一枫让我们仔细观察了道德斗士苗秀华。从根本上说，尽管性格迥异，遭遇也不大相同，但是安小男、颜小莉和苗秀华是一个谱系中的人物。他们对道德有一种执念，并尽最大努力去坚守这一执念。石一枫让我们看到了他们不得不如此的原因，总的来说，是不道德的现实逼迫他们不得不为道德而战斗。因此，我们对他们充满了理解与敬意。然而到了《特别能战斗》的后半部分，我们对苗秀华的态度渐渐发生了变化。"她的战斗性格本身就源于恶劣的社会环境，她只信任战斗（其实就是强权）的力量，而不相信有理性的妥协和制度对人性的合理约束。"[2]在凝视深渊的过程中，苗秀华自己也成了

① 石一枫：《营救麦克黄》，载《特别能战斗》，北京十月文艺出版社2017年版，第238页。

② 王晴飞：《顽主·帮闲·圣徒——论石一枫的小说世界》，《当代作家评论》2017年第3期。

深渊的一部分。正是在对通过令人厌恶的手段追求善所可能达至的结果的反复辩难的过程中，石一枫逼近了我们这个时代的道德问题。从这个意义上说，石一枫不是那种声嘶力竭的道德控诉者，也不是浅薄的道德颂扬者，他似乎认为，只有我们认真体会小说中的人物，以及他们所面临的道德选择，同时考虑我们自身的道德境遇，才有可能塑造"好的生活"。

三、道德的政治经济学根源

在进行以上讨论的过程中，我们很容易形成一个错觉，即道德是一个自在自为的领域，是完全依凭个人修养的事情，其存在仅仅与个人相关。石一枫意识到，将道德问题与整体性的人类生活割裂开来，无助于我们对道德问题的深入理解，相反，只会画地为牢，使道德成为无源之水。通过一个个人物，他追问的是，造成今天的道德困境的根源是什么？如果将石一枫的所有小说看成是一个"大文本"，我们就会发现，在他的小说中，几乎都有一个不义的经济事件。这一事件是多米诺骨牌中的第一张牌，也是产生道德困境的根本原因。

在《世间已无陈金芳》中，陈金芳起高楼、宴宾客，在艺术产业的锦绣泡沫中浑然不知今朝何时。但是，导致这一切迅速崩塌的关键性事件却是一项经济欺诈案件。起因是 b 哥聚拢了一些游资，到江苏控股了一个中等规模的市属企业，并放出风声，号称要将其从塑料制品转型为太阳能光伏产业。他想利用这个噱头，拉到更多的银行贷款和风险投资，从金融领域套取暴利。恰逢此时，陈金芳非法募集了大量拆迁款，对乡亲们许以高额利息，她迫切希望寻找到投资渠道，获取高额回报，以填补挥霍造成的窟窿。这也是陈金芳费尽心力借赵小提搭上 b 哥这条船的原因。谁知欧盟突然启动了对我国太阳能产业的"双返"调查。消息一出，银行和风险投资纷纷逃离，陈金芳借贷来的资金由此打了水漂。从这个意义上说，陈金芳跌宕起伏的故事，其实是全球化金融产业运作过程中的一滴转瞬即逝的水珠。

在《地球之眼》中，通过监控，安小男意外得知了李牧光以玩具流通公司作为手套，将他父亲从国有企业中积累的不义之财运送到海外的事

实。偏偏李牧光还不收手，试图用这笔钱跟当地政府合作，拆掉民房，一
小部分钱用来建科技产业园，其余的都用来盖商品楼，进一步在地产市场
圈钱。这一当下屡见不鲜的经济事件严重损害了底层工人的利益。安小男
奋起反抗，才有了将李牧光的钱财来路公之于众的行为。也就是说，促
使安小男坚决维护道德的是两个经济事件，一是国有企业被蚕食，公有资
产被转化为个人财富；二是以发展为名，借房地产市场获得暴利。这样的
故事如此频繁地发生在我们的时代，已然令我们灰心丧气到失去反抗的信
心。同样的故事还发生在石一枫的新作《漂洋过海来送你》中。黄耶鲁的
父亲之所以要急匆匆地跑到美国，也是因为他以与 b 哥、李牧光相同的手
法，打着高科技的名义骗取政府信任，再利用傀儡公司炒地皮、吸收投资，
套取了大量资金，最后在资金链断裂之后想要金蝉脱壳。而那豆和阴晴的
亲人们，却处于被掠夺的境地。

　　这些在新闻报道里层出不穷，在我们的日常生活里一次次掀起滔天巨
浪，然后又消失于无形的故事，才是石一枫讨论今天人们的道德境遇的根
本出发点。他有意通过种种方式，让掠夺者和被掠夺者狭路相逢，让他们
吐露自己的心声，同时也为自己辩护。那么，对于那些强取豪夺者而言，
他们可曾有几分愧疚，可曾意识到自己的责任？ b 哥用轻蔑的语气说陈金
芳："我已经看出她没什么钱了，东拼西凑能拿出来的，统共也就那么
一千来万，而她竟然想要把这些老本儿全都押进去。你知道，这种投机生
意的风险很大，从坐庄的到跟庄的，没人把身家性命全扔里面，大家用
的都是闲钱。亏了就伤元气的人，说白了根本不配跟着我们玩儿。"[1] 在
b 哥那里，清晰地划出了"我们"和"他们"的界限。"我们"通过各种
手段获得了金钱，因而也居于优势地位；而"他们"，哪怕举全家之力，
也是不配玩这种资本游戏的。"我们"并不觉得对"他们"负有责任，也
完全不愿意在力所能及的情况下向"他们"伸出援手。可是，"我们"
和"他们"真的如此各不相干吗？石一枫借《地球之眼》中的庄博益之
口表示反对："如果这个世界的运行规则就是零和游戏，那么混得好也许
还真是有罪的。就像墙角里只有一撮面包屑，胖老鼠吃了，瘦老鼠只能眼

---

① 石一枫：《世间已无陈金芳》，北京十月文艺出版社 2016 年版，第 73 页。

巴巴地看着；还像这两只老鼠只够一只猫填饱肚子的，黑猫吃了，白猫便只能饿肚子。"①

石一枫发现，随着市场经济在中国的全面展开，人们日益生活在复杂分工与自由竞争的社会环境中，个体的思想、情感与行为无不建立在个人利益的基础上，原有的道德关系被冲击得支离破碎。从这个意义上说，石一枫的有分量的小说，几乎都批判了经济学功利主义对人的丰富性和复杂性的抹杀，他呼吁我们，在一个不平等的世界中观察、体验他人的不幸与渴望、尊严与抗争。正是在不断代入与移情的过程中，我们才有可能重建诗性正义与道德共同体。这条路是如此漫长，但值得走下去。

---

① 石一枫：《地球之眼》，载《世间已无陈金芳》，北京十月文艺出版社2016年版，第159页。

倦怠之境

——杨知寒《金手先生》

与杨知寒的其他小说，如《大寺终年无雪》《连环收缴》不同，《金手先生》不追求讲述一个跌宕起伏的好故事，不致力于塑造独具生命活力、饱满而丰富的人物形象，而是以日常生活为容器，铺陈一种情绪性感知与个体生命的感觉体验。从某种意义上说，这也是时下大部分青年写作的普遍性症候。

小说一开始就告知读者，主人公杨桥处于倦怠状态。哲学家韩炳哲对倦怠有一个生动的喻象。"功绩主体幻想自己身处自由之中，实际上却如同被缚的普罗米修斯。一只鸷鹰每日啄食他的肝脏，肝脏又不断重新生长，这只恶鹰即是他的另一个自我，不断同自身作战。如此看来，普罗米修斯同鸷鹰的关系是一种自我指涉关系，一种对自我的剥削。肝脏自身并无痛觉，而由此导致的疼痛感即是倦怠感。普罗米修斯作为自我剥削式主体被一种永无止境的倦怠感攫住。"显而易见，杨桥就如同普罗米修斯，一直处于疲惫、空洞和无力的状态中。她所期待的无非是当一个"沙发土豆"。

倦怠的感觉首先体现在时间感的变化上。在开头短短一个自然段中，杨知寒两次描述了杨桥对于时间的感知。"时间既像打发不完，又像加速指向死亡。""时间仿佛遭受克隆或摧毁。"因为一直重复着既有的生活形态，没有变化，没有激起生命体的活力，时间仿佛一成不变，静止了。另一方面，在静止的时间表象之下，时间又飞速流逝，不可逆转地奔向死亡这一终点。这无疑是当下个体的共通性感受。

那么，杨桥的倦怠感从何而来呢？单调乏味、不断压榨个体劳动的工作是倦怠的根源之一。杨知寒给杨桥设计的职业是编剧。按说这是创造性劳动，创作主体理应从劳动本身获得艺术的回馈。然而从叙述来看，杨桥陷入了一种去个性化的创作中，创作被降格为无意义的重复性劳作。这也符合时下我们关于编剧的想象。老板发出各种各样莫名的指令，而编剧要做的，是将每个人的指令落实到剧本中。就像小说里写的："半年过去，刘士硕把她的剧本大改了三遍，小改了几十遍，她被熬夜扣留在那个所谓的编剧工作室里，不知多少个夜晚。每次她打开邮箱，看见被改得红红绿绿的文档，都有种和他同归于尽的冲动。"杨桥深知这种改是毫无意义的，她甚至也完全没有相关的生活体验，只能笨拙地模仿既有的影视文学作品。"改也没人看，往烂了来。"这种自暴自弃的态度是倦怠的投射。

工作对于人是无止境的消耗，那么，杨桥是否能从人与人的情感联结中获得滋养呢？杨知寒显然也斩断了这条路径。在作者的叙述中，杨桥是一个独自在外工作的人，没有朋友，也没有爱人。那么家人呢？小说叙述了杨桥的两次返乡，一次是她爷爷的十周年忌日，一次是年夜饭。此时，读者才惊异地发现，杨桥一家是回族人。回族的风俗习惯，为小说涂抹了一层不一样的光彩。看上去，她与家人的相处是其乐融融的。然而，读者和杨桥都深刻感受到了某种虚妄。家人之间戴着面具，只肯显现出虚假的甜蜜。对于人的真实存在处境，他们大多闪避。人与人之间完全成了礼貌的敷衍。这也是为什么杨桥但凡在这样的场域的时候，总会"幻想自己置身平行世界，听亲人们的谈论，和听电视里播烂了的电视剧一样，人在神儿不在"。不过，我以为，从叙事功能上说，这两次返乡是基本相同的。第二次返乡并不构成对第一次返乡的逆转，或者使其发生质的改变。从短篇小说技术方面而言，第二次返乡的徐水是冗余的。

现在和杨桥一样陷入倦怠的读者或许想知道，杨桥该如何摆脱这种像雾气一样弥漫全身，滑腻而又恼人的疲惫，从而唤醒属于人的积极状态。金手先生的出现构成了叙事的小小转折。金手先生是杨桥根据老板的指令创造出来的人物。而这个人物又是杨桥根据爷爷留下的剧本中的一个人物改造而来，并加入了她对于爷爷的印象。可以说，金手先生的出现使小说打破了平静的叙述流，开始变得活跃起来。这大概也是小说以"金手先生"

为名的原因吧。显然，金手先生是一个非常具有故事性的人物。这个人物身上有倦怠社会所不具有的想象力和行动力。比如，小说里反复讲的金手先生忽悠佛山副市长从西藏请佛的故事可以看作例证。然而，除此以外，作家杨知寒和小说中的人物杨桥都无法从金手先生身上榨出其他的可能。不得不承认，处于倦怠状态的我们，对于活力的想象也是如此贫乏。于是，金手先生成了一个似真还虚、看不真切的影子。作者只能转而在杨桥和爷爷的关系上下功夫。根据杨桥的叙述，在金手先生和小姑娘的关系中有两个值得注意的细节。一个是"在一次见面中，金手先生从车的前座上下来，来到她位于的后座门外，就着半开的车窗，往她十五岁的脸上吐了一口痰"。而直到金手先生死，小姑娘也没有原谅他，也没有应他的要求去看他，跟他和好。一个是金手先生金盆洗手，培养小姑娘走了正途。金手先生用他的死，让小姑娘走上了麻木不仁的正途。这两个细节都极具戏剧性与张力，甚至因为过分具有戏剧性，让人怀疑其真实性。然而，作者不打算给出任何关于这两个细节的说明。作者就让细节孤零零地悬浮在文本中，留出大片空白，等待读者以个人的经验和想象来填充。

　　然而无论如何，金手先生毕竟是一个文本中的人物，就像爷爷也已经不在人世十年。他们无法伸出手来，真正挽救倦怠中的杨桥。意识到这一点，小说也逐渐走向尾声。一切仿佛又回到了原点。依然是凛冽的冬天，依然是荒芜的人间。金手先生仿佛是卖火柴的小女孩所点燃的那根火柴，在瞬间照亮后又熄灭了。在描摹了席卷一切的情绪之后，如何重建个人的主体性，如何将这情绪与更广阔、混乱而又生机勃勃的真实生活联通，是青年写作者需要面对的问题。

爱天才，更爱永不懈怠的人生

——《天才基本法》

看完长洱的小说《天才基本法》和沈严团队创作的电视剧《天才基本法》，基本可以确定，这是两个完全不同的作品。就好像造园，虽然那些基本素材还在，亭子、假山、长廊都有，但创作者以自身的经验与情感为镜，重新熔铸人物、结构、情节，由此诞生了一个新的园子。这个园子有自己的浩荡长风，也有自己的曲径通幽。说到底，以小说为基础改编影视剧，其实是一个借山成景、理水融湖的过程，端的是看创作者本人心中的沟壑。有意思的是，尽管如此不同，但这两个园子又隐隐透露出相通的旨趣。这么说吧，游园者从相同的入口进入，随即踏上了不同的游程，兜兜转转，竟然来到了同一个出口，彼此分享着大体不差的心境。这又看出影视剧的创作者对原著作者的敬意与尊重了。那么，电视剧《天才基本法》向小说借了什么，又给出了哪些新的审美元素？

小说《天才基本法》塑造了一群天才。对，是一群，而不仅仅有老林和裴之。林朝夕从草莓世界穿行到芝士世界，正是为了和这一群天才相遇相识，和他们一起努力，共同领略数学之美。是的，小说自始至终落脚在数学上。多少人曾经在数学面前败下阵来，并留下了深深的心理创伤，视之如猛虎、如畏途。数学仿佛是一架精确的检测仪，将普通人与天才区分开来。林朝夕或者说作者长洱并不相信这一点。她执着地要让我们看到，数学没那么神秘，也没那么深奥。她借人物之口告诉我们："数学打开了我们的双眼，让我们得以有机会看到整个未知世界本来面貌的工具；在看到和知道之间架起桥梁的，也正是数学。" "数学是工具，也是语言。可能在掌握这门工具或者语言的过程中，你们会觉得辛苦，但相信我，和发现未知的乐趣相比，这些努力和辛苦，都是值得的。一旦你意识到，我们不过是在一颗渺小星球上的渺小人类，却在试图掌握一种可以了解宇宙真理的玩意儿，你会突然意识到，学习过程本身就已经足够了不起。"从这个意义上说，《天才基本法》讲的是数学，又不仅是数学，它讲的是对未知世界的探索，对思维边界与更多可能性的开拓。

事实上，林朝夕的三次穿行，也是对数学的理解不断深入的过程。第一次穿行，她回到了十二岁，任务是参加奥数夏令营。在夏令营里，她开始理解数学的本质，并尝试用自己的方式建立属于自己的数学知识体系，顺便用晋江杯全省小学高组团体总分全省第一名的成绩检验了学习成果。她曾经以为自己没有数学天赋。现在她发现，即使是普通人，也有自己的热爱，也有自己愿意为之付出努力的东西。第二次穿行，她回到了初三，参加了全国中学生数学联赛统考和集训，初步将数学和编程联系起来。这一次，数学不再是外在于她的难题，而是和她融为一体。她学会了不以他人的眼光、判断来权衡自己。第三次，她要帮助老林完成与证明图同构论文有关的证明，洗刷抄袭的污名，并通过建模的方法，推测出老林车祸的时间和地点。数学回归工具本身，深度帮助林朝夕解决生活中的难题。在每次穿行的过程中，天才的光芒犹如皓月，明亮而纯粹，照耀着前行的路。有他们在，似乎这暗夜就不那么漆黑了，我们就能借着这光亮找到自己的路了。那么，林朝夕是天才吗？因为老林和裴之的存在，她一直认为自己只是普通人，不过是因为有了穿行这个机遇获得了加成罢了。可是，当她执着地把天才的光亮依次传递给包小萌这样的身边人，身体力行地改变他们的命运时，我们不这么看。此时，天才的定义得到了改写。天才不仅仅指智力超群，也不意味着从此踏上坦途，拥有完美无缺的人生。老林和裴之的人生，就是最好的说明。不过，与普通人不同的是，面对难以逾越的困难，他们永远坦然无畏，他们洞悉本心，忠于理想，追寻所爱，始终不渝。他们或许会成功，也可能会遭遇失败。但因为忠诚于自我，他们做好了失败的准备，从未对人生中的选择感到遗憾。这才是天才最为迷人的地方。因此，小说《天才基本法》是一种个人主义的叙事，是一个个人如何确定生活的目标与人生的意义，并通过坚持不懈的努力自我实现的故事。

当沈严和他的团队接过这个亮闪闪的故事时，同时也接过了改编的难题。小说是以林朝夕的限制视角展开叙事的，读者得以寄身林朝夕，深入她的内心，和她一起穿行，一起在超凡的人生体验中获得人生的感悟。小说可以顺畅地展开心理叙事。电视剧则不然。它通过场景、人物的对话和行动推动叙事。所有的内心戏需要观众通过演员的表演自己补全。对此，电视剧的解决方案是将小说中林朝夕一个人的穿越改成双穿。无论是林朝夕和花卷一起穿行到芝士世界，为了共同目标而努力，还是林朝夕和裴之一起穿越，因为目标不同展开博弈和竞争，人物之间的互动增加了，同时戏剧冲突也大大增强了。

难的还不在于此。小说和电视剧的真正分歧在于对平行世界的理解。小说中是这样理解平行世界的："如果说，每个人的一生，都是棵不断成长的树木。""那么随着长大，每个人所拥有的时间和空间都在不断成长。""那些时间和空间如树木一般，生长出繁密的枝丫，有些枝丫不断延伸舒展，有些则不再向上，逐渐湮灭。""如果说现实世界是主干，那所有的平行空间，则是那些会不断延伸，不知会长成什么样子的分支。"这意味着，对于林朝夕而言，只有一个自我，她的每一次穿行，意味着一杯新的水倒入旧的杯子中，得到的是融合了草莓世界和芝士世界的自我。而电视剧则完全不这么看。电视剧旗帜鲜明地提出，血缘、基因完全不能决定自我，一个人的经历决定了他是谁。换句话说，没有什么超验的自我，自我是被建构出来的。这意味着，在每一个平行世界都有一个不同的自我。就这样，电视剧成功地把个人主义叙事转变成了颇具哲学意味的选择叙事，即当你有机会面对一个更为舒适、更加契合你内心需求的世界时，你是选择停下来侵占他人，即使这个他人是另外一个你，还是回到自己的世界。这个问题，对于天才还是普通人，都不那么容易作答。

林朝夕和花卷第一次穿行时，答案很简单。老林晕倒在医院，等着林朝夕回去；花卷在草莓世界是流量明星，在芝士世界是无依无靠的孤儿，两个人都义无反顾地要回到草莓世界。这也是电视剧前9集与小说区别不大的缘由。第二次穿行，难度提高了。对于裴之而言，在草莓世界，父亲意外去世，他与身体不好、陷入过去无法自拔的母亲相依为命，他本人曾罹患精神疾病，不得不放弃数学。而在芝士世界，他还只是中学生，父母亲健在，家庭和睦。越是依恋家庭的温暖，他越是希望自己待在芝士世界，而不必接受草莓世界的毒打。林朝夕就不同了。一开始她就非常清楚自己是一定要回到草莓世界的。特别是当她无意中发现草莓林朝夕的存在，这个念头就更强了。在她看来，这个世界是属于草莓林朝夕的。她愿意以录像的方式帮草莓林朝夕补习功课，而不能鸠占鹊巢，将草莓林朝夕永远关在意识深处，心安理得地占据她的人生。于是，裴之和林朝夕斗法，希望达成自己的意愿。相爱相杀的戏码是有趣的，特别是天才与普通人的对决。不过，在我看来，无论是裴之以草莓世界为蓝本写出自动对战棋的游戏，获得超级利润，还是林朝夕偷出游戏代码上传到网上，都显得不那么"天才"。在林朝夕放出大招后，裴之幡然醒悟，芝士世界的爸爸并不真的是他爸爸，他的生活还在草莓世界中。这一局，林朝夕赢了。

最难的还是第三次穿行。这一次反了过来，是芝士裴之穿行到了草莓世界。芝士世界的裴之以其天赋和老林解开了P=NP，获得了世俗的成功，但他却对儿时遇到过的草莓林朝夕念念不忘。他做好万全准备，穿行到草莓世界，想要同草莓裴之交换人生。对于林朝夕而言，这才是最难抉择的。她安全地待在自己的世界，被自己爱的人包围，过去的难题不再困扰她。更重要的是，芝士裴之开出了难以拒绝的条件，如果让他留下，他将写出P=NP的论据，这一发现可以拯救罹患阿尔茨海默病的老林。这将是多么让人心动的世界啊。对于电视剧而言，如果就此结束，也将迎来皆大欢喜的团圆。好在电视剧的创作者没有妥协。林朝夕遵循了她一以贯之的逻辑。她给出了自己的回答——"我想直面自己的生活"。是的，没有谁的生活是完美的。沉溺于穿行世界，想象着一个平行世界的英雄改变生活的不完美，这是怯懦者的行为。"真的勇士，敢于直面惨淡的人生，敢于正视淋漓的鲜血。"这真是电视剧的高光时刻，也是对"天才"的最新定义。在电视剧《天才基本法》里，裴之不是天才，而在每一次的选择时刻坚定自我的林朝夕才是。这大概是电视剧主创人员对"一以贯之的努力，不得懈怠的人生""每天的微小积累，会决定最终结果"的另一种阐释吧。

到了这里，无论是怅然合上书本的读者，还是在轻快的主题曲中若有所思的观众，大约都会扪心自问，我们离天才有多远？

"我写的，是故事"

——张天翼《雕像》

　　一开始，我们乘着叙事的小船，在平静无波的日常生活的水面上航行。一场展览、一个叫"笑颈"的男孩，透露出一两分属于青春的戏谑和顽皮。这或许是青春与都市一类的小说吧，我们朦朦胧胧地猜想。然而，当"与狮鹫搏斗的青年"的雕像出现在视野中时，我们知道，一切都不同了。小说的堤坝溃散开去，更多的水涌入，我们来到了故事的汪洋大海。即将被故事淹没的时刻，轻微的战栗老练地伏在后背。身体的感觉清晰地提醒着我，那个熟悉的纳兰妙殊又回来了。

　　张天翼刚出道的时候，用的就是纳兰妙殊这个笔名。最初，她以散文见长，却没有散文气。她是那种很早就在文字中形成了自己的声口与腔调的作家，老天爷赏饭吃的那一类。她的散文，仿佛在你耳边小声说话，懒洋洋的，又带着丝丝狡黠与熟稔。即便是平平常常的事情，经她讲来，也平添了叙述的魅力。后来，听说她在写小说。以我目力所及，从非虚构到虚构的转换过程中，或多或少会遇到一些障碍。文体能成全一个人，亦会限制一个人。然而，对于张天翼，这似乎不成问题。像她的散文一样，她的小说成熟老到，完全不见学徒的痕迹。她的创作具有极高的辨识度。她没有写我们常见的中规中矩的小说，而是写古灵精怪、机锋百出的故事，用她自己的话说，是"一个扮成疯帽匠的人，站在身穿正装和晚礼服的先生女士之间，的确有点格格不入"。虽然格格不入，却也有迹可循。大约能猜出她师承安吉拉·卡特，极为擅长在奇与幻之间造一个华美的梦。那时候，我是默默的读者，在文学的世界里分享她的纵身一跃与展翅翱翔。

再后来，纳兰妙殊消失了，她以她的本名张天翼重新登场。新近出版的《如雪如山》专注于女性生命经验与性别处境的表达，仿佛一个筋斗云翻身而落，稳稳地停留在坚实的大地上。只是不知为什么，讲述日常生活的小说读多了，我还是会怀念那个轻盈的、踩着七彩祥云破空而来的纳兰妙殊。

从这个意义上说，《雕像》是新作，于我而言却是重温，重温一个旧梦，也重温不期而遇的奇妙幻境。像安吉拉·卡特一样，张天翼熟练地从童话、经典文本、神话传说、民间故事里取材。这一次，她从希腊神话中的皮格马利翁的故事里获得灵感。皮格马利翁的故事是一个人爱上了自己所造之物的故事，常常被看作是自我实现的预言。仍然像安吉拉·卡特一样，张天翼颠倒了其中的性别关系——小说中的"我"是皮格马利翁的变形，而"我"爱上的不是自己造的物，而是博物馆展出的一座从大西洋底的一艘沉船上打捞出的雕像，叫作"与狮鹫搏斗的青年"。为了强化这一互文关系，张天翼特地给"我"取名为"金"，将青年命名为"伽拉"，看看这一次国王与伽拉泰亚将碰撞出怎样的火花。

延续了《黑糖匣》一以贯之的主题，《雕像》仍然事关"深情"和"不妥协"。故事讲述了"我"和伽拉的三次命中注定的相遇。第一次，伽拉于"我"而言是展柜里静止的雕像，"我"却从中发现了活泼的生命才具有的神态与能量。是的，对于现代人而言，或许都不需要创造，凝视本身就足以赋予"青年"生命。于是，当"我"再度来到博物馆时，雕像消失了，一个坐轮椅的少年破开虚空，成为现实。那一刻，"我"只觉得"整块头盖骨轰然飞起"。灵魂辨识出另外一个灵魂，这是张天翼热衷于描绘的"奇迹"时刻。只是，少年很快消失在"我"的视野之外。为什么会消失？少年去了哪儿？张天翼没有说。此处不妨悬置。再一次相见，"我"已经成为文物修复师。是少年时期的奇遇在无意识之间施加的影响吗？也很难讲。但冥冥之中，仿佛只有踏上这条道路，"我"与伽拉才能重逢。伽拉的工作也很有意思，他告知金，他是为博物馆展品做立体复制品的。作者是在暗示我们，这个活生生的有血有肉的青年不过是雕像的复制品吗？原来，我们引以为傲的生命，不过是无生命的物的复制。在时间的沙河中，生命不过短暂一瞬，而非生命体却是永恒的。所谓"物是人非"，就是这个意思。在某种程度上,这也注定了"我"和伽拉的结局:因为伫立在生命之河的两岸,无论多么狂喜,他们势必会在短暂的相处后迎来长久的分别。有趣的是,关于这一点,他们知道,我们也知道。

张天翼把"狂热的爱恋"与"永失所爱"描绘得极为动人。日常生活破裂了,"我"自愿将自己放逐于人世之外,以痛苦为原料,在想象的世界里与伽拉日夜相处。"深情"让"我"成为一个在他人看来很怪异的人。而没有经历过深情的人啊,你们什么都不懂。终于,"我"的守候获得了命运的补偿。雕像再一次被送到已然苍老的"我"的面前。是回归,也是重新开始。岁月流逝,此时的伽拉不再是曾经惊鸿一瞥的少年,也不再是与"我"尝尽爱之蜜甜的青年,他和"我"一样经历了自己的人生,成为一个四五十岁的中年人。他终于战胜了狮鹫,赢得了自己的命运。现在,"我"还能重新唤醒伽拉吗?故事到此戛然而止,却让人深感安慰。

选择以沉落海底的雕像为题,显然,在"深情"之外,张天翼还附赠了"残缺"这一主题。故事讨论的是,残缺之于生命究竟意味着什么?"我"初见伽拉的时刻,可能并没有意识到,正是残缺本身触发了强烈的爱恋。因为残缺,所以"我"不停地在自己的精神世界中补足,而这正是伽拉获得生命的缘起。而少年之所以会消失,我谨慎猜测,大约是伽拉清楚,出于对完整的渴望,残缺很可能无法承受爱的重量。所以再次相逢时,伽拉实现了部分的自我修复,他没有坐在轮椅上,而是撑着手杖。可是,我们渴望的却是完美无缺。正是因为这一点,"我"在命运的岔路口失去了伽拉。为了说明这一点,张天翼在故事中嵌入了另外一个故事。残缺国里王子与豹仔就像一道签文,告诉我们,残缺与完整是相对的。当残缺成为现实时,完整反而成了残缺。唯有强烈的超越一切的爱是永恒的。而生命本身就是残缺的。两个故事,犹如两个晶莹的碎片,发出璀璨的光芒,互相折射,彼此照亮。当故事里的故事抵达终点时,故事中的人获得了启悟。乘着华丽、铺陈、绚烂的语言,在迎接故事的狂风暴雨之后,我们也获得了奇异的宁静。

这就是故事的美妙吧。故事不是小说,它超出我们的日常经验,不假装模仿人生,也不帮助我们解释人生。但是,故事的冲动深埋在我们的血液中。我们在故事中融通万物,想象不可能的世界,并在其中安放自己。

附 录

我仍然相信批评的力量

"是真佛只说家常"

周明全（以下简称"周"）：你硕士毕业后就到了中国作协创研部工作，工作后又到北师大跟随王一川老师读博士。王一川老师的研究领域集中在艺术理论、文艺理论、美学、影视批评等方面。你跟随王一川老师攻读硕士、博士多年，你认为对文艺理论、美学理论的系统学习，对从事文学批评有哪些益处？

岳雯（以下简称"岳"）：说起来，我是误打误撞到了王老师门下的。本科毕业的时候机缘巧合我获得了保研的资格，条件也很优厚，本校的专业都可以选。选什么专业呢？若要论兴趣，我是在读中学的时候被《平凡的世界》《长恨歌》《少年天子》这一批茅盾文学奖作品带到了当代文学的门前，大学决定学中文，也有少年时期阅读兴趣的影响。但是在决定未来治学路径的时刻，不知道为什么，我又犹豫了。读本科的时候，王老师并没有教过我，不过是在选择专业前夕给大家做了一次讲座，这就让我义无反顾地决定读文艺学。也是在进了师门之后才知道，我们北师大的文艺学，差不多算是全国文艺学力量最强的学科了。那时候童庆炳先生坐镇文艺学中心主持大局，王一川、李春青、曹卫东、赵勇、陈太胜、陈雪虎诸位老师各擅胜场，加上北师大文艺学中心与全国文艺学学科交流频仍，现在想起来，那真是一个黄金时代。我是见证过理论兴盛的余晖的。那个时候，我和同学们在课堂上热衷于法兰克福学派的批判理论、福柯的权力话语、德里达的解构哲学，争辩后现代究竟意味着什么。从西方马克思主义到女性主义，从结构主义到解构主义，从精神分析到后殖民，我们尝试操练不同的理论武器，在文本的战场上演练。那个时候，文章最常见的做法是，先建构某一理论的框架，然后在这一框架下分析、阐释文本，进而打开文本的空间。我还记得，我的本科论文是以格雷马斯矩阵分析阎连科的《日光流年》。到了研究生时期，学界时兴的是空间理论，第三空间、异托邦等概念成为我们观察文本和世界的镜片。对我来说，那是一个理论大于文学的年代，也预示着理论终要走向"没有文学的文学理论"。要说对文艺理论、美学理论的系统学习，对从事文学批评的影响，我想更多的还是思考问题的方式和路径吧。每个人都会在求学过程中形成一套自己的思考问题的方法。这套方法决定了你成为你，也决定了你的边界和限度。

周：金理在《"起跑线"上的岳雯》中写道："岳雯有一次的会议发言给我留下深刻印象，她自居为新人进而表示：与在座的同行们整装待发地进入文学现场不同，她没有理论的铠甲，有时形同'裸奔'。"这当然是你的自谦，文艺学出身的博士，理论功底自然很强，金理也说，你对"本雅明、罗兰·巴特、韦恩·布斯、桑塔格等，也极为熟稔"。我想问，你是如何看待文学理论和文学批评实践之间的关系的？或者说，你具备了深厚的文学理论功底，但行文却非常洒脱，不受制于理论，这是你自觉的问题意识吧？

岳：到作协工作以后，因为工作关系，我开始尝试写文学批评。我发现，相对于文学理论，文学批评有着截然不同的写作范式。文学批评的写作者大多有着现当代文学史的背景，惯于做史的追溯。比如，遇到一部作品，先对其进行属的归类。如果这是一部描写乡土的小说，写作者会追溯到"五四"时期鲁迅所说的侨寓文学，通过分析鲁迅一脉和废名、沈从文一脉的异同，然后经赵树理、柳青、路遥，最终落在当下的作品。这固然源于学科背景的差异，却也是大势所趋。理论旅行的频次正在降低，人们开始激烈批评西方理论到了中国"水土不服"，批评理论与文本的"两张皮"。其实，不独中国如此，西方也陷入了"理论之后"的困境。你记得伊格尔顿的吐槽吧，他说："文化理论的黄金时期早已消失。雅克·拉康、列维－施特劳斯、阿尔杜塞、巴特、福柯的开创性著作远离我们有几十年了。R. 威廉斯、L. 依利格瑞、皮埃尔·布迪厄、朱丽娅·克莉斯蒂娃、雅克·德里达、H. 西克苏、F. 詹姆逊、E. 赛义德早期的开创性著作也成明日黄花。从那时起可与那些开山鼻祖的雄心大志和新颖独创相颉颃的著作寥寥无几。他们有些人已经倒下。命运使得罗兰·巴特丧生于巴黎的洗衣货车之下，让米歇尔·福柯感染了艾滋，命运召回了拉康、威廉斯、布迪厄，并把路易·阿尔都塞因谋杀妻子打发进了精神病院。看来，上帝并非结构主义者。"伊格尔顿的话一针见血。从根本上说，理论正在失去沸腾的活力。对我来说，换一套笔墨来写，固然有我个人对"是真佛只说家常"的偏好，也是想看看，文学批评这一文体到底能给我多大的自由。

周：你师从王一川教授多年，能谈谈王一川教授对你从事研究和批评的影响吗？你在作协创研部，这些年创研部也出了好几位在批评界非常有影响力的批评家，这种小环境内的交流，对从事批评工作也有一定的促进作用吧？在从事文学研究和批评上，还有哪些师友对你产生过影响？

岳：授业恩师对一个人的影响，是怎么讲都不过分的，特别是老师是那种令人高山仰止的，就更是如此。王老师是那种不断换赛道的学者：从体验论美学转向语言论美学，从西方理论转向中西会通，从纯理论研究走向理论批评化。在每一个赛道上，他都能给人以方法论的启示。王老师曾经说过，无论做文艺理论还是艺术理论，都面临两难：一方面，你需要密切关注近在身边的艺术创作的潮流变迁，关注并捕捉当代艺术潮流中翻腾着的大小浪花及其消融曲线，还要试图勉为其难地解释其缘由；另一方面，你又常常会发现，你所找到的东西可能在遥远的过去早已有过，或者在不远的未来才会浮现出更加令人信服的答案。应该说，这奠定了我对批评事业的信念的根基：着眼的可能是当下，答案却是在过去或者未来。

王老师身体力行，让我知道了，不怕变，但是在变中有恒定的坚守。或许学术之上，王老师让我感受至深的是"真"，这意味着更繁重的道德经验、更苛刻的自我认识。王老师让我体认到，君子之风在一个人身上可以保存得多么完整和深刻。老实说，我平时都不好意思这么说的，对于敬重的师长，这么讲，总有"近乎谀"的嫌疑，而且能说出来的总不及心中万分之一。这时候就见出语言的无力了。至于我就职的中国作协创研部，我能骄傲地说，这是个宝藏。作为联络评论界的枢纽，我们部门跟评论界的师友都有着非常密切的联系，可以说"转益多师是吾师"。一代又一代创研部的批评家就是我们的底气。

周：你在中国作协创研部，从部门分工上来说，你主要关注长篇小说。很多人说，能将自己的爱好和职业结合起来，是一件非常开心的事。但我觉得这话有问题，比如我喜欢读小说，但作为职业编辑每天编小说，却觉得好无聊。不知道你将关注、阅读当下的创作作为主要的工作，是觉得享受还是会产生枯燥之感？

岳：我理解你所说的"好无聊"。命运端给你的大餐，必然是既有让你甘之如饴的部分，又有让你觉得食之无味、弃之可惜的部分，还有让你深恶痛绝的部分。用电视剧的话说，这就是人生啊。如果没有无聊的时刻，怎么会有欢悦的光阴呢？就像你说的，工作确实能制造一些与文学相遇的契机。刚入职的时候，因为要写年度长篇小说盘点，确实会特意阅读长篇小说。盘点、记录的也是个人的阅读史。我得说，我真的喜欢长篇小说，因为它提供了足够的容量和空间来盘旋、回环和逡巡。人生如此广袤，有时候是需要长篇小说匹配的空间的。而且只有到了一定的量，才能完整地呈现出来。许多作家从中短篇起步，后来转到长篇小说上去，从艺术上看，是有这方面的考量的。去年，我和同事贺嘉钰一起编短篇小说年选，阅读挑选的过程也是在反复校准我们关于短篇小说观念的过程。我们跟作家们提了一些关于短篇小说的问题，得到了特别好的回答。我们深信，文学需要独处，也需要交流，就像我们现在做的事情一样。至于我自己，闲暇时光基本上被网络小说占领了。悄悄地说，我其实是网络文学的深度爱好者，经常看着看着就发现窗外从静谧黑变成了鱼肚白。虽然深知熬夜真不是我这个年纪该做的事了，可是常常一不小心就看了一夜。时间就像钱一样，特别不禁花。我是想说，从业十多年，我仍然能从阅读中获得快乐，我依然很开心地把自己交给阅读。虽然媒体的迭代升级已然将这个时代主流的注意力交给了视频、图片，但我还是更乐意从文字中获取我想要的一切。视频、图片固然更直接、更丰富，但是在我看来，效率太低了，而且降低了接受者的参与度。我应该已经被这个时代快速行驶的列车远远抛下了吧？那又如何呢！溜溜达达，边走边东张西望，不也挺好吗？

周：能谈谈你认为好的小说的标准吗？或者说，你自己喜欢什么样的小说？

岳：这真是一个考验才华的好问题呀。天才如同卡尔维诺，面对这样的问题，可以洋洋洒洒地回答 14 条："经典作品是那些你经常听人家说'我正在重读……'而不是'我正在读……'的书。""经典作品是这样一些书，它们对读过并喜爱它们的人构成一种宝贵的经验；但是对那些保留这个机会，等到享受它们的最佳状态来临时才阅读它们的人，它们也仍然是一种丰富的经验。"诸如此类的话。而平庸如我，只能远远眺望天才的身影，然后说同意，他说的这一切我都同意，这就是好的小说的标准。如果一定要我说，我觉得好的小说应该就像好的恋人吧，让你一见钟情，情不自禁，你会调动自己全部的经验、感觉、智慧去面对，但你仍然会觉得你获得的比付出的多很多。很久很久以后，回想起来，你或许已经不记得具体的形貌了，但你依然会念念不忘。前阵子整理书架的时候，看到了《斯通纳》，顺手翻开，就好像被镇住了。当年阅读这部小说的感觉又回来了。斯通纳对自我的每一寸认识，都仿佛发自我的内心，但又远远超过了我。我觉得这就是好的小说吧。至于你说的标准问题，我想，恐怕没有一个本质性的一成不变的标准。标准问题其实事关世界观、人生观和文学观。脱离这些来讨论哪些是好的小说，就会只见皮毛。

周：在译林出版社刚出版的《爱的分析》的序中，你谈到自己以文学为志业的初衷是"文学带来的愉悦"，"在写作的过程中让自己感到愉悦，同时，尽可能地让看我文章的人感到愉悦"。同时，你也将"文学视为理解自我的形式"。但这两者似乎都被你在反思中消解了。"从什么地方开始或者因为什么开始，或许并不重要，而变化，某种意义上正是批评的题中之义。"我想知道，你所说的"变化"，具体指什么？

　　岳：人们对批评家和作家的形象想象和要求是不一样的。对于作家，才华可能是第一位的。对于批评家，道德是第一位的。人们要求批评家提供判断，以及做出如此判断的理由。因为是判断，势必要求是真诚的。所谓"真诚"，一来是言行一致，对于同一对象，你不能在研讨会上是一种观点，私下和朋友聊天又是截然相反的观点，发自本心，不能作伪；二来要一以贯之，前后一致。我赞同前者，对后者略有疑义。如果一个人毫无变化，二十岁时和四十岁时坚守同一种观点，想想还是有点儿可怕的。我们向批评家要批评观，殊不知批评观也是会时移势迁的。一开始，我将愉悦视为写作的基石，因为批评在某种程度上是沟通的桥梁，与作家沟通，也与读者沟通。要沟通，就会强调可读性。愉悦固然有智性层面的，但更多的还是落在感官层面。疑难并不总是愉快的，但并不因此而缺乏价值。后来，我将批评看作自我认识的方法。寻找和讨论一个个作家和作品的过程，也是在不断廓清模糊的自我的过程。你阐释的是他们，又何尝不是"我"呢！年岁渐长，我又对所谓的"理解自我"越发感到不满足，倒不是这个自我清晰了、凝固了，而是觉得愉悦也好，自我也罢，落脚点还是个人。批评家呼吁同代作家走出自我的藩篱，自己又岂能在狭小的个人空间里蒙眼拉磨。我从事这一行业十六年了，对批评这一事业有了更多的责任。批评不仅是对文学作品的思考，更是对文学作品与社会关系的思考。经由文学作品，批评是在邀请更多的人一起探索文学所包含的社会思想与人生智慧。从这个意义上说，批评应该参与社会情感、意识与思想的塑造。这么看来，我是越来越"社会派"了。当然，这并不意味着个人就不重要，社会意识是由无数的个人意识叠加而来的。这就是我要表达的"变化"的意思吧。还会变吗？我也说不好。八年前我们聊过，现在显然和那时有很大的不同，或许我们可以相约下一个八年，看看还能变到哪里去。

周：李敬泽在《岳雯小记》中称你为"天生的批评家"，我私下也听云南一位作家说起，在他的作品研讨会上，你对他的作品问题的指出非常精准，让他自己都很吃惊。他说："岳雯和其他批评家不同，敢当面说真话，直指问题，这样的批评家太难得了，将来必成大器。"在《南方文坛》的《今日批评家》栏目 2014 年第 2 期的专辑中，你陈述的批评观是"沉默所在"。"天生的批评家"和"沉默所在"之间的关系，你怎么看呢？

岳：明全兄是为了振作批评家的精神，才特地叙（虚）述（构）出这样一位被指出问题不以为忤反而高看一眼的作家吗？这难道不是批评家的理想读者吗？至于敬泽老师说的"天生的批评家"，这话的语境是在"今日批评家"的小辑里，他受邀给青年批评家写印象记。这就好比一户人家孩子满月请客吃饭，大部分人上门会说这孩子天庭饱满、地阁方圆，将来必然封侯拜相，说这孩子将来必然会死的，总是不多的吧。敬泽老师是个厚道人，这是前辈的美好祝福，也是批评事业薪火相传的动力所在。至于我所说的"沉默所在"，如果说八九年前我可能还没有想得那么清楚，现在我倒是越来越笃定了。这恰是不断变化中的那一点儿不变的东西。我说的"沉默"，并不是遇到疑难便噤声不语的那个"沉默"，那也不是我的人生信条。"沉默"其实事关批评家的根本焦虑。是的，这个世界如此喧嚣，犹如集市，无数的自媒体像大大小小的喇叭此起彼伏，在众声喧哗中人们却无法对话，或者说不出振聋发聩的真理，或者说出来了也听不到。对于批评家更是如此。谁在听批评家说话？批评家又能说出什么？特别是读者连文学作品都不看了，谁又会看以文学作品为依托的批评文章呢？这是批评家的根本处境。面对这一困难，我的青年同行有不同的应对策略。有的同行将战场转移到了经典作品，古代经典也好，西方经典也罢，一代代人总是要读的，在与经典对话的过程中，自身也会获得属于经典的丰厚。这当然很好，至少对于个人心灵而言是滋养和保全。但是，当代文学会不会更寂寞了？我说不好。有的同行将批评的读者系在作家身上，认为批评是与作家的竞胜。这也是没有办法的办法。可是，总感觉批评成了写某个人或某几个人的私人文书。要问我有什么解决之道，老实说，我也没有。

我只能说，或许世界对批评家的需求量没那么大。大部分人最后不过是历史的原材料。但我还是希望，我们这个时代能孕育出一个真正的批评家，打破沉默。这是"沉默所在"的"道"的层面。还有"术"的层面。我一直认为，语言包括说出来的部分和没有说出来的部分。放在文学里，这非常好理解。我们常说的"留白""意在言外"，就是没有说出来的部分。在某种意义上，没有说出来的部分可能更重要。因为批评的说理性质，我们常常会忘了批评也是文学，也分享了文学的这部分特质。说"沉默所在"，我也是在提醒自己，在阅读和写作的时候，或许要越过已经说出的那部分，走向更广阔的不可说的部分。我觉得小说也好，批评也好，让人意识到有一个广袤的不可说的部分存在，就是它的价值了。

周：李敬泽说："爱文学的人通常不讲理，又爱文学又讲理，那就只好做批评家了。岳雯之理如利刃，看作品如此，看事和做事也常常如此。她的刀常常比她预料得更快，没办法，刀快由不得自己也怨不得社会，于是就不免常备创可贴，因为她自己也很容易被刀刃割伤。"李敬泽的这个评价很有趣。做文学批评这些年，你被"刀刃割伤"过吗？

岳：我猜测，为了平衡上一个问题里的理想作家，明全兄会希望我分享一个"现实向"的故事。有一回，饶翔复述了我和他都参加过的一个研讨会的发言，我当时"直言不讳"。时过境迁，当我以他者的身份旁观当日情境再现，我的"尴尬癌"都要犯了。确实得称赞，作家的涵养还是好的。你所说的被"刀刃割伤"的故事，因为我一来心大，二来忘性大，在"事发"当时无法足够敏感地触摸到他人的情绪，加上很快又忘了，一时半会儿我还真想不到。不过，敬泽老师的这个评价，我猜测指向的更多是为人做事。从 2010 年起，他开始分管创研部，一直到现在，他都是我们这个战壕的队长。而且他这个队长，不是下下指令就完事的，而是扑在第一线、冲在最前面的那种。因为一起冲锋陷阵，他当然对我们每个人的性格特点、行为方式也看得格外清楚。我是那种行动快于思考的，往往脑子还没有转，人已经冲出去半个身位了。在一个团队中，这样的人好处是执行力还行，坏处是常常因为莽撞而说错话办错事。这个时候，队长就不得不出面收拾残局。甚至有的时候队长也不得不被队员过快的刀所伤。队长一般笑笑就算了，也不会放在心上。在写印象记的时候，作为前辈和领导，他也会委婉提醒下队员。可惜我一直懵懵懂懂，没有体会到领导的苦心，一直也没什么长进，估计领导也没指望我能醍醐灌顶。性格决定命运，具有这样的性格，就要有承担相应命运的准备。这是"常备创可贴"的意思吧。所以，我也特别感谢身边师友对我的包容，这是人世间让人倍感珍惜的暖意。

周：这十年来，你从刚毕业的"青椒"到出版过多部专著，荣获过唐弢青年文学研究奖，以及多个主要理论刊物的年度优秀论文奖，可谓收获颇丰。你认为在学术上，你有哪些新的突破和变化？

岳：应该说，过去十年是"70后"和"80后"的青年批评家被看到、被鼓励的十年。从生理年龄上讲，也是我们走向成熟的关键十年。旁观他人，确实能看到明显的变化和突破。可是看自己就没那么容易了。我甚至不敢说，现在的我就比十年前的我更好。这当然是一件挺悲哀的事。不过，任何时间都不是白白度过的，我起码知道了哪些事是做不了的。希望十年后再回望今天的时候，不要再次落入这样的局面吧。

"不同的生命体验，使得文学通往更广阔的疆域"

周：你在作协创研部工作，又是从事文学批评工作，多年来一直参与鲁迅文学奖、茅盾文学奖的组织和评选工作，对当下的文学创作应该是非常熟悉的，从整体上看，你觉得这些年的创作态势如何？

岳：好吧，这个问题终于来了。如你所说，我在作协创研部工作，于是，这个问题总是会被问到。年复一年，我在提心吊胆地等着，等着这个问题出现，然后再想尽办法把这个问题应付过去。在人们的想象中，文学创作应该是一条大江，潮来潮去。批评家大抵就是观潮人了。他们常年守候在大江边，随时将潮汛传递给大家。可是，如果这个观潮人是个近视眼呢？他只看得到近处的朵朵浪花，看不到大江是从何处翻滚而来的，也看不到潮水在哪里发生转折，逶迤而去。当然，我们可以责备他是一个不称职的观察人，白白错过了"日落江湖白，潮来天地青"的壮观景象。可是，假如他守候的也不过是一片枯水，所谓的"满川风雨"不过是一种想象呢？这就牵涉人们对批评家的另一种常见的批评。人们常常以批评家唱盛个体、唱衰整体为凭据，指认批评家不够真诚，道德有失。在我看来，这真不是什么矛盾之处。批评家看到了我们精神生活中的好东西，不遗余力地宣扬、保存它。这自然是批评家的职责所在。批评家又同时意识到，作为一种文化的整体，那些单个的创造和才华恐怕还不太够。这我们都有经验。单个地去看事物与把这些事物聚集起来整体地看，是不一样的。我想，我已经说出我的看法了。这是一条小溪，它孤零零地在山岚间流淌。它离与它一起出发的小溪流已经很远了，听不到兄弟姊妹的消息。它离大江大河也还远呢。有时候，它被大坝导引着，放弃了枝枝蔓蔓，流入规整的河道。水流彼此赞同，发出共同的歌唱。这条小溪会汇聚它所遇到的每一道水流，成为气势宏阔的大河吗？我不知道，但我期待着。

周：老中青三代作家，从创作水准来说，你个人觉得创作实力最强的是哪代作家？三代作家的创作呈现出什么样的继承和分野？

岳：以代际分野来讨论文学，确实是文学界的一种惯例。其实，也不独文学界，当我们不能找到有效的辨识方法，或者说，当思潮的性质体现得越来越弱的时候，年龄就成了唯一具有共识性的抓手。当然，这种划分也不完全是外在的。一代人与一代人，他们所面临的大环境不同，经历、经验和心境，乃至对世界的认识都不同，自然决定了他们的创作有着不同的面貌。我是非常喜欢看老一代作家的作品的，他们的作品里有一种力量。什么力量呢？就是生活本身的那种东西。他们不是为了文学而文学，文学是他们思考生活的一种方式，如果没有这个，文学是可以不存在的。他们经历了中国曲折复杂的历史，有着驳杂的人生经验和广阔的视野，也因此形成了关于世界的认知方式。他们的生命能量充沛，对正义、道德感有着不容置疑的锚定和追寻。对我来说，他们是陌生人，是我心目中的"远方"，是我未曾经历的世界的见证者。这些年我一直在读他们的作品，跟着他们去看层峦叠嶂的风景。关于他们，我自己也写了一些文章，比如梁晓声的《人世间》、冯骥才的《艺术家们》、阿来的《云中记》、邓一光的《人，或所有的士兵》……对了，我有没有说过，我特别喜欢《人，或所有的士兵》。尽管它可能也有需要再完善的地方，但是，要我说，这是近年来最具力量感的作品。当然，大部分作家是我没有写的，比如我一直非常喜欢的王安忆、迟子建，就基本没怎么写过。有时候，写作是需要机缘的。再者，面对这一代作家，我总是心生敬畏，害怕自己还没有积蓄足够的力量跟他们"抗衡"。是的，作家和批评家之间是有这种隐形竞争的。当然，或许写作本身就是积蓄力量的过程。如果说老一代作家都有着"创世"的雄心，那么，"60后""70后"作家更多的是将目光放在一个个人身上，更关注怎么写。他们倚仗经验写作，这里的经验并不单单指写作者实际经历过的具体事情，还包括一个人的记忆与情感、想象与创造、阅读与思考，这些统统构成"经验"的一部分。所以你看，从个人的成长记忆出发叙写少年往事，就成为许多"70后"的选择。他们不管写什么，里面都有自己的影子。我在很多年前有一个判断，大时代是属于二十世纪五十年代和六十年代的人的，革命、历史、社会等诸多宏大的命题在他们那里缭绕不去，必得通过字字句句以赋兴、以寓言、以思考。历史感是个势利的家伙，他不肯轻易地放没有经历过"大事件"、没有切肤之痛的"70后"进来，他们就要在人情人性、世道人心之类的命题上做文章。这个判断放到现在可能要失效了。那个时候，谁能想到，我们被历史推到了这样一个风口。这一代作家创造出了各具魅力的叙述者，这是他们的贡献。至于更年轻的"80后""90后"作家，对我来说，他们就像镜子，映照出我的世界的不同侧面。

周：这些年你写下了不少对年轻作家的评论文章，整体上，你是如何评价当下这批青年作家的写作的？青年作家中，你最喜欢的是哪几位？

岳：关于这个问题，我能先植入一个广告吗？今年，我应该会出一本关于青年作家的书，算是这几年交的一个作业。更多的评价请移步那里，让我们在书里共饮三两杯吧。至于最喜欢哪几位青年作家，正如那句网络流行语："小孩子才做选择题，成年人当然是全都要。"这当然是玩笑话。

青年作家，包括我自己，都是未完成的状态。创造未完成，自我未完成，于是常常会有"觉今是而昨非"的时候。就像我现在"不务正业"，在网络文学里玩耍得正开心，论喜欢，也不遑多让。我的意思是，与其点名，不如再看看。写作是一场长跑。你还记得多少有才华的人半途弃赛，让人扼腕叹息。我们不妨多些耐心，把时间拉长了来看吧。

周：你在《重新理解女性意识与女性书写》中开宗明义地指出："这是一个显而易见的事实——在二十一世纪的第二个十年，性别问题开始重新浮出水面，并变得前所未有的重要。"根据你的观察，是什么原因使今天的女性意识和女性写作再次成为被关注的焦点的？

岳：新一轮女性主义思潮的兴起，在媒体场域、在新兴的文学形态如网络文学里都有非常鲜明的表现，在我们熟悉的传统文学领域里，反而只掀起了那么一点儿涟漪微澜。为什么会兴起？我们这一代女性，或者说我自己吧，在此前的成长过程中其实不大有显豁的性别意识。作为家里的独生女，从小我们就被教育男女都一样。直到进入社会，经历了爱情、婚姻、生育等，突然切身地遭遇到了性别所带来的种种处境。这些处境促使我们思考性别究竟意味着什么，去争取性别平等。这是一个方面。另外一个方面，我觉得与消费主义的兴起与席卷一切有关。在消费主义的语境中，女性被塑造成了消费者或者被消费的物品，也就是被"物化"。但是任何一种思潮都不是单向度的，必然伴随着它的抵抗力量。女性主义作为消费主义的抵抗者也应运而生。我们看到，许多文艺作品，比如《82年生的金智英》《使女的故事》，以及"那不勒斯四部曲"，是这些年文化场域的热门之作，某种程度上呼应和扩大了女性主义思潮。我在文章里也写了："无论是引起关注的性别事件，还是围绕文化产品的阐释、表达乃至抗议、申辩，如此种种汇聚成庞大的星云，都内在地作用于我们，成为塑造我们的性别认同与性别意识的习焉不察的力量。性别对于我们究竟意味着什么？在文化和社会中，女性如何被'定位'，以及这些场域是如何压抑了她们的人生？女性书写是帮助她们跨越边界，还是让她们顺服于既定的秩序？这些问题与答案仿若潮水，每隔一段时间都冲刷而来。而不同时代的人们，无论男性还是女性，都需要做出严肃的回答。"

周：绝大多数读者在乎的只是作品的好坏，基本不会在乎是什么民族、什么性别的作家写的，强调民族、强调性别之于文学本身有何意义？基于这个观点的强调，是拓展了文学本身的边界，还是限制了文学的疆域？

岳：看来明全兄站布鲁姆那一队啊。这是有名的争论。争论的其中一方是哈罗德·布鲁姆，他相信阅读文学时的心灵的自我对话。我们都知道，他在《西方正典》里说的那番话："深入研读经典不会使人更好或更坏，也不会使公民变得更有用或更有害。心灵的自我对话本质上不是一种社会现实。西方经典的全部意义在于使人善用自己的孤独。"布鲁姆反对的是"憎恨学派"，就是女性主义者、马克思主义者、拉康派、新历史主义者、解构主义者、符号学派。《西方正典》当然是我们都爱的书，布鲁姆对传统的坚持和经典的捍卫，确实非常动人。不过在这个问题上，我站伊格尔顿这一队。伊格尔顿有个说法。他说，在那些认为文学是美学的或非政治的理论中，暴露出杰出人物统治论、性别歧视论或个人主义，持此论者基本上认为，世界的中心是沉思的自我，但关键是为什么个人却最终成为检验一切——经验、真理、现实、历史等——的标准？这个问题，我的理解是，没有什么均质化的无差别的个人，一切个人，无论是读者还是作者，其实都是由你说的民族、性别、阶层等身份构成的，而这些身份无疑会潜意识地曲折地影响创作和阅读，也会多元地决定文学的形貌。比如，作为一个女性读者，我当然不会时时刻刻戴着性别的眼镜去阅读每一部作品，我相信也没有谁会这么做，但是不可否认，女性的生活经验，包括情感方式、思维形式，必然会渗透到我对作品的阅读中。这也是不可避免的。不同的生命体验，使得文学通往更广阔的疆域。

"批评家大约是全天下最忧心忡忡的人吧"

周：最近，《扬子江文学评论》主办了"第六届青评论坛"，与会的青年批评家都从自己的工作和批评实践出发，谈了对当下批评存在的问题的认识。这次你有事没参会，你觉得当下的青年批评家究竟存在哪些问题？是这代批评家的问题，还是共性问题？

岳：《扬子江文学评论》主办的一年一度的青年批评论坛的确是我们作为文学共同体的纽带。白天，我们在会议上唇枪舌剑，争论得面红耳赤；晚上，我们喝福佳白、撸串，继续白天的争论。那家烧烤店叫什么？福星烧烤？那个摆不下几张桌子的小店见证了多少青年批评家的意气风发和酩酊大醉啊。说文学生活，这就是文学生活啊。是的，我们这些被称为"青年批评家"的人是一个十分亲密的共同体。我们参加会议、写作文章、展开争论，以策展、专题讨论等多种形式开展文学批评。我们对彼此的教育背景、成果、方法，乃至文章的调性都了如指掌。这样一个共同体当然在持续不断地给我们供能，但在某种意义上，也划定了我们的言说方式。于是，文学批评形成了一体化的面貌。在评论对象上，小说评论的数量远远高于其他体裁。这不难理解，小说已然成为这个时代的第一文学体裁。在这些评论中，作品论、作家论的形式又远远高于对宏观文学问题的思考。即便是讨论文学问题，也不外乎围绕青年、城市、科幻等有限的几个命题进行。在反复的讨论中，我们其实并无多少新话可说，也没有开拓出任何新的疆土。言说仿佛只是为了把言说的时间填满罢了。对于这一问题，有人将之归于文学创作的平静或者平淡。当可以讨论的作家只有那么几个，当这些作家身上可以提炼出来的命题只有那么一些的时候，同质化在所难免。最根本的困难是，在使用约定俗成的套路处理问题时，我们丧失了自己的话语。语言的失效不仅仅是语言的问题，更反映出知识结构、思想力及进入问题的方式的贫乏与无力。我不能说这是我们这代批评家的问题，更不敢说这是所有批评家共性的问题。我只能说，这是我从自己身上看到的问题。"行有不得，反求诸己。"

周：项静的发言很有意思。她说，参加各种作家研讨会，作家们都很自信，都在互相表扬，但参加青年批评家的会，却发现话风完全变了，搞成了批评与自我批评。你在作协接触得多，看得多，你个人是如何看待当下的青年批评的？

岳：这确实就是我们的话风。要我说，批评家大约是全天下最忧心忡忡的人吧。忧心中国当代文学的种种问题和危机，忧心作家的创作，忧心文学本身，"是进亦忧，退亦忧"。我们也不会放过自己，对自己身上的问题，我们比对别人下手还要狠。我们不是那种只能看到别人身上的苍蝇，看不见自己身上的臭虫的那种人。在这个问题上，我倒是更信任勇于批评和自我批评的人。批评的内在核心是对话，与文本对话，与作家对话，与世界对话。既然是对话，必然会有不同价值之间的碰撞。所以，自我怀疑、自我反省是有必要的。那么，自我批评一定会带来进步吗？这或许也未见得。但至少自我批评能让我们照见自身的限度。

周：你在新著《爱的分析》中说，青年批评家的"变法势在必行"。你认为所谓的"变法"，"一是只是结构的调整"。你说："现在我们不得不面临危机时代的来临。疫情所引发的人与自然的关系问题、资本主义生产方式的内在矛盾与秩序演变，都将一个急剧变化着的世界的图景放大了呈现在我们面前。经此一役，文学的位置、结构与功能，都将无可避免地发生根本性的改变。历史学家罗新说，'毕生所学，只为此刻'。对于文学和以文学为志业的人来说，大约也是如此。在大变面前，我们之前关于文学的种种阐释、想象与期待都可能失效。如何超越之前的知识惯性，以世界性的眼光和胸怀，应对文明的差异乃至冲突，进而构想新的世界秩序，对我们是巨大的挑战。"那据观察，或者从自身经验来讲，要如何变？变的目标是什么？或者说，你认为"后疫情时代"，文学批评应该如何发挥它的作用？

岳：尽管有种种问题，但我仍然相信批评的力量，原因很简单，一方面，我们所处的世界正在发生前所未有的变化，社会的感受力也在发生根本性变革，这导致根植于这个世界的文化观念纷纷失效，人们不得不为自己重新营造观念的庇护所。在这一过程中，观点的输出、交锋、博弈必然会成为很长时期内的一种常态。另一方面，哲学与理论对文学的影响越来越大，对文学的理解与阐释越来越依赖专业读者。因此，我们仍然相信批评具有可能性，我们依然对批评寄予厚望。这期望是什么呢？批评应当建基于对社会历史多重结构的深刻把握。社会学的、人类学的、经济学的、政治学的，不同领域的不同学问无不包含着从不同视角对我们的世界、我们的时代的认识，只有将这些认识熔铸起来，我们才能提炼出那么一点儿属于我们自己的盐。假如我们始终抱着对"人"的本质化想象，缺乏其他学科的视野与思想，我们就没有足够的眼力看透当今世界。那么，我们将毫无意外地落入前代批评家的窠臼。我们今日留下的，只会是思想贫乏的证词。批评应当是对社会意识的敏锐洞察和前瞻性想象。文学批评和文学创作一样，表达的是个人的生命体验，以及我们对世界的体认与判断。从这个意义上说，文学批评不是依附性文体。作家作品是言说的路径，而不是最终目的。这意味着我们不能匍匐在作家作品上，满足于对作家之所想、之所是。要在作家止步的地方，借助作品奋力一跃。是否能在扎根大地的同时腾空而起，直接决定了文学批评的品质和有效性。批评始终应当向着新的文学形式和文化形式敞开。学术要求距离与沉淀，而批评的魅力正来源于层出不穷的新。新的文化形式和文学形式正在不断扩大领地，相反，我们引以为傲的纯文学已经缩小地盘。假如我们一直抱着已有的阵地，将纯文学视为文学批评唯一的对象，那必然意味着自我设限，自我压缩空间。新的文学形式和文化形式里有这个时代尚未说出的秘密，投入其中，去冒险，哪怕是犯错，也会有新的发现。批评是多种文体的碰撞与组合，是文体的试验场。新的社会意识必然召唤新的文体。我的同行已经在做各种各样的尝试：尝试用散文写评论，用小说写评论，用诗歌写评论，甚至大家还在实验用短视频写评论。所谓"文无定法"，只有摆脱陈腐的写作套路，文学批评才能重获生机。

　　周：近几年，年轻批评家似乎都有一种"出圈"的冲动，除了专业外，广泛参与到文化领域，甚至是偏娱乐的圈子中去。但你是少有的一直保持定力的年轻批评家。你是如何看待部分批评家的"出圈"现象的？或者说，你认为在娱乐和严肃的学术研究之间，要如何平衡？

　　岳：我理解，明全兄说的"出圈"应该有两方面的含义：一种是参与到文学生产的全流程中。比如，有朋友接过编辑的活儿，或者在杂志主持栏目，或者介入图书出版中，以亲自编选作品的方式传达个人的文学理念和文学想象。应该说，这是现代文学以来常见的文化形态。另外一种跟当前的媒介环境有关。越来越多的人意识到，随着技术与媒介的迭代升级，如果仍然将文学封闭在印刷文明中，文学就会与新型媒介不兼容，会丧失新媒体带来的新的发展机遇。基于此，有朋友尝试给文学赋予更多的形式，比如以视频的形式去讲文学，与更多的普通读者直接面对面，或以脱口秀的方式谈论文学，这些都是扩大文学读者的努力。我觉得都挺好的。至于我自己，哪有什么单一的批评家啊，不是这样的。不过我和大家的岗位不太一样，大部分朋友要么在高校、社科院等研究机构，要么在作协编杂志，他们是在研究之余进入文学生产的环节的。而我的本职工作就是事务性的工作，是围绕文学的各种组织、传播、交流的工作，写文章才是业余行为。这方面，我们做了大量具体的工作，比如编书，从最早的编年度理论评论年选到编研究资料，最近又编短篇年选；比如策划组织各类会议，讨论理论评论的问题；比如以写作计划的形式推出文学作品；在文学与其他媒体的"联姻"上，明全兄应该有印象，去年年底我们跟湖南卫视合作举办的"中国文学盛典"，是将文学形象化、视觉化的尝试。我个人还是倾向于事功之学的。做事的过程，其实是入世的过程，也是了解事物运转形态和规律的过程。耐得住烦，小心翼翼地"烹小鲜"，对个人心性、对世界和文学的理解都是有益处的。你说的娱乐和严肃的问题，我以为，从起源上说，文学本来也有娱人心目的意思，是对人有滋养的，倘若一味正襟危坐、高不可攀，特别是在当下的媒介环境下，会加速读者的流失。不过说到底，文学的活力还是源自它自身，需要与当下世界相匹配的观念与形式。

周：若给批评家朋友或晚辈推荐几本书，你会推荐哪几本？

岳：如果推荐一本书，我推荐奥尔巴赫的《摹仿论》。我觉得这本书极好地体现了文学批评的自我教育性质。有一篇纪念文章是这样说的："他是他自己最好的老师和学生。那个过程发生在一个人的头脑之中，这个人可能公开意识到这一过程，以至于再现了这一过程最初的戏剧性呈现。关键在于你经由什么样的危险、差错、意外遭遇、头脑的沉睡或疏忽，经由付出大量时间和激情而获得的什么样的洞见，最终如何达到来之不易的面对历史的系统表述……奥尔巴赫有能力毫不扭捏造作地从单个文本开始，加以清新饱满——可能被误认为是天真——的详细解释，避免做出仅仅大而无当或武断的联系，而是在一个若隐若现的景象上编织出丰富的图案。"我想，像《摹仿论》这样的作品赋予了批评以尊严。

周：谢谢！